银河奖科幻名家
星魂勇士系列丛书

星海荣耀

Adventures of Galaxy

苏学军◎著

SPM
南方出版传媒
广东经济出版社
·广州·

图书在版编目（CIP）数据

星海荣耀 / 苏学军著 . — 广州 : 广东经济出版社，2021.8
（星魂勇士系列丛书）
ISBN 978-7-5454-7531-9

Ⅰ . ①星… Ⅱ . ①苏… Ⅲ . ①幻想小说－中国－当代 Ⅳ . ① I247.5

中国版本图书馆 CIP 数据核字（2020）第 256024 号

出品机构：博峰文化
图书策划：李　雷
责任编辑：周　炜
责任技编：陆俊帆
装帧设计：平　平 @pingmiu

星海荣耀
XINGHAI RONGYAO

出版人	李 鹏
出　版 发　行	广东经济出版社（广州市环市东路水荫路 11 号 11 ～ 12 楼）
经　销	全国新华书店
印　刷	三河市双升印务有限公司 （三河市杨庄镇杨庄村）
开　本	880 毫米 ×1230 毫米 1/32
印　张	9
字　数	175 千字
版　次	2021 年 8 月第 1 版
印　次	2021 年 8 月第 1 次
书　号	ISBN 978-7-5454-7531-9
定　价	45.00 元

北京营销中心地址：北京市东城区夕照寺街14号富瑞苑大厦201
电话：（010）67138865　邮政编码：100061
如发现印装质量问题，影响阅读，请与本社联系
广东经济出版社常年法律顾问：胡志海律师

目　录 Contents

黎　明

这本该是非常愉快的一天。

早晨，成文老人是在细雨蒙蒙的夏威夷海滩度过的，他一个人静静地沿着海岸线走了几公里。对于老年人来说，也许没有比回忆更美好的事情了。他长时间地眺望着大海，而思绪则穿越了更广阔的时空，再现着逝去的往事。

天空的乌云消散时，他乘坐的潜水艇已抵达水下四百米深处。随同其他旅游者一起，他换上“水下个人生命保障系统”，由驯化的海豚引导着开始参观海底牧场。面对着生机勃勃的海洋生物群，老人颇为激动，大自然旺盛的生命力强烈地感染着他。

正午十一时整，他回到了夏威夷岛以北五十公里的海城，在下榻的海洋假日酒店用了午餐。他吃得不多，并且全是蔬菜。之后，他应该再午睡一小时，以应付下午的游览活动。对于一个独身的人来说，首先就是要学会如何自己照顾好自己。多少年来，老人已养成了良好的生活习惯，但今天，他打破了严格的作息时间。连续的游览活动并未使他疲倦，在某种强烈欲望的驱使下，他决定利用这一小时来写一封信。

四十分钟后，他用脑波操作电脑完成了这封信，但他并没有投寄出去，只是规整地叠好，放入衣袋中。然后，他打开了电视机。

电视台正播放着一则举世震惊的新闻：

> 本台消息，今天早晨，一个自称自由人解放阵线的组织称他们已在小行星城放置了一枚当量为五千万吨TNT炸药的原子弹。他们要求国际社会释放该组织不久前入狱的领袖尼雅，并允许达林地区独立，此外还要向该地区提供一千亿元的无偿援助。该组织声称，如果上述条件在十个小时之内得不到满意的答复，他们将引爆这枚核弹。目前，国际社会和恐怖分子正在谈判。有关事态的发展，我台将及时向您报道。

屏幕上不断闪现着画面，成文老人的眼前却是一片模糊。他震惊了，凭借丰富的阅历，他保持着冷静，但无法阻止一颗心朝着死寂无底的深渊落去。他颤抖的嘴唇自语着：“怎么会呢？”他无法接受这个事实，每一个地球文明庇护下的人都无法接受。

他们为了什么呢？为了生存吗？不，尽管地球人口已逾一百亿，但它给每个人以生存的权利。为了公平吗？的确，一些人包括他在内过着奢华的生活，类似他此次的假日旅行也是普通人负担不起的。然而他不是奴隶主，也不是地主，更不是资本家，他对自己所拥有的财富受之无愧。除了梦想，他也曾一无所有，多少个美好的夜晚，他埋头于实验室里一再地错过。在他任职的晨星宇航公司，从一个普通工人到开发部总管，他执着地追求着，从未迷惘过。他一生奋斗的坎坷经历，恰好证明人类的法则对每个个体都是平等的。

他们究竟为了什么？作为人类文明的创造者与受益者，老人永远也不会懂得。

电视台以闪电般的速度报道着核讹诈事件的各种信息。屏幕上，记者正采访全球安全部部长。

“对于此次核讹诈事件，我们全球安全部将采取何种对策呢？反恐怖部队是否已准备出击？”

“无可奉告。”

“这一事件是否说明全球防卫系统存在漏洞或缺陷呢？”

“真相尚未查清之前，我无可奉告。”

“那么，恐怖组织的这枚核弹来自何处呢？”

“这一问题正处于调查之中，但有一些资料可以向大家公布：全球 97000 枚核武器中有 96902 件在全球安全部的直接控制之下，遗失的 98 件又全部沉于全球各大海洋的数千米海底，恐怖分子获得这些核弹的可能性非常小。即使他们通过各种手段获得了其中一枚，要引爆它也异常困难。每一枚原子武器的引爆装置都带有各种传感器，只有当其到达预定目标，高度和地理位置都符合时保险电路才会打开。核弹头还由一种有自毁功能的 10 位数码电子安全装置封闭，其数码经常变换。此外，将核弹头拆卸获取铀或钚也非常困难。”

“据我所知，散布于世界各地的民用核工业，每天产生的核物质可用来制造五十个核爆炸装置。”

“表面上看确实如此，实际上民用核工业产生的核物质中铀 235 的丰度只有 2%～4%，而制造核弹的铀 235 的丰度要高达 99.3%，且含铀物质的浓缩提纯即便对一个国家来说也非易事。何况，即便是这些物质也处于全球安全部的严密监管之中。还有一点，核弹并非普通的爆炸物，其鲜明的特性要通过小行星城太空港完善的安全检查系统，可能性非常小。”

“您的话是否可以理解为：也许这枚核弹根本就不存在，恐怖分子不过是在玩心理战。”

“我个人认为有这个可能。”

“但愿如此。”

听了这段采访，老人的心情平静了许多。“尽管人类曾无数次面临深重的灾难，但没有什么能将人类从这颗星球上抹去，从前不会，将来也不会！”老人这样想着，每一个生活在地球最后一天的人都会这样想。

腕上的旅游报时表响起乐声。他盘算着是否该继续下午的游览活动，太平洋海底无名古国的神秘遗迹是极富魅力的，但最终他决定留在电视机旁，等待这一事件的解决。他深知“国家兴亡，匹夫有责”，然而他等来的却是场噩梦。

全球首脑委员会发言人面色阴沉。

“各种确凿的证据表明，恐怖分子确实制造了一枚核弹，并设法将其运入了小行星城。全球首脑委员会与恐怖分子的谈判还在进行，但很难想象我们会向罪犯妥协。整个人类此刻正面临着一场极少数暴徒策划的巨大灾难，人类爱好和平的公民们，我们将与你们一起共渡难关。”

老人感到心脏仿佛被一把铁锤猛击了一下，呼吸急骤困难，双手一阵痉挛。老毛病又犯了。便携式智能诊疗机立刻察觉，及时向他肌体内注射了强心剂。

电视台几乎所有的节目都在围绕此焦点。

“据悉，恐怖组织获得的原子弹是最原始的裂变型核武器。慢中子在化学爆炸的加速下，撞击原子弹核心的铀 235 或钚 239 球，使其产生链式裂变反应，引发核爆炸。核爆炸的破坏力是巨大的，其杀伤和破坏因素有冲击波、光辐射、早期核辐射和放射性沾染，前三种……

“众所周知，三十九年前，当迎莉七号小行星进入地月系时，人类利用最先进的技术将其推入近地轨道，使之在八万公里上空被强大的引力俘获，成为地球的第二颗卫星。二十九年来，人类改造了这块延伸的第七大洲的环境，在此基础上发展起来的行星城逐渐成为人类通往宇宙的星际城市。如今人类的罪恶正玷污着这块净土，许多人还未意识到假如恐怖分子引爆核弹后会产生什么后果。它不仅会摧毁整个小行星城，其巨大的威力也会轻而易举地破坏小行星与地球脆弱的运行轨道，而后这颗直径六百公里的星球就会坠入大气层与地球相撞。不会有人在那场可能的灾难中幸存，所有的一切都将不复存在。”

整整一个下午，成文老人坐在客厅那堵巨大的玻璃墙前一动不动。墙外就是幽深的海底，几尾奇美的海洋鱼类翩然掠过，远处深海生物发出的亮光明明灭灭，四处流溢，把漆黑的海底点缀得如同夏夜的星空。

恐怖组织扬言引爆核弹的十小时期限已过。也许他们和全球首脑委员会达成了某种协议，也许最后的时刻正在临近。现在所流逝的每一秒钟，都可能是人类的最后一秒钟。老人知道生命的可贵，但他只有无助地等待。在他的手上，展开着上午写的那封信。

敏：

你好！

我是怀着无比激动的心情给你写这封信的。知道吗？ATS材料终于研制成功了，它拥有我曾梦想的所有特殊性能。我想，它的发明会使人类飞船制造业产生一次飞跃。不久的将来，人类就可以驾驶ATS材料制造的飞船驶向更广漠的宇宙了。高兴吗？我知道你会为我高兴，为我自豪的。让我俩共同分享这份喜悦吧。

虽然时间的流逝已把你我隔得很远，但是敏，我好想你。你走以后的日子，每当我一个人独处的时候，我都会感觉到你的存在。在窗前，在厨房，在那把旧安乐椅上，在我身边，你注视着我，依偎着我……甚至有几次，我从彻夜研究的资料中抬起头，竟恍然又回到从前的日子，感觉你正伸出双臂来搂住我的脖颈……敏，与你共度的日日夜夜，是我生命中最美好的时光。

我现在的生活很好。真得感谢“晨星公司”对我的照顾，他们正安排我在夏威夷旅游。尽管心脏的老毛病还不时来找麻烦，但我对明天充满了信心，生活是如此美好，我会静静地体味它。

这封信是无处投寄的，老人的妻子三十一年前就已死于交通事故。此后，他一直独身，但他并不孤独，对亡妻的思念与往事的回忆是他的精神支柱。他每天都是笑着去迎接黎明。他的全部身心都投入到特种宇航工程塑料 ATS 的研制中。基体材料是选择聚合物还是陶瓷？聚合物的耐温太低，而陶瓷的强度又不够……硼、镉等防辐射元素的掺入……注意共晶合金的质量……可塑性需改善……

在晨星宇航公司的资助下，ATS 在老人手上诞生了。它质量小，强度却极高，并耐高温，防宇宙辐射，其特殊的可塑性可直接浇铸飞船外壳或部件。多少天来，老人为自己对人类的贡献而激动不已。然而此刻，他心爱的人，他深藏在心底的感情，他毕生心血创造的财富，都已变得无足轻重，它们随时都会随同这世界一起消失得不留痕迹。

“一切都将不复存在。”老人喃喃自语着。

时间一分一秒地逝去。房间里一片寂静，仿佛一点儿声音就会引起世界的崩溃。已经是深夜了，老人毕竟上了年纪，他昏昏沉沉地睡去。

城市在夜幕下沉睡，万籁俱寂。夜空中一点微弱的火星闪过，仿佛人类第一次擦出的火种。核闪光猛然照彻了黑夜，下面的城市瞬间显现，又瞬间消失，裂开的火球开始从城市的废墟上腾起。小行星碎成数块，纷乱地滑入地球大气层。几分钟后，一堵火墙从天边掀起，向无限远的地方延伸着，片刻就充斥了整个宇宙。火光过后，一切都消失了，只有无际的黑暗来收容所有的亡灵。

老人从噩梦中惊醒，冷汗浸透衣襟，惊恐的眼睛在黑暗中闪烁。他看了看表，时间是凌晨四时左右，黎明尚未来临。

电视机一夜未关，上面还进行着无休止的采访、评论。突然，屏幕上的画面一阵紊乱，继而消失了，片刻盲闪之后，出现了一张面孔。

“我代表自由人解放阵线向所有人类公民致意。请别用对恐怖分子的眼神来看我。长期以来，腐朽的地球政府肆意诋毁、诽谤、歪曲着我们的形象，今天我要告诉你们，自由人解放阵线是战斗在人类解放事业最前沿的组织，无数人类最具才华的精英正在为他们崇高的信仰奋斗着。正如这次太阳鸟行动，我们的队员潜入大西洋四千米深的海底，拆卸了沉没的射水鱼号核潜艇的反应堆，获得了足够的钚239。我们杰出的科学家不仅设计了原子弹的引爆装置，他们甚至发明了最先进的ATS复合塑料，以其作为外壳的原子弹轻而易举地躲过了所有安全系统的检查。请你们相信，我们是强大的，战无不胜的，我们的事业是正义的，别再受政府的欺骗和迷惑……”

成文老人没有听完他的话便昏了过去，他认出那人正是晨星宇航公司的总裁秦明成。

十几分钟后，在诊疗机的全力抢救下，老人苏醒过来。然而老人的生命不可逆转地迅速衰竭着：心脏无力地跳动，血液的流速在减慢、凝结，细胞分裂的个体已无法填补死亡的空缺……诊疗机感到情况不对，正欲向全球医疗网络报告，却被老人关闭了。关闭诊疗机几乎耗尽了他的全部力量。不久，他的身体不能动了，一双空洞的眼睛正逐渐失去光泽。他本来可以再活几十年，但他的身体瞬间便同他内心所有美好的事物一同崩溃了。角落里那台脑波电脑断续着打出一些字：

敏：

我感到自己已走到了生命的尽头。

我干了多大的一件蠢事！ATS 竟被他们用来制造原子弹。毕生的心血……换来……人类的灾难，我不是故意的……真的……这不是我的意愿，没有人原谅……我……感到了所有人的谴责。我是如此地……爱着你……爱着每一个人……爱着这古老的……

“本台最新消息。今天凌晨五时整，全球反恐怖部队突袭了自由人解放阵线在小行星城的地下巢穴。恐怖分子绝望中引爆了他们掌握的两枚核弹，但爆炸并没有引起可摧毁整个城市的原子核裂变反应，只有两名恐怖分子在普通的化学爆炸中丧生。至此，这场严重威胁人类生存的核危机已经过去，我们将平静地迎接下一个黎明。”

没有人知道，是成文老人在 ATS 塑料设计中的一点计算错误使核弹的外壳强度不够，导致化学爆炸没有将中子加速到足以令钚 239 产生裂变的速度，从而挽救了人类的命运。

没有人知道，在以后的类似事件中，还会不会有类似的差错来拯救世界。

天堂之路

一、不祥的预感

郁岩船长从噩梦中惊醒。

没有人知道，精神上的折磨已将他推上崩溃的边缘。

他疲惫地走出卧室，脚下铺着草坪的金属平台延展开去，插入无垠的宇宙空间，巨大的舷窗垂落在尽头。

这里是系泊于土卫六提坦星三万七千公里轨道上的宇宙港。透过舷窗，可见周围连绵毗邻着数不清的带有透明穹顶的雄伟建筑，迷蒙的光芒从中射出，在墨黑的太空里流溢，仿佛一座天堂的城市。

基地伸出许多几公里长的月台，其中一条对接着“英雄号”星际航船。启航前的维护工作在加紧进行，庞大的船体淹没在辉煌的灯火中，一架为其装载货物的航天飞机正在对接。两天后，郁岩就将随其踏上前往鲸鱼座 PH2 号星的漫长旅程。

他不觉叹了口气，将目光移开。视野里映入一个闪着幽光的物体，那是一千公里外的飞船基地，不计其数的飞船残骸堆积在一起，已成为一条密集的金属行星带。红色的土卫六正从其后升起，酷似一滴血溅在凄冷的宇宙中。船长的身体一抖，一股莫名的恐惧袭上心头。

二、乘员

对于机器人警官雾冰来说，登上“英雄号”航船是非常偶然的。地球到星系中转站的航天飞机出了故障，他和助手韩晴没能赶上前往鲸鱼座的客运航班。他们所肩负的使命事关重大，刻不容缓，而宇宙港除了“英雄号”货船外，一段时间内将不会再有去那里的飞船了。

如今，不管人类能否接受，人性化机器人正悄然具备许多人类才有的特征。也许和职业有关，机器人雾冰天生就对人类有着浓厚的兴趣。他无时无刻不注视着人类，收集一切与他们有关的资料，忙于使其有序化，甚至沉溺于从中寻找人类内心深处的固定程式。

而真正进入人类的感情生活，是从和助手韩晴的合作开始的。韩晴是个孤儿，与雾冰的长期相处，使女孩孤独而富有感情的心有了依靠，在他们的交往中已很难发现人类与机器人的分别。

基于以上原因，与郁岩船长见面时，船长的态度使雾冰感到不悦，那是一种略带鄙夷与孤傲的眼神与口气。雾冰瞟见驾驶舱内那台圆桶状的带有多个触角的驾驶机器人，船长对自己的态度一定受了它的影响。

“英雄号”即将启程，船员们都忙着操纵飞船，这使雾冰有机会对船上成员进行全面了解。指令长隆左臂上嵌着一只再生手，看上去饱经风霜。他的声音低沉有力，口令传递迅速无误。而导航员林明的操作则显得忙乱，是什么使他心不在焉呢？抛开偏见不谈，可以说郁岩船长给雾冰的印象是不错的，他具有一个船长所应有的东西。首先是威严，其次是博学和经验。这就是全部船员。对于一艘先进的星际航船，即使三个人也是绰绰有余的。飞船启航后将只留一人在驾驶舱内值班，其他人作为应付意外事件的后备力量，进入冬眠舱冬眠。

宇宙港早已消失，“英雄号”正以巨大的速度掠过太阳系边缘最后一个导航站。修正坐标后，它的主发动机将启动，直奔鲸鱼座。

冬眠前，宇航员们照例共进正餐，人造重力使大家得以像在地球上一样围坐在一起。以后的值班中，他们都将面对孤独。

雾冰和韩晴都是初次星际旅行，虽公事在身，仍旧不乏度假的心情。韩晴的脸上露出难得的微笑，对雾冰也比平时亲切了许多，两人时而交换会意的眼神。雾冰的情感电路兴奋不已，同时他注意到，尽管自己的合成表情肌仍显僵硬，但他们俩的亲密却令郁岩船长吃惊不小。

他开始与船长交谈．先是漫无边际，然后有意扯到机器人的话题上。他以人类的思维方式和意识形态陈述着种种见解，渐渐地，机器人略带得意地感到船长已把自己当作一个人来对待了。最后他们谈到了宇航，船长简要地介绍着宇航方面的知识，语气缓慢而平淡。

“不知类似‘英雄号’这样的星际航船在无人自控的情况下能否完成航行？”雾冰感兴趣地问道。

“完全可以。”船长肯定地点点头，“实际上，宇航员的存在某种程度上是人类的传统意识在作怪，人们总认为有人驾驶的飞船才安全。”

“那么是否可以理解为，宇航驾驶员在高度的文明面前已无存在的必要了？”

“不，刚才我是说‘某种程度’。另一方面讲，宇航员也确实对一些航行中的意外情况起着无法替代的作用，难道不是吗？”

“这一点不敢苟同。”雾冰一笑，“我反而对周密的自航程序和精确的机器人更放心些，也许因为我毕竟是个机器人。据我了解，人的模糊判断常会导致一些不该有的灾难产生。”

船长没有回答，他的脸变得铁青。船舱里刹那间鸦雀无声，一种令人压抑的气氛迷雾般漫过每个船员的身体，说不出是忧郁还是恐惧。机器人意识到自己的话触动了宇航员们某种不可示人的隐痛。

大家不欢而散，这使雾冰非常内疚。冬眠前，韩晴揽着他的肩道：“我们将进入冬眠，我最好也把你的能源关闭。虽然你是机器人，但你会感到孤独的，这一点我了解。”女孩温柔的目光使机器人的心情好了一些，他顺从地点点头。

飞船的主发动机咆哮起来，正反物质相互湮灭，“英雄号”化作一道光，射向遥远的宇宙。

三、船长之死

当雾冰重新苏醒时，视野里出现的是一张张惊恐的面孔。

“出了大事，”导航员林明发紫的嘴唇不住抖动，“船长他……他……死了。”

雾冰询问的目光投向韩晴。

她点了下头：“是凶杀，在船舱。”

“走，去看看。”

驾驶舱口，雾冰停住脚。舱门敞开着，里面灯光昏暗，一片寂静，落地的舷窗外是挂满繁星的宇宙。船长端坐在显控台包围的驾驶椅上，身体、驾驶椅和地板都淌满了血迹。船舱另一侧的导航台旁，那台驾驶机器人通体焦黑，歪倒在一边。

“谁发现的？有没有检查过现场？”雾冰问。

“是我，”林明神色不安地答道，“我是按时结束冬眠，准备接替船长值班的，可一开驾驶舱就发现船长他……”

“你进过驾驶舱吗？”

“没有，我立刻就到冬眠舱把大家唤醒了。”

“尚未进行现场勘察。”韩晴接口道，“我想，还是先把你叫醒的好。”

“好吧，我和韩警官检查驾驶舱，请指令长和林明就守在舱口，不要单独走动，悲剧可能再次发生。”

船长是被某种利刃从左肩一直劈到心脏部位致死的。凶手出手很重，毫无怜悯之心，连同驾驶椅的一部分都被切开了。在驾驶椅旁的地板上，雾冰找到了凶器，那是一柄染有血迹的金属匕首，这种古老的武器已经很少在凶杀案中见到了。

驾驶机器人也同样被这柄匕首洞穿了中枢电路，短路进一步将其烧毁。雾冰注意到，机器人的电子脑竟然毫无损伤。他立刻让隆和林明进行检查，看看是否可以修复。正当雾冰翻阅航行日记的时候，机器人的大脑被重新激活了，但除了混乱的只言片语外，就是超负荷的电流声。用人类的病理名词讲，它已经神经错乱了。

最后，雾冰又检查了冬眠舱的冬眠装置，并把大家召集到一起。

“很遗憾，船上发生了如此不幸的事，而受害者偏偏是我们尊敬的船长。”机器人雾冰的电子眼缓慢地扫过每个人的脸庞。他思考着，力图不放过每一个细节，每一个漏洞，每一种可能。“我查阅了航行日记，上面只记载了一场陨石雨的掠过，并预测了一次超新星的爆发，没有任何其他飞船靠近过的记录。也就是说，凶手就在我们中间。”

寂静。

雾冰接着说道:“对于船上的事，大家也许比我更了解，不知有没有线索可以向我提供。”

隆轻轻咳了一声:“杀害船长的那把匕首，我知道是谁的。”

“谁的？”

“林明的。”

所有人的目光同时射向林明。

“不错，匕首的确是我的，但这并不能说明我与杀害船长的阴谋有任何关系。它就放在工具箱内，谁都可能拿到。”他矢口否认。

“还能有谁呢？”隆继续以坚定的语气说道，“雾冰警官曾检查过冬眠装置，他肯定发现，从冬眠到苏醒都是由电脑自动定时的，冬眠中的人是无法使自己复苏的，所以能在船长遇害期间醒来的只有接替他值班的人。还有，飞船起飞的前一天，我提前回到飞船，发现有一个人正拿着这把匕首和船长争吵，那个人恰巧也是林明。”

“不，不是我杀的船长，你在诬陷我！”林明怒视着隆，绝望地分辩着。

雾冰沉默着，直到林明平静下来，才平和地说道：“那么……可否把你和船长的那次争吵说给大家听听呢？”

“不，不……你们并不知道这对我意味着什么。”他痛苦地用手捂住脸，又蓦地抬起头，用怨恨的目光瞟了隆一眼，但碰到的是同样怨恨的目光，“好吧，你们跟我来。”

在众人的跟随下，林明来到货舱，开启了一只标有“电子神经”的包装箱，显露出里面隐藏的冬眠冰柜，一个秀美的女子凝结在透明的氦冰中。

林明的目光一触到女子的脸庞，顿时变得温柔了。“为了实现成为宇航员的梦想，我整整苦读了十五年，这十五年中，她一直陪伴着我，宇航和她各占我生命的一半。然而没想到第一次航行便迫使我做出无法做出的抉择。”年轻人惨然一笑，“我早该想到这该死的自然规律和人类社会的不平等！我们此次鲸鱼座之行往返共需一百四十二年，而她因为只是普通的地面居民，不能进行所谓耗资高昂的冬眠，这意味着回来后便再也见不到她了。启航前……她从地球赶到宇航港为我送行，然而我不能忍受这种离别，我把她藏进了货舱，这是我唯一能两全的办法。尽管我极力隐瞒，船长还是发现了这件事，我们争吵了起来，我的确用匕首威胁船长，但仅是威胁而已。即使船长仍不让步，我也不会怎样的。”年轻人坦率地看着大家。“本来船长是坚决反对我的，可听了我和她的事后，他决定原谅我。”他叹了口气，“我的行为已严重触犯了航行条例，这个秘密泄露出来，也就意味着我将从此告别宇航员的生涯，但愿我付出的代价不仅能澄清我，也能为抓住杀害船长的凶手有所帮助，没想到……我的处女航行竟如此曲折。”

韩晴的眼睛竟泛起了泪花，她一定想起了自己的心事。

隆仍是怀疑的眼神。

“虽然……案情尚未明了，但我至少可以告诉大家，凭刚才的证据断定林明为凶手是没有根据的。的确，我仔细检查过冬眠装置，正如指令长所说的，处于冬眠中的人只能按预定时间醒来，而预定时间最接近船长死亡时间的恰是林明。请注意，我说的是‘接近’，事实上，船长的死亡时间至少比林明苏醒的时间要早十二个小时。”雾冰静静地说。

“难道没有人杀害船长？”隆失声说道。

四、谁是凶手

这一艘微亮的飞船在幽暗的宇宙暗海里摆渡，这一个不知名的亡灵在天堂与地狱间游弋。

冬眠舱内灯火通明，大家被巨大的精神压力折磨得疲惫不堪，但仍旧毫无睡意。

机器人警官雾冰木然倚在角落的椅子上，陷入沉思。船长被杀了，在不可能有人的时候；不可能有人杀他，可船长却被杀了。每一丝信息都被记忆单元复制，并在逻辑电路中分解、筛选、重组，不断产生各种假设，而这些假设又不断为信息本身所否定，如此循环往复……一个个答案已冲破了绝大多数关卡，可最终还是被排除了。还不行，时间、距离……船长……精神错乱……

“会不会是自杀呢？”韩晴猜测道。

“他根本不可能坐着用一把并不很锋利的金属匕首，把自己从左肩一直劈到心脏……坐着？”机器人忽地想起了什么，他刹那间醒悟了。

“我想我找到凶手了。船长被害时，冬眠中的乘员确实都在沉睡。但是大家忽略了，除船长外，还有一个人没有冬眠，只有他才具有杀人的条件，而那个人就是——我！”

“为什么不是驾驶机器人干的呢？”韩晴对此提出疑问。

“你说是驾驶机器人杀了船长，然后自杀，从而伪装了假象？并非如此，机器人挨的那刀正中中枢电路，很难想象它在失去控制后还能把刀拔出来扔到地板上……”

“可是你当时被切断了电源。”韩晴反驳道。

“表面上确实如此，但别忘了，我具有自启动的能力。作为一个机器人是不具备暴力特征的，它不可能用自己的思想支配自己去杀一个人。不过完全有可能有人在我的电子脑失去知觉后，为我设置一个定时杀害船长、之后再自动抹除的程序，这的确做得天衣无缝。”雾冰带着一丝佩服的语气说道，但随即把犀利的目光转向韩晴，“在所有的可能排除之后，真相自然水落石出。那个编程序的人显然就是幕后真凶，而具有这个能力的人，飞船上只有身为我助手的你。”

所有的目光都注视着韩晴，这是种无形的压力。然而女孩的表情仍显得很从容，她缓缓地点了点头，口齿清晰地说道：“不错，是我谋害了郁岩船长，但你也许并不知道，他本来就该死。”

好长时间的沉默。

她继续说道：“二十年前，也就是我两岁那年，我跟随父母乘‘星帆号’客运航船前往半人马座旅游，谁知飞船在途中撞上了陨石雨。我是在飞船爆炸的瞬间被父母推入救生舱脱离飞船的，而他俩却随同其他二百名乘客永远留在了宇宙的深渊中。长大后，我研究了所有关于‘星帆号’案件的资料，发现导致这场灾难的原因，竟是因为船长的玩忽职守。在本来可以避开陨石的最后一刻，他却放弃了努力，自己开救生飞船逃生了。由于证据不足和法律的疏漏，这个船长竟然逃脱了法律的制裁，并且继续担任地位颇高的星际航船船长。但他身上毕竟欠着二百多名无辜者的生命，难道他不该死吗？”

“那个人不会是郁岩船长，你不知道他对宇航是多么的忠诚，他的一生都献给了宇航。”林明摇头道。

“她说的没错，”隆用低沉而肯定的语气说，“当时‘星帆号’的船长的确是郁岩。但有一点我需要指出，法律是公正的，没有任何证据表明‘星帆号’灾难的肇事者是船长，然而，他的信念毕竟在最后关头崩溃了。对于‘星帆号’数百名乘客的死，他确实有不可推卸的责任。为此，他的心上永远背上了沉重的精神压力。他曾告诉我，他希望当时随同‘星帆号’的全体人员一起共赴黄泉，那种死是壮丽而荣耀的；可现在，两百个冤魂时刻诅咒着他，令他生不如死。也许……郁岩船长还是死了的好，那对他是一种解脱。”

隆长长的叹息在船舱里飘散，渗入船外黑洞洞的宇宙。

“我想，船长的死对你也同样是种解脱。”雾冰对韩晴说。

她咬了咬嘴唇：“也许我要为我的行为付出巨大的代价，但二十几年的时光，我终于可以向我的父母交代了。”

“可是，这个案子还尚未了结。”雾冰提高声音说道，“我想让大家判断一下，我是先杀船长后杀机器人呢，还是恰好相反？”他停顿了一下，用等待的目光看着大家，没有人回答。“假如我先杀害的是船长，大家知道船长到驾驶机器人的距离有七米左右，中间还隔着控制台和三把驾驶椅，机器人完全有时间报警，事情并未如此发生，可见我是先杀的机器人，而后再杀死船长的。可为什么当我破坏了机器人，并拿着匕首向他走来时，他却能如此从容镇定地坐在驾驶椅子上呢？为什么呢？难道他睡着了吗？而宇航员在值班期间是不睡眠的，清醒药物会使其毫不疲倦地值上几个星期的班。那么，只有一种可能，就是船长在我作案之前，就已经死了。”

“会不会是药物或顽症突发致死呢？”

“据我所知，我们这个世界已经不存在哪种毒药或病症可以使人在瞬间安详地死去。另外，驾驶机器人的电子脑并未遭到破坏，可它为什么神经错乱了呢？船长在值班日记里曾预测了距我们空域很近的超新星的爆发，可并没有关于爆发的任何记载。我猜想，一定是超大规模的超新星爆发，使飞船遭受了极强的宇宙射线照射，船长一定是把飞船的所有能量都集中到冬眠舱的能盾上，保护了我们和飞船主控电脑，而他则暴露在强烈的辐射中，被瞬间夺去了生命。船长真正的死因，我经过尸检后才能确定。但我相信，这就是最后的真相。”

五、天堂之路

大家肃立在巨大的舷窗前，目送着船长的固氦冰棺慢慢离开飞船，飘入太空深处，成为一颗闪光的流星。

“他终于可以直面‘星帆号’的所有亡灵了。”隆意味深长地说道。

“我有两个建议想听听大家的意见。”雾冰的话充满人类感情，“第一，对于林明犯的错误，既然船长已经原谅了他，那么我们是不是该尊重他的遗愿呢？第二，航行日记上，是否可以把这次凶杀案略去呢？就当这是一次忏悔的天堂之行，让我们洗去所有的罪恶。”

星海彼岸

一、流星

星际航船穿越一个个星系，在亘古的宇宙中流浪。

没有人知道它航行了多远，迎面而来的星系在资料库中没有一点记载。它在向着一片未知的领域前进。

更没有人知道它航行了多久，它早已与母星失去了联系，甚至母星是否还存在也未可知……

它花费了漫长的时间，跨越了半个宇宙……

它，到底在探索什么？

航船在绝大部分时间里完全是一块毫无声息的石头，只有在掠过恒星进行加速的时候才发出那么一点微光。它所要完成的使命太渺茫了，它最终的可能就是化作宇宙中的一粒微尘。

终于有那么一天，它来到了这里。

探测器悄然扫描着这片空域，几秒钟的时间里，浩如烟海的资料涌入主机进行检索、筛选……这项工作早已使主机厌烦了，这么遥远的航程，却没有发现一点线索。可是这一次，一个重要的数据跃然而出，主机立刻开动了所有资源进行分析……过了几毫秒……可以确认了，这就是它的目的地。

主机唤醒了飞船……发动机开始为飞船减速……航向对准那个星系……船舱内灯火通明……船员们正在从休眠中醒来……

船员们围绕在全息星图旁，欣喜万分地观赏着那颗蔚蓝色的行星，主体构造吻合……大气成分吻合……运行轨道吻合……毫无疑问，这就是他们用尽一生在寻找的星球。

舷窗外还看不到星球那晶莹剔透的蓝色身影，它还处在几亿公里外的深空中，但是与飞船所经历的航程相比，这点距离是那么微不足道。

航船像一颗耀眼的流星向着星球飞去……

二、峡谷

践远弯着腰在田里收割麦子。

一手挽住麦秆儿，一手用石刀切割着……

他已经干了一个上午，身后割下的麦子堆成了小山。他的身体几乎淹没在麦丛中，在烈日的暴晒下，汗水不断从额头落在田间，腰部从酸痛渐渐变得几无知觉，手掌上的水泡已经磨破，被汗水浸着，一阵阵刺痛。

他停下来，挺了挺僵直的腰部，向四周望去。在他的周围还有几千族众在紧张劳作，这差不多是部族全部的人口了，就连能走路的孩子也蹒跚着在田间拣拾麦穗。践远看着他们，从一阵阵欢声笑语中，他能感受到丰收的喜悦。他也很开心，于是呵呵地笑了起来。

他把目光放得更远。

这是一片扇形的山间谷地。两道高不可攀的峭壁沿着扇骨的外缘夹住了山谷；弧形的一面是波涛汹涌的海岸线；在扇柄的夹角处，一道巨大的瀑布从天而降，汇成了穿越谷地流向大海的无名小河，这条河滋润了两侧的谷地，是部族的母亲河，可是……

星球表面绝大部分被海水覆盖，一年之中不是阴雨绵绵就是暴雨倾盆，难得见到几天太阳。这条小河现在看来温顺而平静，可是它随时会在电闪雷鸣中展现出另一副可怕的面孔。

部族就生存在这一小块山间平原上，主要依靠种植谷物为生，当然他们偶尔也会驾驶独木舟出海捕鱼，但那是一件极其危险的事情，变幻无常的海面随时会掀起滔天巨浪，海中的生物也大都凶猛异常，不到万不得已部族是不会涉足海洋的。

温暖的气候、肥沃的土壤和充沛的水量使谷地中非常适合谷类的种植，农作物一年可以成熟好几季。然而这里绝不是部族生存的天堂，突然而降的大雨会让瀑布变成咆哮的山洪，暴涨的小河会瞬间淹没整个平原，辛苦了几个月的部族就只有眼睁睁地看着劳动成果被一粒不剩地冲入大海。

今年是个数十年不遇的丰收年，几个月的时间里，竟然有一半多的时间是晴天，雨水虽然依旧充沛，却没有引发山洪，小河的流水恰好灌溉了田野。金色的麦海从小河两岸一直蔓延到山脚下的峭壁边缘，每一颗麦穗上都果实饱满。践远欣喜地望着一望无际的麦田，心里盘算着：再有两天，收割作业就可以完成，这一季的收成大概够部族一年的粮食了吧！大家终于不用在饥饿中挣扎度日了，自己也有时间去钻研石壁上的神谕了，那上面一定记载着使部族真正摆脱困境的办法。

一个五六岁的男孩捧着一个陶罐走过来。

“阿爸，吃饱了才有力气干活。”男孩稚嫩的声音在男人心里荡起一丝暖意。

践远接过陶罐放在地上，一把抱起儿子，举过头顶。男孩高高地俯视着原野，咯咯地笑个不停。践远也跟着哈哈大笑起来。

父子二人的笑声在山谷间回荡，部族的人们纷纷停下手里的活，笑吟吟地注视着他们。

突然之间，践远的笑声戛然而止。他呆呆地望着远方的天际，一片浓重的乌云正从那里升起。

乌云的浮现就像拉响了战斗警报，部族的每个人立刻陷入近乎疯狂的工作状态。

乌云的动作更快，几乎是在眨眼间就已遮盖了天空，天地间顿时昏暗一团，大雨倾盆而下。

星球上的雷雨天气是极为可怕的，闪电如蛛网一般在云端此起彼伏，震耳欲聋的雷声响成一片，雨水密集得分不出雨点，整个世界仿佛都沉入水底。

水像是从地面渗出来一般，飞快地没过了脚面，又没过膝盖，金黄的麦田也不见了，只剩下一片苍白的水面……

践远茫然四顾，族众们开始向山洞中转运割下的麦子，还有几个人不甘心地在水中摸索着麦田。

必须要撤回高处的洞中去了，山洪随时会前来卷走一切，刚才还平静的峡谷现在变得极度危险。两天啊，只需要两天，这个吝啬的世界却不给他机会……

践远仰天发出一声无奈的长啸……

三、困境

夜深了，洞中的最后一堆篝火也已熄灭，一天的劳累和紧张使人们进入了睡梦。

践远倚靠在洞口附近，默默望着外面。雨下到现在，丝毫没有停歇的迹象，反而愈下愈大，轰鸣的水声与滚滚的雷声响成一团，一道道电光不时照亮践远那严峻的脸庞。

他曾经期望这只是忽来忽去的阵雨，那样被水淹的麦子还有救，多少会挽回一些损失，但是雨下到现在，他已经不抱任何希望。

一阵经久不息的咆哮声隐约传来，转瞬间就变得震耳欲聋。睡熟的人们被惊醒了，人们在恐慌中交头接耳，有几个人靠近洞口向外张望，又垂头丧气地退了回去。

山洪来了，在山顶之上凝聚的庞大力量终于倾泻而下，沿着瀑布，沿着小河，将把山谷中的一切卷入大海，那片金色的麦田，部族几个月的心血全都完了。

从以往的经验判断，这场雨下个十天半月，在星球上是平常的事情。

践远的心中虽然沉重却没有过分的悲痛，即使在他担任首领的这段不长的时间里，眼前的一幕也曾经不断地上演，这或许就是部族的命运。其实比起多少次的颗粒无收，这次的情况算好的了，收割的粮食除了保留一部分作为种子，剩下的还足够部族吃上三四个月，到那时，下一季麦子估计也快成熟了，山谷间又将是一片金黄。

他现在的思绪飘得很远。

部族是从何处迁徙而来并在这道峡谷定居的，族里最长寿的老人也不知道，通天洞石壁上的神谕中同样没有记载。

从童年开始学习文字的时候，践远就在思考这个问题，那些复杂的文字绝对不是这个小小的部族能够发明出来的，况且还有一些深奥的文字，族人们虽然在流传着，却不明白它们的含意。他断定在世界的其他地方一定存在着一个庞大、富庶、文明的人类群体，部族大概是因为某种原因从这个群体中脱离出来，单独去寻找新的栖息地，并最终被困在这里。

这道山谷虽然肥沃，却并不适合部族生存，它的地势太低洼了，一遇大些的降水就会化成一片泽国，要不是峭壁上存在着一些可以避难的洞穴，部族也肯定早就葬身于洪水中了。

年轻时代的践远曾经对周围的峭壁和那道瀑布进行过多次探索，他试图找到一条能够通向外界的山路，但是没有一次成功。环抱山谷的峭壁像是天造地就的城墙，表面光滑严密，寸草不生，很少能找到可供攀爬的岩缝。有两次，践远以为找到了路，但没到半山腰就被垂直的峭壁拦住了。瀑布从天而降的部位使两道峭壁的交界处，似乎存在着可以攀缘的岩缝，但飞泻直下的水流冲得人根本站不住脚，更别说向上攀登了。践远为此摔断了一条腿，现在走起路来还有些跛。

践远又想到了大海，他曾经划着独木舟，期望能够沿着海岸线绕过山脉，可山谷两侧的山脉绵延不绝，一座比一座高大陡峭，到最后密集的礁盘深入大海，阻断了去路。他尝试了几次，险些船毁人亡，只得放弃。

他向大海深处眺望，难道部族是从海的另一端来的？但是他立刻就否定了这个想法。这片无边无际的大海大概是自然界最凶险的所在了，即使在岸边你都能感受到那惊涛骇浪的毁灭力量。可以想象大海深处会是一幅多么恐怖的景象，何况海中还游弋着数不清的巨大海兽，它们可以轻易地将船只打得粉碎，事实上根本不可能有一艘人类的航船能够穿越这片地狱之海。

践远慢慢地长大，后来成了部族的首领，他的全部精力都放在部族的事务上，保证族人们不受饥饿的威胁已经让他伤透了脑筋，他很少再思考其他问题。但是他始终相信，只有离开这里，找到一片没有洪水困扰的肥沃土地，才是部族唯一的出路，而部族既然能够迁徙到这里来，有一天也一定可以离开。这一点在神谕上也有明示：你们是大地的精灵，你们受到众神的宠爱，在经历了神的考验之后，神将给你们一个美丽的新世界。

所以生活虽然如此艰难，践远什么时候也没有感觉到绝望。但是他并没有想到，这场雨会持续那么久。

四、神谕

十天过去了……

一个月……

两个月……

出乎践远的预料，雨一直没有停。世界似乎成了一个被颠倒的沙漏，海洋仿佛就悬在空中，正倾泻下来重新汇聚成海。践远每天都在洞口观望一阵，乌云遮盖了天空，外面漆黑一片，只有雨声喧嚣不绝，似乎永远也不会停止。有的时候，他恍惚看到天边透出了黄澄澄的微光，雨也小了许多，似乎随时都会放晴，可是过了一阵，乌云重新合拢，雨的轰鸣声再起，并且有愈演愈烈的趋势。

没有太阳就没法晾晒麦子，幸好族人们带回了大量麦秸，才能够用篝火烘烤麦穗，使麦粒脱壳，但是得到的粮食随着雨季的延续越来越少，现在每顿饭都是清得见底的米汤了。

雨还在无休止地下，峡谷里一片汪洋，水面还在不住上涨，淹没了部族曾经居住的洞穴，人们已经向上层洞穴搬了两次家。

践远的心也渐渐焦虑起来，不过他表面上仍然若无其事，族人们的眼睛都看着他呢，他们不安的心情需要他用自己的镇定和自信去抚慰。但是他也是一个普通的人，他也有迷惘和茫然，也有孤独与无助，他又能向谁去寻求解脱呢？

通天洞高高地处在部族居住的洞穴群上方，要到达那里需要从部族最上层的洞穴再攀爬一道十余米高的石缝才能到达，在风雨交加的天气前往那里要冒一定的风险。

山洞的洞口狭窄细长，人匍匐着才能爬进去，洞内的空间也不大，只能容纳五六个人。它只是个普通的岩洞，但是内侧的洞壁却像镜子一样平整光滑，绝非天然，而且以部族的能力也根本不可能做到。洞壁的左上角刻着著名的神谕：你们是大地的精灵，你们受到众神的宠爱，在经历了神的考验之后，神将给你们一个美丽的新世界。正是这些文字让部族一次次从绝望中坚持下来，并最终走到了现在。

践远到洞中来的次数越来越多，逗留的时间越来越久，他是期望从神的信仰中得到信心，还是在向神寻求部族的希望？

大部分洞壁上还密密麻麻地刻着神启，部族用了几代人的智慧也只能读懂前面的一小部分。“神需要树来为你们开启通往新世界的天梯，神还需要一面旗帜来书写神的史诗，神还要你们……”

谷地中贴近峭壁的一小块高地，曾经是部族最好的田，那里的庄稼长得最茂盛，一般也不会被洪水淹没，现在那里种植着一片树林，树木都已经成才，真的像天梯一样直刺云端。

在部族最大的洞厅里，妇女们一有时间就在用神启上记载的烦琐方法编制一面巨大的旗帜，那是一件艰苦的工作，经历了几代人的努力和失败，现在终于接近完成。

神还有许多莫名其妙的要求，比如一条长得出奇的绳索，和许多奇形怪状的器物，没人知道它们的作用，但部族都在努力制作，他们相信当神的考验完成之后，神就会降临，带给他们一个美丽的世界。

践远坐在石壁前，有时一坐就是一天。他的眼睛久久地注视着那些浩如烟海的文字，他清楚地知道这些字可以为部族打开一个难以想象的天地，可惜能够读懂的不到千分之一，即使读懂的也是一知半解，迷惑重重。石壁上还有一小半的空间是空白的，一个字也没有，黑沉沉的像是一团看不破的夜雾，但是那更加深了践远的想象空间，让他的思绪飘得很远很远……

在没事的时候，践远总是喜欢在石壁前打坐，他希望从神谕领会更多的含意，虽然总是徒劳无功，但是他至少从中汲取了更加坚定的信念，作为首领，这无疑是极为重要的。

但是现在，他的心中是那么脆弱和无助。他在一遍又一遍向银色女神祈祷。雨终于小了，乌云的缝隙中透过了几缕天光，可是部族的粮食也所剩无几，至多再坚持两三天就会断粮，然而山谷中的洪水退去还要七八天，然后耕田播种，及至庄稼成熟至少要两个月，这段时间部族靠什么维持呢？即使把种子吃掉也坚持不了那么久啊。

一个高大但有些驼背的身影出现在践远身后。

“父亲。”践远的声音低沉无力。

“神是我们万能的救主，但是枉自在这里祈祷，是不会得到神的怜悯的，只有经过神的考验，我们才能得到她的救赎。”老人虔诚地望着石壁，声音苍老但浑厚。

践远的眼前一亮，霍地站起身：“我明白该怎么做了，我现在就组织人出海捕鱼。”

老人的手有力地放在践远肩头：“族人们还需要你，神也需要你完成历练，我这把老骨头随便埋在哪里都行。”

五、潮起

此刻应该是正午时分，但是从洞口向外望去却灰暗如黄昏一般，乌云不断变换，如同一幅无法看懂的水墨画，闪电停止了，雨小了许多，但还在下。峡谷已经被水完全淹没，离地十余米的部族洞穴现在伸手就能触到水面，两侧的峭壁像两把利刃插入大海，使峡谷成了一个天然的海港。

八只独木舟从洞口推入水中，每只上面三个人，一共二十四个壮年男子承载着部族的希望向辽阔的大海驶去。

践远和族人们站在洞口目送他们离去。

老人就在最前面的独木舟上，目光一直望着大海，始终没有回头。

送行的人们逐渐散去，践远还默默伫立在洞口，儿子践翎站在他身边，一边拉着他的手，一边把头偎在践远身上。这个孩子已经从父亲的沉默中明白了许多东西。

独木舟越来越远，渐渐变成几个黑点，渐渐地什么也看不见了。

践远怅然若失，像是生命中的某些东西突然消失不见了。

这个时候，在海天交界的地方，乌云突然裂开了几道缝隙，几束耀眼的阳光透射而下，在海面上反射起金色的闪光。

践远的手颤抖着，他的眼中陡然亮起希望的目光。

神迹，这是神迹啊，是神在向我们昭示一个美好的未来吗？

仿佛是在应验践远的猜测，傍晚的时候，雨终于停了，乌云悄然散去，露出一天繁星。

多少天没有合眼的践远放心地安然睡去。

然而星球上那多变的天气恐怕连神也无法预测。午夜过后，践远被一种越来越强烈的凄厉的啸声惊醒了。他马上意识到，风，起风了。他踉跄着奔向洞口。风虽然对部族没有什么威胁，可是对于海上航行的人却是致命的。

风很大，践远站在洞口要扶着洞壁才能站稳，风是向着大海的方向吹的，这说明父亲他们会被风吹得越来越远。更让他惊惶的是，他在星空中看到了两轮盈白的月亮。

两轮月亮出现于一个天空在行星上是个罕见的天象，大概每过几年才能出现一次，它们巨大的潮汐力量将在行星表面掀起一场大潮。

践远颓然跪在洞口，他竭力向黑沉沉的海面眺望，他似乎看到父亲正带着族人们在风暴中奋力搏斗。他感到自己是那么的渺小，他只有一遍又一遍地向银色女神祈祷，期望她能够在这个残酷的世界中创造一丝奇迹。

双月凌空的时候，老人的心中也是一沉。他茫然四顾，水手们也正惊慌地望着他，他们之外是没有边际的大海。风这么大，他们不可能逆风返回峡谷了，现在只有依靠自己的力量去与罕见的大潮对抗了。

刚才还平静的海面骤然荡起了波澜。老人呼唤各船尽量聚集在一起，以免失散。平原般的海面变成了一片绵延不绝的丘陵，山丘一般的巨浪不断向这些渺小而脆弱的独木舟涌来。人们竭力控制着独木舟，一会儿冲上浪峰，一会儿又落入浪底。

浪越来越大，越来越密集，与强大的自然力相比，人类的努力是徒劳的，一艘独木舟刚刚从一个巨浪中穿出，就被另一个巨浪压了下去，再也没露出水面，上面的人甚至连一声呼喊也没能发出。

老人奋力与风浪搏斗着，他必须使船头与巨浪垂直，一点点的偏离都会让独木舟倾覆。随波逐流中，他的眼前一会儿是迷乱的星空，一会儿是深渊一般的海面。他知道，这样下去，他们根本坚持不了多久，随时可能会葬身海底，然而除了绝望的挣扎，他们还能做什么呢？

情急之间，老人看到了捕鱼用的绳索。那些绳索是按照神谕上记载的办法用树皮搓成的，坚固异常。原本是用来捕鱼的，一端系在鱼叉尾部，一端系在船上。海中的鱼类大多体形庞大，生性凶猛，鱼叉即使击中目标也很难致命，只有用绳索牵着猎物在海中遛到其筋疲力尽才可能捕杀。

聚在老人左右的有四只独木舟，远处还有几艘在浪间起伏，老人示意他们靠拢过来，用绳索把船相互绑在一起。

这个动作看似简单，但在惊涛骇浪中却是极为困难并且危险万分的，靠得太近，就很可能相互撞得粉碎，太远了又根本无法达成目的。他们只能互掷绳索，然后拉着绳索一点点靠近，一边还要撑着桨使他们不能靠近得太快。

这段时间并不长，但对于他们来说仿佛过了一年，所有人都累得筋疲力尽，躺在船上动弹不得。最终有五只独木舟捆绑在一起，形成了一艘大船，果然平稳了许多，虽然仍旧颠簸得厉害，倾覆的危险却小了许多。

老人心中一阵欣慰，现在大概可以逃过一劫了吧，况且这个应急的办法以后可以让部族建造更大的船，也就能捕捉更大的鱼了。他举目寻找其他的独木舟，但视野中只有滚滚而来的海浪。这个时候，老人的目光穿过层层波浪，无意间望向海天线，他顿时惊呆了。

在双月与繁星的照耀下，海面上能见度很高，老人看到在海天线上出现了一道白线，那白线从天边越升越高，就像一片乌云一直升起，飞速地吞噬着接近海面的星辰。老人知道那是什么，那是星球上最恐怖最具破坏力的自然现象：海啸。那道直冲天际的白线是由百米高的海浪形成的，它们扫过的星球表面，一切都将荡然无存……

“神啊，您的考验竟然这般残酷吗？”

老人颓然跌落在船头。

六、潮落

海啸在黎明时分抵达峡谷，海水陡然上涨了近百米，一下子将峡谷全部淹没，只剩两道峭壁的顶部露出水面。在海啸到来前，践远带领全族临时用石块封闭了洞口，但还是有两个下层洞穴被淹没，七十余人葬身大海。

这一切发生的时间不到一个小时，而后海水像一个得意扬扬的破坏者，反身退去。

假如怒火可以燃烧，践远一定会化成扯地连天的烈焰将海啸挡在峡谷之外，可是他的身体在强大无比的自然界中是那么的不值一提，除了苦笑，他甚至不能表现出他的愤怒和绝望。他只能徒然地等待平原重新露出水面，然后在上面重复日复一日的耕耘。

两天后洪水全部退去，久违的黑色土地终于显露出来，部族再一次从灭亡的边缘起死回生。奄奄一息的人们开始在平原上忙碌，他们需要尽快把种子播种下去，并期待着一次梦想中的丰收。

践远惊异地发现，矗立在峡谷高地上的森林竟然安然无恙，它们的根一定深深地扎入了岩缝深处，那顽强的生命力让他感慨万千。

他把目光投向大海的方向，现在的大海风平浪静，微微的波澜反射着万点阳光，几只不知名的大鸟在海面上翱翔，根本让人无法想象它几天前那个暴怒的样子，但是践远知道，父亲永远不可能再回来了。

老人从昏迷中醒来，睁开眼就看到了明媚而刺眼的阳光，难道自己已经来到了天国吗？不过冰冷的海水让他回到了现实。他发现自己仰卧在一艘独木舟上。他想坐起身，可是根本动弹不得，整个身体好像除了大脑还在运转，其他部分都已离他而去。

他还记得失去知觉前的景象：巨浪像一群疯狂的野兽围着独木舟撕咬；同伴们一个个被卷走，濒死的悲鸣在风中一闪就听不到了；捆绑独木舟的绳索在一根根断裂；接着，铺天盖地的巨浪之墙轰然撞击过来，一切都变得粉碎……现在海啸已经过去，大海呈现出一派风和日丽的景象，老人甚至出现了短暂的幻觉，他觉得自己又回到了童年时代，母亲正把他温柔地揽在怀中轻轻摇动，但是他马上就清醒过来。他艰难地挪动头部，向周围观望，看不到一个同伴，甚至看不到一块木头或是一段绳索，无际的海面上只有他一人一舟在漂荡。

过了一阵，老人终于积攒起一些力气，他挣扎着坐了起来。他再次极目眺望，过了良久，他意识到只有他一个人幸存下来。一段绳索缠在他的腰间，另一端系在独木舟上，如果不是这个巧合，他恐怕也早就沉入大海了。不过老人的命运可能比死去的人还要悲惨，独木舟里只剩下一支长矛，他只能随着独木舟漫无目的地漂泊，直到饥饿慢慢夺去他的生命。

老人出奇地平静。岁月的历练已经让他看破了生死的界限。他坐在船头上，看着瑰丽的朝阳和湛蓝色的大海。他回忆着自己的一生，虽然他和部族始终在艰难和困苦中挣扎，但现在看来却充满了乐趣，那是生命所赋予的最简单也最美好的快乐……

一道风帆一样的背鳍从附近的海面划过，又没入水中，打破了老人的思绪。不久，它再次出现，这次距离更近了，背鳍前面还露出了一个庞大而丑陋的头颅。这是一只被部族称作海丘的海兽，它的实际体积有小山丘那么巨大，不过与海中的大多数海兽比较，它的性情比较温顺，属于腐食生物，现在它大概看到老人已是奄奄一息，才游了过来。

一道漩涡骤然在海面形成，独木舟恰好处在漩涡核心，像一只失控的野马在疯狂地旋转。它来了。它已经在独木舟下面张开了大嘴，等待老人落入口中。

老人手中紧紧抱着长矛，等待着最后时刻的到来。

老人并不仇恨这只海兽，作为生命，捕食是它生存的本能，人类也是一样；他也并不想去捕获它，它是那样的庞大，即使是几十个人类聚集在一起也休想杀死它；但是老人仍旧准备用尽力气进行反击，那是他对命运最后的抗争。

随着一阵巨浪掀起，海丘的头颅像山峰一般从海面耸立而起。老人发觉自己已经置身于海丘的血盆大口之中，两排惨白的板牙正从头顶上空合拢，自己的身体正向脚下一个无底的黑渊下坠。

这个时候，老人挺起长矛，奋力向海丘暗红色的喉咙刺去……

落日已经从海面隐去，只剩下一片绯红的晚霞游动在天边。

人们仍旧埋头在田间忙碌，平原表面最上层的土壤由于海水的浸泡而充满盐分，需要铲掉，田间的灌溉沟渠需要重新挖掘……他们的劳作还是很有成效的，有几块田已经插上了秧。

天色更晚了，但还是没人停下来。践远也一言不发，回到洞中又怎样呢？那里除了一些种子，再没有一粒粮食，等待他们的只有饥饿和漫长的黑夜，也许让他们留在田野中更好些，劳动可以让他们看到丰收的希望，而希望也许可以让他们暂时忘记饥饿。

海岸附近突然传来一阵呼喊声。

是父亲回来了吗？践远一阵惊喜，扔下石锄，向海边跑去。

海岸线上，一头巨大的海兽被海水冲上岸来。它肯定才死去不久，身体还没有腐烂，看样子够部族吃上几个月。

人们跪在海兽周围虔诚地祈祷，他们相信一定是神将其送上岸的，以此来挽救众人的生命。

之后，他们开始切割海兽，把割下来的肉块运往洞穴深处储藏起来。不久，人们在海兽的口腔中发现了一支穿透了海兽大脑的长矛。

践远手捧着长矛，久久向黑沉沉的大海眺望。星光下，依稀可见他的眼中饱含着泪水。

七、幻灭

生命的种子已经埋下，人们天天关注着天气的变化，期望着田野中的种子生根、发芽、成长、结出丰硕的果实。星空之上，是否冥冥中也有一双眼睛在注视着这个小小的部族，并祝愿他们发展、繁荣，创造出一个灿烂的文明？

等待收获的那些天里，人们并不轻松，虽然没有再遭遇暴雨和山洪，但降雨却几乎没有断过，小河的水位一直很高。践远带着男人们整天在小河两岸修建一道堤坝。已经记不清从什么年代开始，部族就开始在河岸上建造堤坝，但它总是被洪水冲得无影无踪，可是为了生存，部族就像蚂蚁一样，执着地一遍又一遍重复祖先们的工作，即使明知它根本没有建成的那一天。

女人们除了做饭，就在洞中忙碌着制作神谕中神需要的物品，虽然那些东西是那么复杂，很多甚至根本无从着手，但那似乎是部族获得新生的唯一希望。

践远每天晚上还是要对着神谕面壁沉思，不过他现在多了一个学生。他开始教授儿子践翎学习文字。传说在远古时候，践远的祖上曾有缘觐见过银色女神，并得到了女神最初的教诲和启蒙，从此以后，每一代首领都出自践远的家族，有一天践翎也会接替践远成为部族新的首领。

践翎的智慧和学习能力要远远超过老成守旧的父亲，这让践远感到高兴。说不定有一天儿子会从神谕中领悟到更深奥的真谛，从而揭示出一个崭新的未来呢。不过，践远没想到会有那么快。

这天，践远正和大家在堤坝上挥汗如雨，践翎一跑一颠地把一块石头举到他面前。践远拿着石头端详，开始还不明所以，突然间手就颤抖起来：“这，这就是可以提炼出铁的矿石吗？”

铁是制作神谕物品的重要材料，没有它，很多东西让部族一筹莫展，没想到竟然被一个孩子找到了。一个月后，第一件铁制品在部族的熔炉中完成了。部族开始驶上快车道，一件件奇形怪状的物品接二连三地制作出来。

这一天，男人们劳累了一天，回到洞中，女人们却还没有做饭，并且每个女人的脸上都洋溢着欣喜的笑容。践远被拉到洞穴深处，一面无比巨大的旗帜几乎铺满了整个洞厅。

神谕上要求最难的一件物品终于完成了。践远在心中盘算着神谕中需要的物品，突然振臂高呼:“万能的银色女神啊，我们终于完成了您的要求，我们虔诚地向您献上我们的贡品！”

那一夜，部族无人睡眠，众人在篝火前载歌载舞，狂欢了一宿。

黎明时分，践远带着族人们面对群山后面微亮的晨曦，无比虔诚地跪倒，金色的朝阳从他们头顶缓缓升起。他们在等待着，等待着银色女神从天而降，等待着部族的再一次新生……

然而直到中午，什么也没有发生，一切还都是从前的样子，午后甚至又下起了小雨，天空中一片阴霾，一点也看不出将要出现神迹的样子。

践远的心中略微有些失望，但是并没有影响他的好心情，毕竟部族等待这一天，已经等待了无数年，他们不在乎再多等几天。

一天，两天……一个月过去了，仍旧什么也没有发生。

族人们的情绪一天天低落下去。他们一遍又一遍地清点为神制作的物品，并不厌其烦地一次次与神谕上的记载对比，得出的结论都是一个：他们确实完成了所有物品的制作。可是为什么银色女神没有降临呢？每个人的脸上都流露着迷惘与恐慌，他们的迷惘与恐慌是因为世世代代对神的信仰已经刻入心灵深处，这信仰是一个美丽得无可言状的希望，支撑着他们一天天熬过那些苦难的日子。可是现在，他们的心灵正变成无根的浮萍，渐渐地无所寄托，他们不知道自己将向哪里去，他们的生存究竟还有没有意义。

这段时间，践远几乎一言不发。族人们的疑问，他根本无以面对，他的家族是神的代言者，现在如何对族人解释——他们克服了难以想象的困难，经历了许多代人的努力，终于完成了神的试炼，可是神却没有现身来实现她对部族的承诺。

践远的心中也充满疑问，但是他端详着神秘的神谕石壁，一次次告诉自己：一定是哪里出了纰漏，一定是哪里错误领会了神的深意，才让神没有降临。他在石壁面前彻夜不眠地钻研，试图找到一个合理的答案。几天的时间，他的一头黑发突然变得斑白，然而他仍旧没有一点头绪。

无论如何，生活还是要继续。人们又开始辛勤劳作，试图用劳动去掩盖心中的失落。他们都装作若无其事的样子，可是心上的伤口又怎么能瞬间愈合呢？只有践翎还是整天无忧无虑地在峡谷中乱跑，欢快的笑声使部族沉重的气氛轻松了许多。

践远坐在堤坝上远远地看着儿子。践翎正在峡谷尽头的大瀑布附近攀攀爬爬，看样子想找到一条通往峰顶的道路。他就和自己年轻的时候一样，对什么都充满好奇，时不时就有新奇古怪的想法跳出来，而且不得到答案决不罢休。也许，践远想，也许部族的将来就在于这个孩子了吧。他的心头有几丝欣慰，也有几许怅惘。

忽然之间，践远隐隐听到一声悠远、沉闷的隆隆声，接着大地开始微微颤动起来。他把目光投向天际，烈日当头，万里无云，不是雷声。族人们面面相觑，不明白发生了什么。忽然，有一个人跪了下去：“神啊，您终于要降临了！”众人也纷纷跪倒，向上天祈祷。

那一刻，践远的心头也是一阵狂喜，可是他立刻又冷静下来，也许是司空见惯的雷雨给他带来了心理暗示，他总是对这种不明的震动有种强烈的不祥的感觉。他昂起头，向着震动传来的方向，那高高在上的瀑布源头张望。他看见践翎在瀑布脚下也停了下来，望了望上面，又回头望着他，接着向他挥动着双手，口中似乎在呼喊着什么。

践远还没有明白过来，就听到一声震耳欲聋的巨响，接着看到一股滔天巨浪突然出现在瀑布源头，像一头凶恶的妖龙，张牙舞爪地向峡谷扑来，践翎在一瞬间就被吞没不见了。

黑沉沉的洞穴里，只有篝火在寂寞地跳动，周围的黑暗中不断传来哭泣声。

这场毫无征兆的洪水在部族的历史上还从来没有过，它吞噬了践翎和三百余个正在向女神祈祷的族人，正在结穗的庄稼也全部毁于一旦。

践远默默地坐在篝火旁，他的眼中爬满了血丝，目光让人害怕。

践翎的母亲在生他的时候就死了，现在践翎和父亲也在几个月的时间里死了，只剩下践远一个人孤零零地在这个世上，而他的部族呢？在他成为首领的时候还有四千多人，可是这些年下来，还剩下不到两千人，那预示着部族在一步步走向消亡。他曾经把全部希望都倾注于无所不能的银色女神，可是他失望了。他终于明白石壁上所谓的神谕不过是部族的祖先们留下的遗迹，它的本意是让部族对这苦难的生活还能够怀有一丝希望，而现在，这个唯一的美丽的梦幻终于也破灭了。

践远霍然起身，手中抄起一把斧子，向洞外冲去。

族人们追了上去，但是到洞口又停住了，他们已经知道践远去做什么了。

在神谕石壁前，践远用颤抖的手抚摸着那些来自远古的玄奥文字，然后挥起了手中的斧子疯狂地向石壁砍去。

八、迁徙

天亮的时候，回到族人面前的践远像换了一个人，曾经憨厚和蔼的面容现在沉默而冷漠，让人感到了距离。

他宣布了一项从来没有过的决定：带领部族向另一块土地迁徙，至于那里是乐土还是地狱，甚至能不能够到达，他都不知道，但是他已经决定了，一定要这样做。

族人们用沉默表示了认可，这并不等于支持，只是他们还有其他的路可以选择吗？

三天后，第一批二十只独木舟出发了。接着，第二批、第三批……

为了制造独木舟，曾经是献给神的树林被砍伐了三分之一。

践远跟随第十批，也是最后一批，共六十个人出海。

与其说迁徙，其实更像一次孤注一掷的大规模探险，参加行动的有五百名男性，这个数目是部族青壮年劳动力的绝大部分，还有一百名尚未生育的青年女性，此外有大约一千人留在了峡谷中。践远作出这个决定绝非是出于绝望与疯狂，他为部族做了两方面准备，假如他们找到新的栖息地却不能返回，那么他带走的这些人在几代人以后，又会繁衍成一个昌盛的部族；如果失败了，留下来的人也同样能够延续。

这些小小的独木舟缓缓地向大海的深处划去，转过峡谷的一道岬角，终于消失不见。与浩瀚的大海相比较，他们还不如一粒微小的尘埃，但是他们所要做的却是一件人类的壮举，他们有成功的可能吗？

感谢天公作美，航行的这些天里，天空万里无云，海面风平浪静，这在气候恶劣的星球上是极为罕见的。

“是神在保佑我们吗？”有人在感叹，但是他意识到什么，立刻沉默了。

如果神在保佑他们，就不会让他们踏上这条绝路。没有人怀疑，他们终将葬身大海，另一个新世界不过是一个不可能的梦。这样做是因为他们选择了抗争，而不是默默地消亡。

践远带领着众人始终靠着海岸线前进，一边是高耸入云的悬崖峭壁，一边是漫无边际的大海。大海的平静不过是表象，践远深知它的残暴。

前两天平静地度过了。陆地的一面始终都是峭壁，根本无法靠岸，不过有一条小瀑布从悬崖上垂下，补充了消耗的淡水。一路上也没有遇到前面出发的族人，看来他们是一路向前去了。

第三天的时候，他们发现了一个小小的峡谷，并且在岸上看到了前一批族人。他们弃舟登岸，与族人会合，在陆地上睡了一宿。践远本想带领大家向峡谷深处探索，不过有人告诉他，前面的族人已经去过了，那是一个死胡同。

天亮后，他们继续沿着海岸航行。

这一天，大海变脸了，掀起了一道风暴。幸好他们及时找到了一个避风的巨型岩缝，没有遭受损失。

风暴停止后，他们再度起航，可是走了没有多远，不得不停了下来。一道密集的礁群从陆地一直伸向大海深处。

尝试了多次之后，他们放弃了试图从礁群中穿越的想法，礁石间充斥着数不清的暗流和漩涡，稍不注意就会船毁人亡。陆地上仍是无法登陆的峭壁，他们唯有向海洋深处前进，绕过这片礁群。

礁群的面积远远超出了他们的想象，航行了一整天，礁群还没有尽头，到了午夜时分，他们仍在奋力划行。

践远暗自庆幸，如果这个时候出现一场风暴，后果是灾难性的。

空中群星璀璨，海面上能见度很好。人们忽然发现礁群中出现了一个很大的缝隙，就像一条宽阔的道路，完全可以让众人轻松穿过。

众人一阵欣喜，改变航向朝缝隙驶去。

这确实是一条捷径，处于礁群最狭窄的地段，远远地似乎能看到对面的出口。

践远隐约听到一阵呼喊，他侧耳倾听，发现声音来自左前方的一块礁盘上。

一个人从礁盘上站起来向他们挥手，身上的装束显示是部族的人，他摇摇晃晃的，看样子很虚弱或是受了伤。

见到同伴，众人加速向礁盘划过去。

践远却突然让大家停了下来。

他怎么会一个人孤零零地待在礁石上，其他人呢？践远又有一种不祥的预感。

果然，在前进的方向上，一个庞大的漩涡几乎占据了整个通道，它旋转的速度并不快，所以在远处根本看不到，可一旦误入其中就根本无法挣脱。看来礁石上的人一定是前几批族人的幸存者，其他的人肯定已经葬身漩涡之中。

践远也终于听清楚那个人在呼喊什么，他是要族人们赶快离开这里，另寻出路，千万不能靠近。

大家群情激昂，有两艘船冒险向礁石靠近，却被践远喝止了，他埋着头，划起了桨，独木舟掉头向缝隙外驶去。

众人都默默地跟随践远离开，除了划桨声，没有一个人说话，悲痛像一座大山压在每个人的心头。

人们驶出了很远，还能看到礁石上的同伴在落寞地向他们眺望。

一天后，船队找到出路，绕过礁群，重新向陆地靠拢。经过这里的时候，那块礁石上已经空无一人。

伤感始终笼罩着人群。践远忧心忡忡，他不知道有多少族人在那里遇难。直到三天之后，他们在海岸线上赶上了前面一批船队。践远了解到，礁盘上的人是第一批船队的唯一幸存者，不过正是由于他的指引，后面几批才幸免于难。践远暗暗思忖：从第一批船到最后一批，间隔了六天，没有食物和淡水，不知道他是怎么坚持过来的，那需要多大的毅力啊。

漫长的航程还在继续，陆地上的山峰与峡谷交替出现，没有遇到一块可以长久栖息的平原，而峡谷的尽头总是被更高的山峰挡住去路。践远甚至有一种错觉，他们是面对着一堵永无边界的世界之墙，墙里面的世界总是拒绝他们进入。

有的时候，践远也会向海面上眺望，但浩瀚的海面空无一物，连一块礁石也看不到。

一路上，他们也再没有遇到其他同伴。不知道他们现在情况如何，即使只有一支船队能够找到新的栖息地，这次探险也是值得的，践远这样想道，可是，如果大家都失败了呢？他简直不敢去想。

时间悄然流逝……

践远已经记不清他们漂流了多少天，粗布的衣衫早就变成了布条，大家看上去像野人一样，幸好食物和淡水能够在陆地上补充，使航程还能够继续，但是探险的前景却越来越暗淡，就连践远也已经不再相信他们能够找到一块没有洪水威胁的肥沃原野。他们在继续前进，只不过因为风暴、海兽和饥饿还没有夺去他们的生命，前进就是他们活着的全部意义。

风暴开始一次比一次猛烈地袭来，尽管人们小心翼翼地防范，还是不断有独木舟沉没，人员损失在一天天增加。

海兽也开始注意他们，不断有巨大的海兽在远处游弋，只不过由于担心搁浅才不敢游到近岸来，但那是一个潜在的威胁，让人们时刻绷紧着神经。

更让践远担心的是，开始有人莫名其妙地死去，不是饥饿，也不是伤病，就那么躺在那里默默死去。践远知道，这些人的死是因为他们已经对生存失去了信心。

终于有一天，山峰张开了怀抱，一道开阔的平原展现出来，上面似乎还有金色的麦田。

沉闷的船队中猛然爆发出一阵经久不息的欢呼，人们热烈拥抱着，雀跃不已。

践远也跟着欢呼起来，可是突然间，他看着那肥沃的平原，心中像挨了一记重锤，一口鲜血从口中喷出，天地间剧烈旋转起来，他一头晕倒在船上。

这片平原是那样熟悉，他认出来，那就是他们世代生息的峡谷，他们航行了这么多天，只不过画了一个完美的圆，最终又回到了起点，他绝望的意识到，这个世界是一个充满了苦难的孤岛。

九、大船

践远从昏迷中醒来，他并没有睁开眼睛，他害怕看到族人们一张张忧愁的脸，可是很奇怪，他听到了笑声，不是一个人，好像整个部族的人们都在欢笑，他不禁睁开了眼睛。不错，族人们正在围着洞厅中央的篝火舞蹈，男男女女笑成一团，像遇到了什么天大的喜事。

践远站起身来，一脸迷惑。族人们见到他醒来，又爆发出一阵欢呼。

践远被带到了通天洞，洞壁上还留着被他用斧头砍过的痕迹。他一下子惊呆了，他终于知道大家为什么狂欢了：在神谕后面空白的洞壁上，现在写满了内容。

践远一下子扑到洞壁前，像个孩子一样大声哭了起来。

没有人知道对神的信仰的破灭，在他的心中造成了多么大的创伤；也没有人知道，他独自承担了多么大的压力和责任，如果不是为了部族，他那天已经自杀在神谕石壁前；更没有人知道，他明明已陷入绝望之中，他的身心已濒于崩溃，但他却要苦苦坚持下去，带着部族去苦苦寻找另一条出路……

身边的人都沉默着，没有人劝他，让他哭吧，多少天的苦闷都会在泪水中消失，因为他们终于确认，神一定在冥冥中保佑着他们，等待他们的将是一个美好的未来，但愿今后部族不会再有泪水。

从这天起，践远足不出户地在洞中研究神谕上新增的内容。没有人来打扰他，部族中只剩下他能通晓神的语言了，大家都在紧张地等待着结果。

四天后，践远来到了部族的洞厅中。在篝火的映衬下，他拾起一根烧焦的枝条，在地上画了起来。他先画了一个手指大小的椭圆形，又在周围画上许多波纹状的线条。“这是我们的岛，被浩瀚的大海所包围。”他说道，然后他又在很远的地方画了一条长长的曲折线，“这是一片广阔的大陆，也是我们一直期望的神赐予我们的乐土，部族会在那里无忧无虑地生活。”践远又说道，“我画的就是神谕上新出现的图案，不过有个问题，”他顿了顿，“在我们的岛屿与大陆之间的距离大概有八百公里。”

众人骚动起来，失望的情绪迅速蔓延，八百公里，八百公里无所依靠的航程，八百公里风暴肆虐，到处出没着猛兽的大海，那根本是一段不可能逾越的距离。

践远没有言语，带着七八个人忙碌起来。

又过了一个月，一个精致复杂的物体制造出来，践远小心地捧着它，赞叹道："这是神赐予我们的礼物，它可以带着我们驶向遥远的彼岸。"

族人们迷惑地端详着它。

"这是一艘大船的模型，是根据神谕上的图纸制作的，"践远道："当然，真的把它制作出来还是一件艰苦卓绝的工作，不过……"他沉吟着，"那一天终究会到来的。"

部族马上投入到制造大船的热潮中去了。

大船的建造地点设在峡谷深处树林所在的那片高地上，一方面能够就地取材，一方面在洪水到来的时候可以尽量减少损失。

人们在高地上挖了一个巨大的深坑作为船坞，将来大船建成之后，还要挖一条运河使大船下水。

制造大船确实是一件宏大的工程，艰难程度远远超出了部族的想象。仅仅是挖掘船坞就用去了半年时间，而安放龙骨则更是一个复杂的工作，不仅要集中大量的劳动力，还需要足够的技巧，而这两方面都是部族所欠缺的。经过了四次失败，浪费了十几棵最高大的树木之后，他们终于成功了，而这时已是两年之后了。

践远一直暗自庆幸，在自己那次绝望的探险中只损失了一百余人，绝大部分人先后安全返回了峡谷，为制造大船留下了宝贵的劳动力。

这期间，峡谷中经历了三次洪水的洗礼，部族又挨过了两次饥荒。

人们早就从最初的狂热中冷静下来，日子又恢复了往日的平静。白天，男人们在船坞中忙碌，女人们负责照料庄稼，维护小河上的堤坝；晚上，草草用过晚饭之后，他们就聚集在一起制作大船上需要的一些部件。

践远终于明白了银色女神的深意，她考验部族的那些要求全都是为了制作这只将要承载着部族远航的大船。高地上的那片树林，在洪水泛滥的峡谷中即使顺利的话，没有几百年的时间是不可能生长成现在的规模的，没有这项材料准备，即使有了图纸，制造大船也只能是个幻想。而部族织就的那面旗帜，现在看来是大船的风帆，制作它不仅需要大量的树皮和极为复杂的制作程序，也同样需要漫长的时间与部族坚持不懈的努力，那样大船完工的时间大概就要用去几代人的时间。由此可见，为了部族未来要进行的远航，银色女神在许多年前就着手准备了，只不过部族还蒙在鼓里。

时光流逝……

大船的建造在稳步推进。

艏柱和艉柱被嵌接于龙骨两端，然后将船底肋骨横向安置在龙骨上，船首和船尾精心的结构设计是为了抵御舵和锚索的张力以及海浪的冲击力……

内龙骨则沿着龙骨置于底肋骨，船底肋骨除了两端外都是笔直的，在两端，木材开始弯曲，也就是向上翘起……

复肋材与船底肋骨紧接在一起，这些都是弯曲的或弧形肋材，构成了帆船的曲边，这些肋材被安排得非常紧凑，而且在船的中间部分和靠近桅的地方是双层的，在这里会受到巨大的应变作用……

沉重的厚压板水平排列在肋材内侧，支撑住甲板梁的两端……

桅孔加固板是很结实的木材，垂直穿插在甲板梁之间，用来支撑桅杆，而桅的根部则竖立在内龙骨之上……

随着树木的减少，大船开始在高地上显露出庞大的身躯，它是部族有史以来制造的最雄伟的物体，连他们自己也几乎不敢相信，这简直是一个奇迹。

大船竣工的日期日益临近，践远的心中却逐渐弥漫起一股淡淡的忧伤，虽然他大部分时间都是喜悦甚至是亢奋的。他迫切地期待这艘大船竣工，恨不得马上扬帆启航，可是每当他一个人独处的时候，那股忧伤就侵染着他的情绪，挥之不去。

是他的心底还在眷恋着这个峡谷吗？是的，因为他的亲人都埋葬在这片土地上，他一生的大部分时光也是在这里度过的。可是这并不是忧伤的全部。有时在干活的时候，他向远处的悬崖无意间的一瞥，或是在夜深人静时他孤单地仰望星空，他都似乎感觉到好像有一双眼睛在幽怨地注视着他，那是一个饱含着许多情感的目光，那是神的目光。

对于这莫名的忧伤，践远也觉得奇怪，怎么会这样呢？神是无所不在、无所不能的，她从远古至今一直在暗中保佑着部族，即使部族最终越过海洋，迁徙到新的大陆去，也同样会得到神的庇佑，自己有什么可担心的呢？不，不，不是这样的，他突然发现在潜意识中与神已没有隔阂，他把神当作是一个人，一个最亲近的人，一个和自己一样被抛弃在孤岛上的人，当他率领族人离开之后，神就会一个人孤零零地留在岛上，慢慢地被人遗忘。践远一次又一次地告诉自己，不，神是万物的救主，神是至高无上的，自己的想法亵渎了圣洁的神，简直该死，可是他偏偏无法把这种情绪挥去，反而日渐强烈。

践远又开始把目光投向峡谷深处那道飞流直下的瀑布。那次探险使他基本上了解了这个岛的地貌，沿着海岸线，它全部是由高山峭壁和山间峡谷构成的，整个岛就像一个高大的城堡，可是在岛的中心是怎样的呢？是更高的山脉，还是其他什么，不得而知。在那道瀑布背后的群山中一定隐藏着什么！践远断定。

半年前的一次雷雨，瀑布旁边的峭壁恰好被几道闪电击中，光滑的岩壁上出现了一些蜿蜒向上的裂缝。

“自己或许可以沿着这些裂缝爬到瀑布顶端去呢。”践远寻思。

终于有一天，在一个满月的夜晚，践远再也抑制不住心中的冲动，带了几根火把，来到了瀑布前。

在月光的映衬下，他沿着岩缝缓缓向上爬去。

即使有了那些岩缝，要攀上陡直的峭壁都是一件异常危险的事。裂缝时断时续，践远一度被困在那里上下不得，好在他一次次找到了出路。岩缝中的石块有许多是松动的，扳动一块，弄不好就会有一连串的碎石滑落下来，他也幸运地躲过了。渐渐地，他的手和膝盖都受了伤，岩壁上留下了一串血迹，他的头也被石块砸破了，血顺着额头流下，他不得不不断地擦去眼睛上的鲜血。但是他忘记了疼痛，他只有一个心思，无论如何都要爬上去。

最终，他登上了瀑布的顶端。

在他的两侧是更高的峭壁，如同两扇微微开启的大门，而门内，展现在眼前的是一个辽阔的高山湖泊，峡谷的瀑布就是它的出水口之一。在湖泊与瀑布之间，一艘巨大的星际航船横卧在那里。

出乎意料地，践远没有感到震惊，他知道那是一艘飞船，并不是神的宫殿，他对这里的感觉是那样熟悉，就仿佛自己离开了千年，一切的记忆都已抹去，现在重回故地，远古的记忆又在一点点恢复。

他默默端详着飞船。

飞船就毫无声息地矗立在那里，不知道有多少年了。它的外壳残破不堪，有两处完全断裂开来，看上去似乎已经与岩石融为一体。

在飞船的中部，有一扇舱门敞开着。践远迈步向那里走去。

十、星空之上

走进舱门，是一条黑沉沉的走廊，践远点亮了火把，摸索前进。

走廊曲曲折折，仿佛迷宫一般，两边有许多舱门，有的关闭着，有的敞开着，但同样没有生气，就像是一座在深山中沉寂了无数年的溶洞。走廊和敞开的舱室全都锈迹斑斑，墙壁呈现出斑驳的灰黑色，完全看不出当初的样子。

践远慢慢走着，脚步激起的尘埃像一团迷雾在走廊中扩散。

他不知道飞船从何而来，为什么会出现在这里，但是他知道，飞船已经在这里停泊了千百年，它已经老化、死亡，再也不可能飞到星空中去了。而且它已经彻底被属于它的那个世界遗忘了，它将永远停留在这里，直到岁月的刻刀将它划得粉碎，完全融解在异乡的土地上。

践远还在向前走着，他并没有灰心，他知道他一定会得到一个答案。

忽然，他停下了脚步。五六步远的前面是一扇关闭的舱门，舱门上有一盏绿色的小灯发出微弱的光亮。

他推开舱门。在舱门打开一道缝隙的时候，里面还是一团黑暗，但接着就亮起一片柔和的光线。

于是，践远就看到了银色女神。她就仰卧在船舱中央的一具水晶棺内。她并不是传说中肋生双翅，浑身光芒四射，让人不敢正视的女神，相反，她只是一个普普通通的人类女孩，身材娇小柔弱，让人怜惜，一张娟秀的脸上几无血色，带着一种病态的美。

践远看到她的时候，她还在沉睡着，但是一瞬间她就醒来了。

她坐起身，看到了践远，她并没有惊讶，只是疲倦地说道："来啦。"然后她站起身来，走到旁边的一张椅子上坐下，她走得很慢，身体像是很虚弱的样子。"坐吧。"她指了下旁边的椅子。

践远站在那里没有动，他一时还不知道该以怎样的态度去面对她。

“坐吧。”她又说道，“你现在应该知道，我并不是神。”

“不，不，您就是我们的神。”践远的情绪有些激动，“是您在石壁上留下的神谕鼓舞着我们一次次渡过灾难，是您给我们指引了一个新的世界，而且我还相信，”他充满感情地望着她，“我相信，是您创造了我们这个部族。”

女孩受到了践远的感染，她似乎回忆起许多事情，眼圈一下子红润起来：“其实你不该来。”她忧郁地说道。

“我应该来。”践远坚决地说道，“我们要知道自己是从何而来，将要向何处去，至少，我们应该知道自己的母亲是谁。”

女孩沉默着，但践远能够感到她的内心思潮翻涌，忽然她捂住嘴剧烈地咳嗽起来，身体摇晃着，几乎从椅子上跌倒。

践远急忙上前几步，可是又忽然停下来，他想去搀扶她，可是多少年的信仰所带来的尊崇与敬畏又让他不敢妄动。

女孩终于止住咳嗽，她虚弱地再次指了指旁边的椅子。

践远犹豫着坐了下来。

“好吧，不知道有多少年没有和人交谈过了，今天就对你讲一讲吧。”女孩说道，“凝春是我的名字，你们的先祖就出生在这个舱室里，我和叶城的细胞合在一起诞生了他们。四个男孩，四个女孩，照顾孩子可真是件辛苦的事，尤其是对我这个没有做过母亲的。”凝春陷入回忆之中，嘴角浮起一丝甜甜的微笑，“他们在暖箱里的时候倒还好，只要喂饱他们就会香甜地睡着了，可是到他们会爬的时候可就麻烦了，刚哄好一个哇哇大哭的，另一个又不小心掉到床下去了，最吓人的是小三，他不知什么时候爬出了舱室。我找遍了也找不到，急得我大哭起来，另外七个孩子也跟着我一起哭，后来发现他竟然在线缆地槽里睡着了。”凝春自顾自说着，仿佛那些事就发生在昨天，“不过随着他们长大，我竟然不再害怕也不再孤独了，他们给我带来了说不尽的快乐，他们慢慢地会叫妈妈了，会走路了，会说话了。我教他们写字，教他们知识，教男孩武术、游泳和怎么种植庄稼，教女孩做饭、织衣，还有舞蹈、绘画。他们整天围拢在我身边，有的到湖里捕鱼，有的给我做饭，还有的把自编的舞蹈跳给我看，哦，那恐怕是我生命中最快乐的一段时光了，直到他们十二岁的那一年……”凝春忽然停下来，脸色又变得忧郁。

“后来怎样了？”践远问。

“后来我就把他们带到了峡谷的山洞里面，我要让他们开始自己的独立生活。”凝春用低低的声音说道，“开始他们还很开心，可是没过几天，他们就开始满峡谷地到处呼唤我，我以为过几天就好了。但是一个月过去了，地里的庄稼都荒芜了，他们仍然只顾寻找我，那一天，小三为了爬上悬崖，结果失足摔了下去。”女孩的眼中泛起了泪花，“他们不知道，我和他们一样伤心，每天夜里都睡不着，一闭眼，眼前就全是他们的音容笑貌。白天要不傻傻地坐在那里，脑袋里一片空白，要不就莫名其妙地哭个不停，我真想到峡谷去，从此与他们生活在一起，可是我不能，后来，我只得进入了休眠。”

凝春把头扭过去，不让践远看到她流下的泪水，她沉默了一会儿，心情渐渐平静下来。她接着说道:“再次醒来的时候，已经是三百年之后了，部族已经发展到六百多人了，当然他们早已忘记了我的存在。他们开始在这片土地上凭借自己的劳动和智慧自由发展了，我很欣慰也很高兴，可是不知道为什么我的心中又那么失落。他们是我的孩子，我却不能去相认，这是多么残酷的事啊！”沉默，“我再次睡去，这次过了一百年，再看到他们的时候，我大吃一惊。部族的人数只剩下不足三百人，我意识到，峡谷中的大气成分和土壤、植被虽然都与母星相仿，但是这里的气候却要严酷得多。我教授给他们的知识太少了，根本不足以与这么恶劣的大自然对抗，况且，他们那时已经失去了战胜自然的信念，他们开始自甘堕落，开始一步步走向灭亡。于是我在一个小山洞中刻下了那些知识，同时让他们开始为迁徙到海对岸去做准备。更重要的是，我要让他们重新树立起信心，让他们知道，他们不是弱者也不是生命的弃儿，总有一天他们会成为这个荒芜世界的主人，并重新踏上光辉的文明之路。”女孩的眼中爆发出粲然的光芒。

“是的，”践远说道，“我们把您当作了神，也正是对您的信仰让我们坚持到了现在。”

凝春望着践远道:“这些年来我只接触过两个人，上一次我正在峡谷中观察部族的情况，恰好碰到了一个。他看到我一身银色的宇航服，就把我当作了银色女神，吓得跪在那里一句话都不敢讲，可是你不同，至少你很冷静。”

“我是在那次探险之后突然意识到的。”践远道，“我发现您并不是万能的神，我甚至觉得说不定您比我们还要脆弱，还要无助。”

“看来是被你猜中了。”凝春微微一笑，但目光是那么的凄然。

“大海对面的大陆是什么样的？”看着她，践远心中一阵酸楚。

“与峡谷相比较，那里是一片乐土。”

“在您的指导下，大船快要造成了，不久之后我们就准备启航。”践远道。

“你是来向我道别的？”

“不，”践远第一次大胆地凝视着女孩，“我是来带您一起走的。”

凝春注视着践远，目光里亮起一团火焰，那一刻，践远可以肯定她一度动了心，可是最终她的目光又暗淡下去：“你能想象这艘航船当初的样子吗？它矗立在那里，像一座巍峨雄伟的大山，像一位意气风发的银甲武士，可是现在它已经腐朽成一堆废铁，只残留下一副骨架。我虽然还是年轻时的样子，可即使休眠也不能抵御时光的侵袭，我的身体已脆弱不堪，生命随时会逝去。你们去吧，这个世界的未来是属于你们的，我根本就不应该在这个世界，在你们的历史中存在。这里，这里就是我最终的归宿。”

践远犹豫着还想说什么，却被凝春用目光制止了，她向他伸出手：“走吧，我送你一程。”

凝春挽着践远的手向外面走去。

她的手是那么小巧，那么冰凉，可是践远却有了异样的感觉，他恍惚间回到了孩童时代，母亲拉着他的手，呵护着他走出了人生的第一步……践远从来没有见到过自己的母亲，可是现在感觉是那么真切，他的心中感到一阵刺痛，几乎落下泪来。

他们就那么手挽着手，默默走出飞船，走过湖岸，来到悬崖顶端。

他们在崖顶站立了很久，手握在一起，久久不愿分开。

“还不知道我们是从哪里来的，我们的故乡在哪里？”践远问道。

凝春抬头仰望浩渺的星空：“我们来自星空之上，我们根本看不到它，甚至大概位置也不知道，这也是我一直迷惑的，最初的时候，我核对了电脑里所有的星图，却不能找到母星的位置，或许我们是来到了另一个宇宙吧。”

“我们有家难回。”践远感叹，“那么我们当初为什么来到这里呢？”

“和你来到这里一样，”凝春道，“我们是来寻找我们的祖先。”

“哦？”践远吃了一惊，继而不解地望着她。

“对于这些，你不需要明白，至少现在还不到揭晓的时候。”凝春说道，“你只要知道，对于你们来说，这里就是你们的家，未来是你们必须用双手亲自去创造的，你们的明天决定着我们的未来。”

“我不明白，”践远一脸迷惑，“就像我不明白您千辛万苦创造了我们，却宁肯受尽孤独的煎熬，也不愿与我们生活在一起。”

“总有一天会明白的。”凝春松开了手，“去吧，孩子，照我说的去做。”

凝春用充满母爱的眼神望着践远。

践远知道，只要一回头，就将是他们的永别……

十一、彼岸

又是两个月过去了，峡谷大部分时间被大雾笼罩，难得见一次阳光，虽然耽误了庄稼的生长，好在没有遇到强降水天气。

这天，天空终于放晴，刺向半空的主桅竖立起来，大船终于建造完成，这是星球上有史以来最为庞大的智慧产物。它的船身由无数块木板拼接而成，显示出人工雕琢的精巧之美，人们甚至雕刻了一尊头生双角、身披鳞片的神兽图腾，安放在船头，使大船平添了几分生气。不过要让大船下水，却还是一件非常艰巨的事。

部族的大部分人在开凿大船下水所用的运河，一部分人在为大船安装风帆和各种索具；麦田里人们在抢收庄稼，尽量为不久后的远航多积累一些粮食；还有一部分身体最强壮的男子，建造了两艘小帆船，整天在海里练习航海技术，他们将是大船的第一批水手……整个部族已经陷入疯狂的工作状态，他们强烈盼望着扬帆出海的那一天。

运河终于挖开，它大概有五百米，从大船的船坞起始，倾斜着与无名小河的上游交汇，这是最便利的办法，剩下的一千米航道就利用了小河的河床。

河水开始灌入船坞中，随着水位的上涨，大船一点点浮了起来。起初人们还真担心这么个庞然大物究竟能不能漂浮起来，现在见此情景，部族顿时欢声雷动。大家开始兴高采烈地向船上转运货物，首先是黏土和石块等压舱物，接着是淡水和食物，最后是一些生活必需品。出海是人们所盼望的，但他们的心中又惴惴不安，谁也不知道将要在无依无靠的海上漂流多久，谁也不知道遥远的彼岸什么时候才能抵达。

天开始下起了雨，雨并不大，半空中云彩的缝隙中能透出昏黄的天光，践远的脸却阴沉起来，他可不想在这关键时刻出什么乱子。

忙碌了一宿，终于装船完毕。

黎明的第一缕曙光照射在高耸入云的峭壁上，它飞快地向下移动着，在瀑布顶端反射起一片银光，最终将热火朝天的峡谷完全展现出来。

践远的眼睛却在望着另一个方向，在无际的海的尽头，海与天交接的地方，似乎腾起了一团通体漆黑的太阳，那黑色也像曙光一样在迅速扩展着，一会儿就吞噬了小半个海面。

践远的心中掠过一丝恐惧。与此同时，熟知这星球上气象万千变化的族人们也预感到大难临头。部族顿时愈加疯狂地投入到劳作当中。

上百条系在大船上的绳索投下来，人们在河两岸拉着大船一点点向前移动。他们是在与时间，与风起云涌的暴雨云团赛跑。

大船刚刚驶出船坞的时候，阳光退出了山谷，天地间陷入一片漆黑；又行了几十米，暴雨倾盆而下。

有史以来的第一次，人们没有退缩，这一回终于有了一次获得新生的机会，他们宁死也不会放弃。

大雨滂沱，对面已经看不到人，只有一团灰色的微光。微光中，数不清的人影在泥泞的地面上拼死拉动绳索，所有人的动作协调得像一个人一样。

大船缓缓挪动，十米，二十米……

雨水漫过了脚面，又没过了膝盖，然后到大腿……

时而有人不小心滑入河道中，在暴雨和雷电的轰鸣中悄然消失，但仍旧没有人动摇。

终于，大自然退却了，乌云拖着滚滚雷声，渐渐远去，阳光重新投射下来。

不过危机仍旧没有过去，这场暴雨造成了严重的后果，无名小河已经在雨水的推波助澜下泛滥，淹没了峡谷，虽然水位并不深，但部族要更加小心翼翼地移动大船，使它不至搁浅。

更让人忧心忡忡的是瀑布的流量大增，由两股变成了五股，并且还在不断扩大。践远知道，暴雨虽然停了，但各个山峰上的雨水正化成无数股溪流，向高山湖泊汇聚，随着湖水暴涨，洪水就会沿着瀑布狂泻而下，淹没整个峡谷，现在看来，洪峰的到来只是迟早的事情。

没有人松懈，此刻正是紧要关头，大船已经抵达运河与无名小河的交汇口，只要转过这个拐角，大船就会沿着小河顺流而下，直奔大海。

大家胜利在望。

而与此同时，在瀑布顶端传来一阵恐怖的咆哮声，瀑布化成了一个无比巨大的浪头猛地砸了下来，峡谷中的一切顿时淹没在惊涛骇浪之中。

洪峰过后，峡谷中一片狼藉，虽然人们死死拉住了绳索，却还是有百余人被冲入大海。但是大家惊喜地发现，大船还在，坚固的船身使它成功抵御了洪峰的冲击，但由于洪水到来时船身恰好侧对着洪峰，现在它倾斜着船身，搁浅在小河与运河交汇口的岸边。

这是最危急的时刻，更凶猛的第二道洪峰随时都可能袭来，大船再不可能经受那样的打击，一定会倾覆，一定会被洪峰击得粉碎，他们只有赶在洪峰之前让大船驶上小河的河道。

人们分成两部分，一部分在岸上推，一部分在对岸拉，试图使大船重回河道。

大船的船身缓缓回正，一点点在泥泞中挪动……

咆哮，那令人惊恐万状的咆哮再次响彻峡谷。

人们放下了手中的绳索，抬头向瀑布顶端望去，目光中满是绝望与无奈，末日，这是部族的末日，再没有什么能够拯救他们了。许多人颓然倒地，连日的劳累使他们疲惫不堪，本来就在依靠一丝希望坚持着，现在他们的精神支柱已轰然坍塌。

刚刚恢复平静的瀑布再次涌起，一道几十米高的水墙从瀑布顶端扯起……

一个银色的纺锤体突然出现在峡谷上方，它的体积只有一艘独木舟大小，但是它周身散发着刺眼的银光，简直比阳光还要刺眼。

它沿着峡谷划出一道弧线，并明显在大船上空停顿了一瞬，接着就像一颗银色的流星，猛然撞向瀑布左侧的峭壁。

一声天崩地裂的爆炸响彻峡谷，那道峭壁摇晃了一下，然后突然从中间折断，上半部分坍塌下来堵住了瀑布所在位置的缺口。整个峡谷淹没在铺天盖地的烟尘之中。

被拦腰切断的洪峰像一头被斩首的怪兽，颓然落入山谷，化成一个大浪。大船在大浪的浮力下，一下子脱离河岸，顺着小河向大海漂去……

浪大，顺风。

大船张满了帆，向着遥远的彼岸，乘风破浪地前进。

水手们不住忙碌着，他们操纵大船的技术还很生疏，还不时会出错，不过经历这次远航之后，他们会成为最出色的水手。

大部分人无事可做，但是没有人去睡觉，尽管每个人都已筋疲力尽。他们都在默默望着来时的方向发呆。拉，拼命地拉，大船在缓缓移动……洪水铺天盖地……大船倾斜在岸边……那银色的物体……那光亮真的刺眼啊……突然响起的爆炸把耳朵都震聋了……峭壁，无比坚固的峭壁竟然像脆弱的庄稼一样折断了……不久前发生的这一切还不断在他们的脑海中闪过，简直像梦境一样。是神在危难时刻又一次拯救了他们，他们一次又一次向岛的方向顶礼膜拜。

岛已经在天边化成了一个黑点，几不可见。

践远从那里收回目光，然后又把目光投向了广阔的海面，那遥远的海天之线……

只有他知道发生了什么，但是他什么都没有讲。在前进的方向上，肯定还有更多的艰险，对神的信仰可以使人们心中无所畏惧。他准备把这个秘密永远藏在心底，并且他宁愿相信，那个来自远古，来自星空的女孩还在安然入睡，有一天会再次出现在他的面前……

十二、尾声

几座坟茔，背靠巍峨险峻的群山，面对波光粼粼的湖泊。

风云变幻，日月如梭，白昼与黑夜交替闪现，坟茔上的野花不断绽放又不断枯萎……

是否还有人知道坟内的主人是谁？是否还有人记得他们叱咤风云的一生？

曾经有一个女孩经常来到这里，给坟上除除野草，放上一束花，然后在坟边坐上半天，她会和他们聊聊天，回忆他们在一起的那些时光。

后来，那女孩也再没有来过，曾经在峡谷中生息的部族也早已消失在海的尽头，坟茔陷入了永久的寂寞。

没有人知道，即使岁月将他们磨灭得没有一点痕迹，即使这片土地上崛起多么辉煌的文明，他们永远都是这颗星球上最伟大的丰碑。

他们从母星出发，跨越了半个宇宙，来到这片蛮荒之地。他们原本是来寻找自己的祖先、自己的源头，可是他们没有想到会揭开一个宇宙间巨大的秘密，这个秘密随着他们的死去也许永远也不会被人知晓。但这并不重要，重要的是文明的种子已经播下，他们为自己的使命画上了一个完美的句号。

火星尘暴

前言

火星直径为地球的53%，体积为地球的15%，质量为地球的10.8%，重力为地球的38%。火星大气成分为二氧化碳95%，氮3%，氩1%—2%，氧0.1%，还有少量一氧化碳、水蒸气、氢和臭氧等。冬季最低温度为-120度，夏季赤道最高温度为20摄氏度，平均温度为-60摄氏度。

火星与地球的最近距离只有5500万公里，它的大气和地表环境比起太阳系内的其他行星也更接近于人类居住的条件。

在遥远的将来，它必将成为人类的另一个家乡。在这个伟大的事业中，也将会有无数人前仆后继地为此付出青春和生命。

一、风暴前夕

火星漫游车沿着山脊艰难地爬上山顶。

秦林长长地舒了口气。额头上因紧张渗满了冷汗，他习惯性地抬手去擦，却被头上的透明面罩挡住了。他感到自己的心跳在加速，并觉得有些呼吸困难。火星地表和山顶的含氧量悬殊，由于宇航服的供氧系统未能及时调节，他产生了轻度的高山缺氧反应。

秦林走下火星漫游车，笨重的宇航服使他看上去像只摇摆的企鹅。他站在山顶上向考察站的方向望去。

长城火星考察站就坐落在山脚下的平原上，它背靠着连绵磅礴的山脉，每年南下的季风对它的影响极小。它的面前是一道干涸的巨大河床，目睹两岸间极其辽阔的河面，不难想象，亿万年前那里曾奔流着汹涌的河水。

尽管距离遥远，秦林仍能分辨出考察站的轮廓。那个最大的圆筒状建筑是考察站的居住舱兼实验室，三角状耸立的是与其他考察站联络用的小型飞船，居住舱旁边像甲虫的透明物体是他们的充气温室。

秦林的目光掠过考察站，向着更广阔的火星大地望去。火星土壤富含红色的氧化铁，整个火星世界一片火红，红的山峰，红的平原，红的大气……

多少天来，秦林一直试图登上这座山峰。作为生物学家，他最大的愿望就是在火星上找到生命，只要是生命，哪怕是最简单最原始的单细胞生物也好。但是抵达火星的半年来，他跑遍了附近的平原，连一丝有机化合物的痕迹也未发现。于是，他把目光投向了这座山峰。然而这座山峰像一道封闭着火星秘密的巨门，挡住了他的去路。火星初期剧烈的地壳运动造就了地球无法比拟的陡峭山峰，秦林经过十多次尝试，才找到入山的捷径，曲折地登上峰顶。这是考察站人员活动的最远距离。

秦林扭回头，迷蒙的红光中，无数峰峦和峡谷若隐若现。那些山峰和峡谷自火星形成之始便横亘在那里，已经沉寂了数十亿年。人类的足迹还从未踏上这片未知的土地。

秦林的心中涌起一阵莫名的激动，他将一个人深入火星的腹地，去探寻这个星球的隐秘。

秦林重新启动了火星漫游车，八只看上去极为脆弱的机械腿缓慢地动作着，向山脉深处爬去。他并没有看到，火星的天际正渐渐腾起一片黄色的迷雾。

接收到火星近地监测卫星发出的紧急风暴警报时，刘扬简直啼笑皆非。仅仅一分钟前，计算机刚刚消化完早晨的一堆气象数据，慢吞吞地吐出一个截然相反的结果：迈林河谷的区域性尘暴将维持原有规模，并于傍晚时分逐渐消散。而刘扬手中的那张卫星云图上，那场尘暴已经在计算机费脑筋的时候，迅速扩大了一百倍，正在演化成一场火星全球性的大规模尘暴。

刘扬不禁感到，虽然人类登上了火星，但还仅仅是个客人，离真正拥有火星的那一天还非常遥远。人类对火星的了解还很少，就说火星尘暴这一特殊的气象吧，每年火星都要暴发数百次区域性尘暴，其中有两三次还会演化成全球性的，在这种情况下，从火星地表到七八十公里的高空全部被尘埃笼罩。到目前为止，人类还不知道尘暴产生的原因，更无从对其做出准确预测。

透过舷窗，刘扬的目光掠过弯曲的河床，向平原的地平线望去。由于观察点比秦林所在的山顶低，还看不到正滚滚而来的大黄云，他打开了气象监测系统。长城考察站是距迈林河谷最近的人类考察站，几乎就处在尘暴中心，理所当然地就成了观测此次尘暴的前沿哨所。也许这一次能解开这个自然之谜呢。

他又接通了无线电通信机。

沙沙的电流声后，传来了王雷粗壮的声音:“我是王雷，有什么情况？”他正在维护充气温室旁的太阳能电池板。

“太阳能电池板的工作情况怎么样？”

“基本正常，就是随动电机有些腐蚀。”

“修复后马上回来，大规模的火星尘暴将在两小时后抵达这里，顺便再检查一下温室的密封情况——叶桦，你的情况怎么样？”

“就快好了，我马上回来。”一个柔和的女人的声音轻轻地回答。

“秦林，你在哪儿？”

刘扬没有得到回答。

“他不是又去找他的火星虫去了吗？”王雷说道,“应该就在附近。”

“他对我说，这次走得要远一些。”叶桦怯怯地说，“他可能上山去了。”

“这个火星怪物，又搞什么鬼？”王雷嘟哝道。

刘扬升起周视潜望镜，视野里没有秦林的陆地车，只有两道车轮印远远地伸向山脚。他有些焦虑，一遍遍地在通信机中呼叫秦林，总也得不到回答。

右侧是高达数千米的险峰，左边是深不可测的裂谷。火星漫游车正倾斜着沿一道缓坡，慢慢地向裂谷中爬行。

漫游车每动作一下，秦林的额头都会渗出一片冷汗。他紧张地操纵后机械腿死死抱住岩壁，探出四条前腿去抓前方一块突兀的岩石。机械腿已经伸到了最大限度，仍距那岩石大约有两厘米。

火星车像一只八爪蜘蛛倒挂在大裂谷笔直的绝壁上，进退维谷。秦林握操纵杆的手紧张得僵硬了。“该死的两厘米。”他咬了咬牙，猛地拉下操纵杆。后机械腿松开了岩石，并向前弹起，前机械腿同时动作，终于抓住了前面的岩石。这是生与死的一次跳跃。

一条机械腿成功地抓住了那块岩石，但火星车巨大的重量使它脆弱的合金骨架瞬间断裂了。在火星车向裂谷倾覆的一刹那，其他三条机械腿及时跟上，牢牢抓住了岩石。

火星车在下落中猛地一震，停住了。秦林重重地撞在火星车的钢架上，却未发觉背后的通信装置也在基地发出讯号前的一刻损坏了。

秦林松了口气，继续驾驶漫游车向峡谷深处驶去。他并不知道，危险正悄然临近。

天边的大黄云已经变成一片铺天盖地的沙雾，笼罩了整个天空。窗外的景物一片模糊，河床、平原、山脉都淹没在滚滚红沙中。密集的沙粒、小砾石不断敲打着玻璃窗，搅得人心情烦躁。

叶桦不厌其烦地一遍遍呼叫着秦林。

王雷焦急地在地板上走来走去。“该死的火星怪物，总不是在山里定居吧，再不回来，他会找不到回基地的路的。”他口中嘟哝着，“不行，我得去找他，不然他会出事的。”

“你不能去，外面很危险。”叶桦皱眉说道。

“我们总不能让秦林在外迷路，找不到家吧？”平日，王雷常常对秦林的一举一动看不惯，甚至认为秦林到考察站以来，除了每天消耗一公斤蔬菜、半公斤肉类以及宝贵的氧气和水之外，别无长处，并称他为火星怪物。但是，危急时刻，最担心秦林的还是王雷。

“再等一等。”

一直保持沉默的站长刘扬缓缓说道。他的眼中也透着焦虑，但是作为站长，他必须具有过人的抑制能力。

火星裂谷底部沟壑纵横，到处横陈着从山顶滚落的红色岩石。裂谷两岸拔地而起的峭壁把天空挤成窄窄的一条缝，火红的阳光从那里投射下来，但到达峡谷底时光线就变得非常微弱了。

火星漫游车停在一块巨石旁，秦林正拿着放大镜埋头寻找感兴趣的东西，他的脸几乎贴到了石壁上。

忽然，他感到峡谷中的光线突然暗淡下来，好像照耀世界的那盏电灯熄灭了一样。

秦林抬起头，仰望天空。狂风掠过天空，一道浓重的沙云迅速爬上苍穹，遮住了太阳光，天空变为阴沉忧郁的暗红色。秦林顿时感到情况不对，马上就将有一场灾难降临，因为他认出那是火星大尘暴的前兆。他必须在尘暴到来前返回考察站，否则他会在这次尘暴中永远被埋葬在火星的大地上。

然而当他低下头时，目光扫过左前方的一面绝壁，他看到了他一生魂牵梦萦的东西。

那东西形状圆滑，泛着淡淡的红色光晕。它从岩缝中探出，在空中亭亭玉立，像一个久违的火星少女，静静凝望着秦林。

秦林死死盯着那东西，眼睛也不敢眨一下，生怕它从眼前消失。他的心迷醉了，尘暴的危险已被抛到九霄云外。

绝壁像一道天造的墙壁，笔直而光滑，漫游车不可能爬上去。秦林背起登山绳索，他决定独自攀上峭壁。

岩壁锈迹斑驳，被氧化铁腐蚀得坑坑洼洼。秦林可以借此攀缘，但是，宇航服严重阻碍了他的行动，他随时有坠入深谷的可能。

攀上岩壁花了将近一个小时。秦林一手扒岩石，一手轻轻采下那物体。他迷恋地端详着它，而此时，天空中已是一片飞沙走石，火星大气层变成了一锅沸腾的沙石粥。他失去了最后的逃生机会。

直到驾驶着火星漫游车走出裂谷时，秦林才真正意识到自己正面临着从未有过的危险。血红色的沙尘在周围弥漫，团团围裹着他，他的视界只有一步远，一步以外一片红色，几乎伸手不见五指。狂风以每秒近百米的速度掠过，吹得他站不住脚，这样的风速已远远超过地球上的十二级特大台风了。

他将漫游车接入自动驾驶状态，车内电脑的记忆芯片会引导漫游车按原路返回基地，然而事情并不像想象中的那样简单。在狂风肆虐、飞沙满天的恶劣天气中，火星漫游车步履艰难。它的一条机械腿在攀登火星裂谷时损坏了，能量也已耗去大半，天空暗淡无光，无法依靠太阳能来补充能量。

在尘暴中搏斗了近两个小时后，秦林终于重新回到了来时的那座山峰的峰顶。秦林几欲绝望的心中又燃起了生的希望，下山后离基地就不远了。

宇航服的生命保障装置是通过收集火星大气中的氧气来为宇航员供氧的。火星大气的氧气含量不足地球的万分之四，在这样的风沙天气中，过滤装置严重堵塞，使秦林的呼吸非常困难。他立刻驱车冲向山下，他不想倒毙在家门口。

可他没想到，火星漫游车已不能再经受那么剧烈的颠簸了。一阵劲风从斜侧方袭来，漫游车失去了方向，两条机械腿在巨大的惯性中折断了，车体一头撞在一块岩石上。

轻合金的火星漫游车顿时彻底解体，金属部件四处飞散。

秦林被一股强大的力量抛入空中，又重重地摔回地面。幸而火星的重力加速度只有地球的百分之三十八，否则秦林便要魂归地球了。他没法稳住身体，只得蜷成一团，抱住那个他几乎是用生命换来的火星生物，顺着惯性滚落下去。

滚到山脚时，秦林感到浑身剧痛，仿佛骨骼都已被拆散了。他挣扎着站起身，狂风立刻又把他压回地面。他趴在地上，积蓄起最后的一点力量，慢慢向前爬去。他什么也看不见，只是循着自己对考察站方位的感觉，执着地向前爬着，手中紧紧握着那装有火星生物的袋子。

渐渐地，他听到一种让人心悸的气体流动的嗞嗞声。他明白，宇航服破裂了，服内的氧气正在泄漏。他急促地呼吸着，想把每一丝氧气都吸入肺中。但是他很快就感到窒息，他知道自己快死了，他不可能再爬回考察站了。

二、红色生命

秦林从昏迷中苏醒过来，望着一个纤细的身影在眼前晃动。他看清了，那是叶桦，她正在轻巧地为他输氧，注射药物。叶桦那女性所特有的气息和动作让秦林感到亲切和温暖，在这陌生、冰冷的星的彼岸，地球是如此遥远，也许只有异性的关怀与温存才能使宇航员战胜长期的孤独。

叶桦也发现秦林醒过来了，她轻轻松了口气，转而对秦林嫣然一笑。

“一夜没见，睡得好吗？”叶桦平时喜欢和秦林开玩笑。

“没有，做了个噩梦。”秦林也附和着，“梦见自己困在沙海中，后来被一个红色的火星少女救了出来。”

叶桦不觉笑出了声。“看，这就是救你的火星少女！”她指着床的另一侧，开心地说道。

秦林扭过头，看见刘扬和王雷站在自己身旁，他们也正关切地望着自己。两个人的宇航服上落满灰尘，显得污秽不堪。一定是他俩冒着生命危险，把自己从尘暴中救出来的。

刘扬和王雷的表情原本很严肃，却被叶桦的话逗得笑了。

秦林知道自己的擅自行动险些闯下大祸。

“没想到会给你们添这么多麻烦，我……”说到这里，秦林的眼睛忽然一亮，猛地抬起了头，“我随身的工具袋在哪儿？”

“在走廊的脏物柜里，我准备把它好好清洗……”

不等叶桦的话说完，秦林已经翻身跃起。在脏物柜里，他找到了那个发皱的工具袋，小心翼翼地捧起它，接着兴奋地如演讲般说开来。

“众所周知，我们脚下的这个红色星球，它在形成初期也曾和地球一样：大气层稠密，各种气体相互涌集，地表大部分被液态水的海洋环绕着，陆地上火山运动频繁……”秦林不厌其烦地历数着每个宇航员都知道的知识，“只不过后来，因为火星偏离生命轨道，它的地壳活动衰减了，液态水和大气层的大部分都流入了外层空间，使火星变成了现在这个不毛之地。很多人认为火星上没有生命的存在。在他们眼中，生命是脆弱的，不堪一击的，但是我相信生命是宇宙间最坚强的东西，生命力是不可战胜的。为此我整整追寻了二十年，到今天，我终于找到了……”

秦林颤抖着打开工具袋，缓缓露出里面的东西，这是一株红色的火星蘑菇。它的菌冠圆润、饱满，沾满的火星尘并不能遮盖其明艳的颜色。电灯光下，它泛着一片火星所特有的迷蒙的像雾一般的红色。

叶桦不禁脱口叫道：“火星生物？真难以相信！”

人类登上火星至今，科学家们一直希望在火星上找到生命，以证明地球并非是宇宙中唯一的生命摇篮。他们苦苦寻找了整整二十年，却从未在火星表面发现任何生命的迹象。这朵火星蘑菇的出现，将改写火星的历史。

刘扬的眼睛一亮，激动地说道:“这是在哪儿发现的？祝贺你，这是一个轰动世界的伟大发现！”

“真有你的，秦林，没想到这该死的不毛之地上真的有生物……”王雷也异常激动，他凑上前仔细端详着火星蘑菇，并伸手想去抚摸它。

“别碰它。”刘扬忽然说，“我们对这生物还一无所知，现在最好谨慎些。”

“它不过是种简单的低等植物，不会有什么危险的。”秦林若无其事地说道。

“看来是这样。不过为防万一，根据宇航局生物免疫条例第十二条……”

“我知道，我是名生物学家。”秦林的声音中显出不悦，他仍旧把火星蘑菇放入一只盛水的容器。

“在得到确切的化验结果或宇航局的允许前，我们不能把它带入考察站。”刘扬不得不把话点明。

“我以一个生物学家的名誉向你保证，它不会对我们构成任何伤害的。”笑容从秦林脸上消失了，他的表情严肃起来。

“我觉得站长说得有道理，也许它是有毒的，就像地球蘑菇的某些品种一样。”王雷说道。

“我又没有让你把它当作食物！”秦林责备王雷道，“难道再把它扔回火星去吗？”他不禁火冒三丈。

“我们可以把它封存起来，待风暴过后，送回地球研究。”刘扬说道。

“好吧。”秦林无奈地点点头。

经过一番争论，大家的心中都有些不愉快。一整天考察站内的气氛显得很冷清。

这一夜，考察站像一只孤舟，在尘暴的怒涛中颠簸。风声凄厉地在耳畔呼啸，使人有种不祥的感觉。

翌日。

考察站的人员像往常一样按时起床，开始各自的工作。火星的黎明却未按时来临，外面仍然是一片灰暗。太阳早该升起来了，是漫天的尘雾挡住了阳光。

刘扬整个早晨都在忙着整理气象仪收集的资料，当他正在与其他考察站例行联系时，通讯机中突然传来王雷的声音：“站长，我在温室，快来，出事了！”

“出什么事了？”

“你最好来看一下，我的天哪……”

王雷是早晨外出例行检查考察站设备的。难道尘暴毁坏了温室？不会的，像这样的风力，温室完全可以抵御。

从王雷的语气中，刘扬感到事情非常严重。他迅速换上宇航服，通过减压舱，来到室外。

狂风迎面扑来，他抓住栏杆才稳住身体。视野里一片灰红，什么也看不清。他打开胸前的照明灯，顶着风沙，朝温室走去。

昏红的灯光从温室的透明穹顶上流溢出来，照亮了一小块天空。那透明穹顶是为了让室内蔬菜接受日照而特别设计的。

走入温室，刘扬也被眼前的景象惊呆了。在他的眼前，本该是一片绿油油、生长旺盛的菜地，那是整个考察站人员维持生命的配给站，站内所有的食物和水源都在这里。而现在，绿色植物都不见了，取而代之的是一丛丛、一簇簇的火星蘑菇。它们生长得异常旺盛，圆滚滚的小脑袋相互拥挤着，占据了温室的每一寸土地。

“看来，以后几个月我们得靠吃蘑菇度日了。”王雷苦笑着说道。

刘扬蹲下身，在火星蘑菇间的缝隙中，找到了几片枯黄的菜叶，它们的水分都被蘑菇吸干了。这些蘑菇在一夜之间繁殖起来，杀死了所有的植物，独霸了温室。

刘扬突然想起了什么，他匆匆走到蓄水池旁。整个考察站的用水都是通过大功率交换器从空气中收集来的，然后存储在这蓄水池中，以供他们饮用和灌溉蔬菜。然而刘扬在那里也仅看到了一片红色的火星蘑菇。

“它吸干了我们所有的水。”刘扬的声音有些发抖。

秦林不知何时也来到温室，面对密密麻麻的火星蘑菇，他同样大惊失色。

“是不是你把火星蘑菇私自种植在温室中的？”刘扬冷冷地问。

秦林的脸一红，哑口无言。

长城考察站向整个火星发出了紧急求救信号，电波从集束天线射出，穿透重重尘沙，被火星近地轨道上的监视卫星接收，再转发给其他考察站。

不久，其他考察站纷纷传来电文，他们说愿意提供足够的水和蔬菜，但是有一个条件——必须等到尘暴结束后。这是因为在火星尘暴这样的恶劣天气中，运输飞船根本无法起飞；而用火星漫游车运送吧，离长城站最近的考察站也有两千公里，真个是鞭长莫及。看来，他们只好依靠自己的力量来渡过难关了。

刘扬命令王雷把大气水分采集器的出水口直接引入生活舱。可是，水从采集口一滴一滴地落下，大家等了整整一天，也只得到一小杯水。如何靠每天这一小杯水来坚持两个月呢？他们的心全部都凉透了。

秦林在生活舱内惶惶如过街之鼠，作为这场灾难的肇事者，他埋着头，不敢直视众人的目光。他只是手忙脚乱地摆弄着一堆化学实验用的瓶瓶罐罐。

他看见刘扬径直朝他走来，摇晃试管的手不觉抖动起来，不小心试管从手上滑落下去。

刘扬手疾眼快，在试管落地前将其接住，把试管递还给秦林。“火星蘑菇能够食用吗？”他问道。

秦林摇摇头：“不行，它们吸收水分后，把水分转化为一种凝胶物质的存在形式，人类的消化系统无法从中还原出水。这是它们亿万年才进化出的生存本能，否则在火星这个大沙漠里，它们体内的水会被瞬间蒸发掉。”

“你是不是在实验如何从火星蘑菇中还原出水？”他没有责备秦林，而是轻声地问道。

“是……”秦林低声回答。

“好好干吧，大家全靠你了。”站长拍了拍他的肩膀。

秦林抬起头感激地看了看刘扬。他没想到，在自己接连出错之后，仍能得到大家的信任。

两天过去了。长城考察站的人们已尝到了饥渴的苦头，他们每天依靠一小杯水和压缩食品坚持着。

王雷呆呆地坐在椅子上，他强壮的身体显得很虚弱。每天分水时，他都把自己的份额悄悄倒进了叶桦的杯子，而压缩食物又难以下咽。由于没有水清洁个人卫生，他的头发和胡子蓬乱不堪，像个野人。他不断用舌头舔着焦渴干裂的嘴唇，急躁的目光四处张望着。

生活舱的角落里，秦林趴在实验台前，不断地调配、混合着各种化学药品。两天来，他昼夜不停地做着实验，眼睛已熬得通红。从他紧锁的眉头可以看出实验仍无进展。

他又拿起一朵火星蘑菇，准备切成薄片，在显微镜下观察。但那蘑菇却被一只大手夺了过去。

“水，蘑菇……”王雷贪婪地盯着火星蘑菇，正欲吞食。

“它不能吃！”秦林冲上来，一掌将蘑菇打落在地。

“你找死吗！”王雷愤怒地抓住秦林的肩膀，扬起拳头。

“住手！”刘扬大喊道，上前拉开王雷。

“都是他干的好事！”王雷吼道。

“它真的不能吃。”秦林拾起地上的火星蘑菇，如梦语般唠叨着，“它们链接得太紧密了，简直是完美……我没办法打开那化学链，没法再把它还原成水……没办法……”他突然像个小孩一样哭起来。

火星蘑菇被他的手捏得粉碎，像一把火星尘土，纷纷扬扬撒落下来……

三、心灵的危机

第五天。

尘暴席卷整个火星地表，每秒二百米的狂风将数以亿吨的沙石抛入空中，从地面到大气层三十公里的高度上，到处弥漫着滚滚的红色尘粒。山川、平原，整个火星都被淹没在这巨大的风暴之中。

刘扬每天都在浩繁的气象资料中寻找风暴减弱的迹象，他知道，像类似规模的尘暴最快也要两个月后才会平息，考察站的人是坚持不了这么长时间的。他只是在期待着意外的奇迹发生。

“采集器收集到的水越来越少了。”叶桦端着半杯橙黄色的水，对刘扬说道。

“嗯。”刘扬仍埋头看着气象资料，他无法面对叶桦那忧郁的目光。

“既然其他考察站不能送给养来，我想……能不能让我驾飞船去取。”

“不行，飞船根本无法在这样的天气中航行。”

“我计算过安全概率，是有可能成功的。”

“那样太危险了，我不允许……”

“待在这里更危险，我已经做好了准备，飞船随时可以起飞。”这是叶桦第一次打断站长的话，也是第一次违抗站长的命令。

叶桦的声音仍是那样柔弱，但那坚定的语气却让刘扬感到无法再说服她。刘扬清楚，飞船在尘暴中飞行，成功的概率就像期待尘暴提前平息一样渺茫。

他抬头望着叶桦，觉得这女孩苍白的脸庞分外美丽。

生活舱内一片寂静。

叶桦一件件穿着宇航服，发觉大家都默默望着她，神色忧郁。她知道他们希望自己停下来，取消这次危险的航行，但是她不能。

准备工作都已做完，她面对着这些相处多年的同伴，鼻间一阵酸楚。她努力做出了一个笑容：“我会很快回来的，满载而归。”

“你真的要走吗？”刘扬问，声音低沉。

她点点头，笑容依旧。

“好！”刘扬突然大声说道，“大家来为我们的女士开个欢送会！”他的声音中重又透出豪爽的男子气概，“我们以水代酒。”他取出采集口下的水杯，那一小杯水是考察站的所有储备了。他将水平均倒在四个杯子中。

“来！为了我们的叶桦一路平安，为了早日摆脱这该死的旱灾，大家干杯！”他率先举起杯子。

王雷和秦林也端起杯。

四只杯子碰在一起。

风萧萧兮易水寒，壮士一去兮不复还。

刘扬忽然想起那两句古诗。他猛地一昂头，一饮而尽，那水像泪一样苦涩。

叶桦一点点把水抿干，又缓缓将杯子放在桌上。“那么，我……走了。”她轻轻地说，脸上还挂着笑容。

她拿起头盔，扭转身向减压舱走去。

就在她转过身的一刹那，始终沉默不语的王雷突然冲上来，一把抓住她的手。

“不，你不能走。”他急促地说道。

“你松开。”叶桦的脸一红，想将手抽出，但是王雷的手抓得是那样紧。她偷眼看到刘扬和秦林正在一旁瞧着，脸更加红了。

刘扬知道，王雷很喜欢叶桦，在考察站工作的这几年，他在各个方面照顾她。但是作为宇航员，他们有着明确的纪律：禁止在考察期间谈情说爱。况且，叶桦也并不喜欢王雷那样粗犷的性格。平日里，她总是躲避着他的激情，王雷只是一厢情愿罢了。

王雷的情绪异常激动，愈发无法控制自己。他猛地把叶桦拉入怀中，死死抱着她。

“你不能走，求求你了，我不能离开你。”他把头伏在叶桦肩头，像个孩子似的央求着。

叶桦挣扎着，试图挣脱王雷的双臂。但是，突然她停止了挣扎，继而紧紧地与王雷拥抱在一起。

沙粒猛烈敲打着透明面罩。运输飞船那庞大的船体在红色尘雾中若隐若现。

众人伫立在狂风中。叶桦正一个人朝飞船走去，在进入船舱前，她转过身，向同伴们挥了挥手，露出迷人的微笑。

大地隐隐抖动起来，飞船启动了，发动机喷出橘红色的火焰。船体晃动着，却迟迟不见升空。众人的心悬起来，突然，巨大的轰鸣声排山倒海般传来，飞船缓缓离开了地面，向天空升去。

在上升到数十米的高度时，一阵劲风突然从右侧切过飞船，船体猛地向左倾斜了五度左右。飞船即将失控坠地之际，驾驶员的熟练技术起了决定作用。刘扬仿佛看到叶桦猛地拉下操纵杆，飞船纠正了航向，继续向汹涌狂啸的尘暴深处冲去。

飞船隐没在尘暴中不见了，最后连发动机的咆哮声也听不到了。

“我们回去吧。”刘扬说道。虽然起飞成功了，他仍然忧心忡忡，在火星尘暴中飞行毕竟是史无前例的。

三个人朝生活舱走去。

就在刘扬的手刚刚抓到生活舱舷梯时，一阵沉闷的爆炸声猛然从天空中传来。他抬起头，一道刺目的闪光正在暗红的天空中绽开。

“叶桦！”王雷悲叫一声，踉跄地向闪光亮起的地方跑去。

那闪光像一朵花，瞬间开放，又瞬间凋谢了。

刘扬和秦林都惊呆了，站在原地不知所措。

王雷发疯般地呼喊着叶桦的名字。他久久地向天空伸出双手，仿佛在等着叶桦回到他的怀抱……

一个宇航员死了，而且是名女性，这无论对长城考察站还是火星宇航局来说，都是个噩耗。

刘扬把信息发送出去，他并不期待外来的援助，地球政府鞭长莫及，火星宇航局的力量又是如此薄弱。他隐隐感到这场灾难还远未过去。

秦林仍在一刻不停地做着实验，他拒绝饮水进食已经有两天了。也许对自身的虐待，才能使他负罪的心灵有所解脱。

王雷的健康状况是最令刘扬担心的。叶桦死去的最初几天，他一直念叨着她的名字，精神萎靡不振。最近，他的情绪越来越恶劣，总是不言不语地在舱内逡巡着，两只眼睛布满血丝，闪着逼人的凶光。

刘扬悄悄往他的食物中加了镇静剂，但收效甚微。王雷虽然身材高大，性格粗犷，但他的精神却脆弱得很，叶桦的死无疑给了他重重一击。

人类只有在战胜自身之后，才可能战胜自然。考察站的宇航员们正面临着一场前所未有的心灵危机。

积蓄的愤怒终于爆发了，王雷不知什么时候冲到秦林身旁，抓起显微镜摔在地上，又把桌上的玻璃试管砸得粉碎。他的手被尖锐的玻璃碎片划破，血流如注，但他依然疯狂地摔砸着。

刘扬和秦林都没有阻拦他。

直到实验台上的所有物品都已变得粉碎，王雷才住手。他沉重地喘息着，渐渐平静下来。

刘扬默默地上前为他包扎伤口，他没有拒绝，一双眼睛苦楚而无助地望着天花板。

第二天清晨，刘扬发现王雷不见了。他们到处寻找，最后在温室里发现了他。温室里遍地的火星蘑菇都被他踩得稀烂，他正趴在一堆七零八碎的火星蘑菇中号啕大哭。

刘扬和秦林费尽力气才把他架回生活舱，刘扬给他服下镇静剂后，他才渐渐安静入睡了。可是他只睡了一个小时就醒了，怎么也不肯继续躺着。他的精神恢复得很快，到下午时，已经能够从事日常工作了。

刘扬和秦林都很高兴。

谁知到了夜间，王雷的状况更加恶化了。他像喝醉了一样，口中呓语不止，反复在床上翻滚，刘扬和秦林两个人都压不住。渐渐地，他浑身抽搐起来，皮肤出现大片红色的斑点，口中吐出一种红色泡沫。

“他吞食了火星蘑菇。”秦林愕然说道。

“有危险吗？”

“不知道……”

刘扬不得不再次给王雷服下大剂量镇静剂，才使他昏睡过去。

次日，刘扬醒来，发现王雷又不见了。

这一次，他们找遍了考察站也没有再找到他。最后在他的床前发现了一张纸条，上面写着：“我找她去了。”

四、生命无悔

刘扬站立在巨大的舷窗旁，久久地注视着外面风沙满天的火星世界，焦急地等待着失踪的王雷归来。他的双眉紧锁着，顶多再有两个小时，王雷宇航服上的能量就会耗尽，如果他仍不回来的话……

秦林呆坐在椅子上，没有人知道他在想什么。

突然，他霍地站起身，手忙脚乱地穿戴起宇航服。

“不行，我再去找找他。”

“我跟你一起去。”一向稳重的刘扬也按捺不住了。

两个人一前一后走出生活舱。

温室，发射场，大气采集器，太阳能电站……他们在狂风中苦苦寻找了三个多小时，没有发现王雷的任何踪迹。两个人都清楚，王雷再也不可能回来了。

秦林一动不动地伫立在风里，他前面的迷雾淹没了空旷辽阔的火星平原，巍峨突兀的山脉，干涸亿万年的远古河床……他明白，他的同伴就在那里。他多想找回这位年轻有为的同伴，但他无法逾越尘暴所设置的重重障碍。他痛感自己的力量是如此渺小。

透过面罩，刘扬看到他的眼中滚下的两串泪珠。

“我们回去吧。”刘扬理解秦林此刻的心情，因为他的过失，已经有两个同伴死去了，他的内心承受着强烈的自责。

秦林没有动，他仿佛没听到刘扬的话。刘扬又拉了拉他的胳膊。

“你先回去吧，我再到发射场附近去找找……”秦林低低的声音从通信器里传来。

他背向着刘扬，不愿他看到自己眼中的泪水，见刘扬在犹豫，他又说道:“我一会儿就回来。”

看着秦林的背影消失在尘雾中，刘扬并没有跟着他。他觉得让秦林独自待一会儿，也许他的心情会好些。他一个人朝生活舱走去。

穿过站前的空地，生活舱巨大的轮廓在风沙中若隐若现。透过漫天尘沙，他仿佛看到叶桦那最后一次迷人的微笑，刘扬的心情又沉重起来。

他不忍再想下去，不觉加快了脚步。

他的手又抓住了生活舱的舷梯。上一次抓到这舷梯时，他听到飞船爆炸的那一声惊心动魄的巨响。而这一次，一种不祥的预感突然涌入他的脑海，他的眼前闪现着秦林那忧郁的眼神和两串泪珠。

“不好。”他暗暗叫道，慌忙转身向发射场方向跑去。

刘扬的预感是正确的，但是他来晚了。这时秦林已趴在飞船发射架旁，一动不动，漫天的沙石正渐渐没过他的身体。

刘扬扑到他身旁，他看到秦林背部的氧气阀门被打开了，正嗞嗞地冒出气来。他连忙将阀门拧紧，并抬起他的身体。尽管火星的重力加速度只有地球的三分之一，可穿着笨重的宇航服，要想背起一个人来，却非易事。但刘扬几乎是在一瞬间便完成了这一动作，他背着秦林拼命朝生命舱跑去。

他已经失去了两个同伴，他不能再失去秦林。

秦林仰面躺在床上，面罩已经被取下来，宽大的宇航服被撕到腰部，裸露着上身。

沾满火星尘土的宇航服把生活舱弄得脏乱不堪。

刘扬以最快的速度把氧气面罩扣在秦林脸上，又接连为他注射了两剂强心针。

秦林面孔铁青，毫无反应。刘扬用心脏起搏器电击秦林的心脏，又不断地按压他的胸部，但仍然听不到任何动静。

好一会儿，他恍惚看到秦林的手指微微动了一下，接着，秦林的心脏终于微弱地搏动起来。刘扬兴奋得正想欢呼，但突然眼前一黑，随后便什么也不知道了。这些天来，肉体和精神上的折磨已使他的身体超过了所能承受的极限……

刘扬醒来时，看到秦林站在床前，正焦急地看着自己。

“看到你活着，是我这辈子最高兴的事了。”刘扬说道。

秦林苦笑了一下。

“你真傻，居然想到自杀。你以为自己的死可以抵偿所犯的错误吗？不，你是在逃避，你这个胆小鬼。”刘扬挣扎着想坐起来，但身体一软，又倒在床上。

“不，我不是胆小鬼，采集器收集的水，一个人可以活下去，两个人却不够。”

“难道你就一点办法也没有吗？对，要活下去，但不是一个，是两个！你懂吗！我们已经失去了两个伙伴，这还不够吗？”刘扬不觉吼起来，这是他第一次对部下发火。

“办法……”秦林深深地垂下了头。

“告诉我，火星蘑菇是不是也需要水才能生存？”

秦林默然点头，又猛地抬起脸，目光中放射出异样的光彩。“你的意思是……”

“对，我们去找火星蘑菇，那里一定有水！”

……火星被笼罩在大尘暴下已经有半个月了。数亿吨沙尘悬浮在火星表面五十公里高的大气层中，形成了一道阳光射不透的屏障。

火星地表一片暗红，视界仅有四五步远。狂风凄厉地呼啸着，隔着面罩都能听到。

密集的沙粒在空中飞舞，像是火星上的一场红色的暴风雪。

两道伸向风雪深处的车辙，正迅速被尘粒覆盖。

刘扬和秦林已经在风暴中行进了四个小时。秒速百余米的狂风迎面吹来，尽管火星漫游车已开足了马力，仍慢得像蜗牛一样。

计程仪显示，火星车距离考察站已有五十公里了。他们现在应该距山脉不远了，但视野里仍然一片混沌，火星车的强烈灯光只照得见前面重重的红色迷雾。

秦林打开了车上的探测仪器，阴极射线屏上立即显示出一个巨大的阴影，原来他们已处在山脚之下。他们便在山脚徘徊，寻找可以越过第一座险峰的那道山脊。

依照电子地图记忆的山脊特征，他们很快找到了目标。

正当秦林收起火星车的行驶轮，放下机械登山臂的时候，仪表板上的生物探测器突然嘟嘟地响起来。

人类探索火星的初期，科学家们一直期待在火星上找到生命，尽管后来的探测结果令人失望，但生物探测器仍是每一辆火星漫游车的必备装备。

听到警报声，刘扬和秦林都吃了一惊，在这样风沙恶劣的天气里，会是什么呢？火星蘑菇不会有如此强烈的信号反应，难道火星还有其他的生命形式吗？

他们驱车向信号源驶去。

随着车子的前进，屏幕上的信号斑点越来越大，最后形成了一个特定的形状。

刘扬和秦林不约而同地喊起来："是一个人！"

探测器显示，那人就在距火星车四五米的前方俯卧着，已经被风沙埋没。

两个人跳下火星车，用手扒开那个小土丘，下面是一具人类宇航员的尸体。刘扬轻轻摘下遇难者的头盔，显露出一张具有络腮胡须的面孔。刹那间两人都愣住了。

"是王雷。"秦林的声音低低的，像有什么东西卡着喉咙，使他发不出声来。

"这简直不可思议。"刘扬不解地摇着头。这里距考察站有五十多公里，刘扬无法相信王雷在狂风中步行这么远。即便是长跑冠军，在天气晴好的情况下，依靠宇航服的能量也只能前进十余公里。然而王雷的遗体毕竟就在眼前，难道这是火星的主宰有意将他埋葬在这里的吗？

"他为什么会在这里？"秦林也迷惑地问。他蹲下身，将王雷的身体翻过来。他愕然看到，在王雷的身下，赫然生长着一株鲜红的火星蘑菇。

秦林伸手摘下那株火星蘑菇，把它放在眼前仔细端详着。他感到这蘑菇似乎在向自己诉说着火星的秘密。他不禁又问了一句:“他为什么会在这儿?”

刘扬也在思考着这个问题。突然，他恍然大悟。如果把考察站和王雷死亡的地点连成一条射线，那么在射线的前方，正是每天晚上地球升起的方向。

“他是在向着我们的家乡——地球奔跑。”刘扬不禁黯然泪下。他仿佛看见了王雷的灵魂正越过太空，向着十分遥远的宇宙彼岸的故乡飞去……

五、火星之谜

火星漫游车艰难地翻越了第一道山峰。

他们耗费了一大半能量，火星车的两只前机械臂也折断了，他们不可能再返回考察站了。

在周围的迷雾中矗立着一座座险峰绝壁，尘暴在这些山峰间变得更加猛烈多变。秦林和刘扬驾驶着火星车继续着他们希望渺茫的求生之旅，浓雾团团围裹着他们，电灯光只能照见四五步远的前方。但地形探测器上显示出，他们的左侧是万丈峭壁，而右边四步以外便是深不见底的火星裂谷。

又过了一个小时，他们抵达了目的地。秦林把火星车小心翼翼地停在火星裂谷边缘，他扭转探照灯向裂谷下照去，只见到苍茫的一片红雾。

这里是火星裂谷最平缓的地段，秦林就曾从这里驾火星车进入谷底。此刻，火星车经过艰苦跋涉，已经严重受损，不可能再进行剧烈的爬坡动作了。刘扬将携带的登山索一端牢牢拴在车上，另一端投向谷中。秦林拆下车灯，系在腰间。两人一前一后抓住绳索向谷底滑去。

裂谷中的风弱了许多，尘粒也十分稀薄，只是光线变得更加暗淡，随着灯光扫过，怪石峭壁从黑暗中兀露出来，显得阴森可怖。

他们已经下降了很长一段高度，但下面仍然黑洞洞的，深不见底。

就在他们继续下降的时候，裂谷边缘出了事故。火星漫游车停泊的崖顶是由一块巨岩构成的，经过无数年的风化，那岩石已经裂痕累累，此时，经不住火星车的重压，终于坍塌了。

刘扬忽然间感到手中的绳索一松，接着便和秦林双双坠落下去。在空中，刘扬听到一阵岩石塌落的轰鸣声。

幸运的是，他们距谷底已经不高，落在厚厚的火星尘土中。刘扬挣扎着站起来，忍着浑身剧痛，拉起秦林向前奔跑。在他们身后，岩石夹杂着火星车的残骸，瀑布般倾泻下来。

在火星裂谷深处，呼啸的狂风和汹涌的尘沙似乎都离这里很远很远，就像发生在另外一个世界。这里只有亘古的黑暗和沉寂。

一道电灯光在谷底四处划动，照亮了那些沉睡了亿万年的岩石。

刘扬和秦林在裂谷中寻找了很久，他们曾攀上秦林发现火星蘑菇的那道悬崖，但那里空无一物。

携带的能量已经所剩无几，刘扬能感到宇航服的恒温系统在逐渐冷却，提供的氧气也越来越少。

秦林也焦急异常，虽然他的肩上背着便携式氢氧能量合成器，可以为他们提供无限的能量，但是有一个前提，它需要水作为原料。然而这裂谷中如同火星的其他地域一样荒凉，遍地干裂得沟壑纵横。秦林抓起一把火星土壤，那土壤已经有数亿年没经过水分的滋润了，像一把松散的沙子。

两人沿着裂谷又走出了两公里，仍未找到火星蘑菇，更未发现任何水的迹象。巨大的裂谷还不断地向前延伸着，电子地图上表明它有四百公里长。他们不可能走那么远。

他们行走的速度越来越慢，电能快用尽了，宇航服的温度已经下降到了冰点。两个人的四肢都被冻僵了，一点知觉也没有。更可怕的是他们呼出的气体，正在面罩上凝结成一层白霜，一旦那白霜完全挡住视线的话……

糟糕的事情还没有完，秦林手中的探照灯亮度突然骤减，它的电能也快用尽了。秦林用力摇晃它，希望它能再次亮起来，但是灯光却缓慢地暗淡下去，直至完全熄灭。

“该死的……”秦林愤怒地将探照灯摔在地上。他又企图打开宇航服上的电灯，但也因缺电而失败。

黑暗包围了两个人。没有光，他们寸步难行。

两个人疲惫地靠在一块岩石上。黑暗中，他们彼此沉默着，互相都望不到对方。

刘扬苦楚地闭上眼睛。他知道，他们再也找不到水了，他们将永远埋葬在这个荒凉的星球深处。

秦林的脑海中反复闪现着这些天来的不幸遭遇。他从工具袋里取出一件物品，那是王雷身旁的那株火星蘑菇。黑暗中，他看不见它，但是他对它的每一块斑点，每一处细微的形状都了如指掌。

他长久地凝视着它，然后伸手拧开了宇航服的密封阀。

寂静中，刘扬发觉身边的秦林突然一阵扭动，接着便跌倒在地。

“你怎么啦，没事吧？”刘扬忙问道。

“……密封……面罩……”秦林在地上翻滚着，断续地说出四个字。

刘扬扑上去，摸到了秦林，发现他的面罩掉了下来，宇航服失去了密封。秦林的身体暴露在火星稀薄的大气压的环境中。这相当于地球四十公里的高空，人会在很短的时间内窒息而死。

刘扬把面罩扣在秦林头上，拼命拧死密封阀。

秦林停止了挣扎，一动不动地仰卧在地。

刘扬默默地在旁边守着。生命保障系统重新使宇航服加压充气需要一段时间，何况是在能量严重不足的情况下，他不知道秦林能不能坚持下来。

好久，刘扬在寂静中听到了一声微弱的喘息。

“是你吗？秦林。”他忙问道。

“嗯……”秦林的声音细若游丝。

“你感觉怎么样？”

“还可以，就是……喘不过气来，这该死的密封阀。”他的声音中伴随着沉重的喘息。

又过了五六分钟，秦林的呼吸平稳下来。

“我没事，我想……我们该往回走。”

“往回走，可那里没有水呀？”刘扬不解地问道。

“也许我们错过了。”秦林的声音很坚决，他拉起刘扬跌跌撞撞地朝来时的路走去。

他们又回到了曾经发现火星蘑菇的那道悬崖下面。

黑暗中，秦林在陡直的岩壁上摸索着。他的手接触到岩壁底部一道裂开的岩缝。

“就是这里。”他兴奋地叫道。

“这里？”刘扬更加迷惑不解，“这里不是只有岩石和沙土吗？”

“我们来把岩缝扩大。”

说罢，秦林取出挖掘工具，在岩壁上凿击起来。刘扬上前帮他，好像全身还有用不完的力量。

坚硬的岩壁终于被凿开了，岩石后面露出一个黑沉沉的洞口。

“你怎么知道这里有洞？”刘扬吃惊地问。

“感觉。”

秦林拉着刘扬的手，弯腰钻入洞中。

洞穴曲折幽深，他们摸索着走了很长时间。周围仍是一片黑暗，刘扬已不知自己身在何处，只是感觉这洞时而必须侧身而过，有时又变得好像很宽阔。

事实上，他们正沿着这洞穴走向火星地层深处。

他们走了将近半个小时。刘扬的身体已经支撑不住了，他沉重地呼吸着宇航服内残存的一丝氧气，面罩内过高的二氧化碳含量使他的意识逐渐模糊。他感觉太累，伸出手想在旁边的洞壁上休息一下，谁知他的手在洞壁上摸到了一种罕见的物体。

“火星蘑菇！”刘扬兴奋地喊道，“这里生长着火星蘑菇！”

刘扬的手触摸到的不仅仅是一株火星蘑菇，在整个洞壁上密密麻麻到处都是那圆滚滚的生物。

“这么多火星蘑菇，附近一定有水。”刘扬的精神顿时振奋起来。

他们继续向前走，洞似乎在扩大，渐渐碰不着洞壁了。秦林忽然停住脚步，轻轻地说道：“你听。”

刘扬侧耳倾听，寂静中，宇航服的外置拾音器将一种声音传入面罩。尽管因电源将尽，拾音器传来的声音已很微弱，刘扬仍立刻能辨出那是物体落入液体中所发出的叮咚声。

“是水声。”刘扬的声音颤抖着。

他们向那声音走去。刘扬忽然感觉自己的脚落在一片浅水中，那水波轻微晃动着，抚摸着他的脚。他弯下腰，伸手去捧水，那种水的清冷和柔滑透过手套传到了他的皮肤上，他的心迷醉了。

秦林将氢氧能量合成器放在这洼水中，合成器发出轻微的嗡嗡声，工作指示灯开始渐渐亮起来。

借着一点萤火般的光亮，刘扬看到眼前的一小片景物。洞已变得很大，灯光没有照到它的边际。他们好像处在洞内的一条暗河中。

刘扬知道，火星虽然水源贫乏，但在它的永冻地层中却存在着一定数量的水。现在他们已深入火星地层，地层中水分经过长时间的渗透，是有可能在这个洞中汇集成一条暗河的。

合成器很快将水分解成氢和氧，产生出源源不断的能量，很快将蓄电池充足。两个人把电池接入宇航服，宇航服立即恢复了正常工作，使宇航服内的温度迅速回升至常温状态，过浓的二氧化碳被过滤，纯净的氧气涌入头盔。随后，宇航服上的工作灯也亮了起来。

灯光照亮了这个火星地心深处的洞穴，可仍不见洞穴的尽头。洞壁向两侧伸展开去，一直延伸到光线照不到的黑暗中，他们仿佛来到了一个地心深处被凿空的巨大世界中。

在他们的面前，是一望无际的水的湖泊。他们刚刚涉足的并不是一条暗河，而是这湖泊的水岸边缘。那辽阔的水面并不涌动，像镜子一样光滑。从洞顶渗下来的水珠滴落下来，在水面上溅起微微的涟漪。他们同样望不到水的边际，灯光照射到的地方只是一片汪洋，更远处是无边的黑暗。

“整个火星的水大概都藏在这儿了。”

“我们发现了火星最大的秘密。”

“我们可以用这些水把火星改造成地球。”

刘扬兴奋的目光投向秦林，秦林也报以微笑。

这时，刘扬突然发现秦林的脸上显出一阵阵潮红。

刘扬关切地问道："你的脸怎么……"

没等他的话说完，秦林的身体一晃，便摔倒在水泊中。

刘扬忙抱起他，让他的头倚在自己的肩头。

秦林在他的怀中抽搐着，他的脸部肌肉因疼痛而扭曲了。大滴大滴红色的汗珠从额头滚落下来，嘴角淌出一股红色的黏液，他的病状和王雷死前一样。

刘扬一惊，他突然想到，在裂谷中，秦林的面罩为什么莫名其妙地脱落。他焦急地问道："你是不是在峡谷中吞吃了火星蘑菇？"

"你知道王雷为什么会在山脚下吗？"秦林低声问，嘴角又淌出一股像血一样的红色液体，"他不仅仅是在向着地球的方向跑。"

说到这里，又一阵疼痛使他猛地一抖，他的手紧紧抓住刘扬的胳膊，咬紧牙关。好一会儿，才渐渐平静下来。他的表情恢复了正常，好像刚才什么都没有发生一样。

"我在做实验时发现，火星蘑菇有一种强烈的亲水因子。在这种亲水因子的引导下，火星蘑菇的种子可以随风飘到数万公里外有水的地方，这是火星蘑菇为了适应火星干旱土地而进化出的生存能力。王雷吞食了火星蘑菇，他的身体也受到了亲水因子的侵染。在临死前，他不仅仅在向着地球的方向奔跑，同时也在接受亲水因子的指引，奔向火星的这个地下大暗河。"

"你吞食火星蘑菇是为了……"刘扬恍然大悟。

秦林苍白的脸上微微一笑。"火星蘑菇的亲水因子可以使生物对水的敏感度提高数万倍。没有火星蘑菇，我们会困死在火星大裂谷中，我们永远不会发现这个火星大暗河。

“可是……”秦林的声音忽然低沉下去，“没有火星蘑菇，我们也不会失去叶桦和王雷……”

两人沉默了好久。刘扬感到秦林的身体渐渐地僵硬了，在他紧闭的眼角，刘扬看到了两颗晶莹的泪珠。

六、尾声

两个月后，席卷整个火星的大尘暴渐渐平息下去。

一轮朝日出现在火星淡红色的大气层中，红彤彤的光芒照耀着已经面目全非的火星大地。

一个人类宇航员出现在莽莽群山中，正沿着一道山脊向山脚走去。山脚下的火星平原上，那座人类的考察站有一半已经被尘暴所埋没。这座考察站最初建立的目的就是为寻找火星上稀有的水源，现在，人类终于找到了火星深处所隐藏的暗河。为此，他们付出了三个生命的代价。

刘扬站在山脊上，俯瞰着辽阔的火星平原。他仿佛看到一座人类的火星城市正从那里崛起。

火星三日

一

“各位旅客，飞船即将抵达本次航班的终点——火星航天港了，请系好安全带……”宁静的机舱里传来乘务员小姐娇柔的声音。

我把目光投向舷窗外：此刻的火星已变得无比硕大，仿佛一块红色的陆洲正从宇宙无边的暗海里冉冉升起；而在飞船刚刚启程的时候，它还是群星中一个不起眼的小红点。

就要到达火星了，我默默想到，而我的心中却还对这次火星之旅感到恍然如梦。

就在两个月前，我还在忙碌着准备和路明在太平洋海底城度过暑假。接到航天局邀请我们前往火星游览的通知时，我和母亲都深感意外。

在我们那个年代，星际旅行对于绝大多数人来说，并不是一件平凡的事。而人类对月球和火星的真正大规模开发，也不过是近几十年的事情。

我的父亲就是在二十年前，人类刚刚掀起建设火星的浪潮时，丢下母亲，前往火星的。

我从未见过父亲。

父亲走时，我尚在母亲的腹中。那时他们结婚还不到一年。母亲极力反对父亲去火星。他们吵得很凶。最后，母亲要父亲在她和火星之间做出选择。父亲没有说话，但是第二天清晨，他已经不见了。在以后的二十年里，父亲音讯杳无，他再也没有回到过地球。从我出生至今，母亲从未向我提起过父亲。上述事情都是凭我的记忆从母亲的只言片语中拼凑起来的。我无意介入双亲的感情纠葛，但是我亲眼看到了母亲独自将我抚养成人的艰辛。而且同样作为一名女性，已经长大的我也开始懂得感情对一个女人来说是多么地重要。我爱我的母亲，而我的父亲呢？他在我心中淡漠得仅剩下一个略带幽怨的名字。他对我和母亲二十年的不闻不问，已使这个家在过去、现在以及将来都不再需要他了。他给母亲带来了痛苦和泪水，我恨他！

航天局的官员解释道，是因为父亲为建设火星城作出了杰出贡献，他们才向家属发出这次特别邀请的。我看到母亲眼中刹那间泛起了泪花，但随即她的脸上便罩了一层寒霜。她冷冷地说道：“我不去。”

“对不起，我们没有时间接受这次邀请。”我礼貌地回绝那位官员，我看到他惊讶得瞪圆了眼睛。

这一夜我过得很平静，甚至还在盘算我的海底城之行。

清晨吃早饭的时候，母亲的神情很怪，她的目光在我的脸上停留了很久。最后她说道:“你还是去吧，顺便替我带件东西给他。”

一个灯火通明的空间站出现在火星背后的黑暗中，静静地悬浮在泛着荧荧红光的火星大地之上。这就是系泊于火星同步轨道的航天港了。飞船径直向它飞去。

靠近航天港时，飞船减慢了速度。一道长长的月台从空间站探出，向飞船伸来。船体轻微地薄雾浓云般震动了一下，对接成功了。压力平衡后，飞船舱门打开了。周围的乘客纷纷收拾行李，朝舱门走去。

月台内的自动扶梯将我缓缓载向航天港的候客大厅。

想象着与父亲见面的尴尬场面，我感到一阵紧张，第一句话该对他说什么呢?

我站立在大厅中，等待着陌生的父亲的出现。飞船刚刚抵达，大厅中人很多，来来往往，摩肩接踵。渐渐地人少了，大厅空旷起来。父亲仍未露面，难道他没有来?

这时，一个与我年龄相仿的男孩子朝我走来。他微笑着，目光毫不隐藏地注视着我。

“你好，没认错的话，你就是刘文晴吧。”他用温和的声音说道。

“你是……”

“晓峰，刘队长派我来接你。”他接过我的背包，见我仍用疑虑的眼神望着他，便补充道：“哦，昨天有一个考察站出了事故，刘队长带人去救援了，所以……不能赶回来接你。嗯……我们的动作得快些了，否则会赶不上去火星的航天飞机。”

几分钟后，航天飞机离开空间站，投入火星大气层。

飞机上的座椅小又没有扶手，和一个陌生的男子坐得这么近，我感到很拘束。

他倒毫不在意，滔滔不绝地给我讲述火星的情况，仿佛我们久已相识。

听到他称呼我“小刘”时，我忍不住打断他：“对不起，我姓郭，郭文晴，我随母亲的姓。”

“对不起，我不知道。”他显得很惊讶。

我摇摇头，表示没关系。

我们之间出现了尴尬的沉默。我感到有些过意不去，便偏头问他：“你在火星从事什么工作？”

“为将来的火星移民建设各种生活设施，我们……”他的话忽然停顿了，他的目光盯着舷窗外，“你看，火星城！”他向舷窗探去，身体恰好紧靠着我。我朝里挪动了一下，他浑然不觉。我知道他不是有意的。我看到他的眼睛在窗外火星光线的映射下闪烁着兴奋的光芒。

外面的火星正值日落时分，一轮红日徐徐飘浮于火星山峦起伏的弧状地平线之上。火星稀薄的大气层内万里无云，红润的阳光得以洒遍整个行星世界。

随着航天飞机降低高度，太阳缓缓隐没于群山之下。夜色开始浸透天空，大气层中弥漫起一团红雾，显得迷蒙而苍茫。天际的群山却因感受了阳光的照射，闪烁着炯炯的红光，仿佛一座座燃烧的火山。而山脉下广漠的火星平原却迅速被黑夜吞没，残留的一些红色像余烬一般逐一熄灭。

就在视野里化作一片黑暗之际，一道蜿蜒的光带突然出现在无边的夜海中。

它的光芒射破了黑暗，淡淡地向繁星遍布的宇宙中辐射。航天飞机掠过暗夜向那光带飞去。光带上空，还有许多萤火虫一样的亮点，有的正投入光带中，有的正在飞离。

飞临光带上空时，我终于看清楚了。那是一道绵延数十公里的巨大峡谷。数不清的灯光闪闪烁烁，各种建筑物被灯光勾勒出神秘而富有变化的轮廓。所有的光芒汇聚成一条浩瀚的光之河，光芒流溢出来，照亮了周围的一小块平原，平原上红色的砾石、沙土也折射起微弱的红光，峡谷上空，密封的穹顶彩虹般飞架于峡谷上空，保护着这条文明之河。

这就是火星城了，荒凉的火星世界里骤然出现如此雄伟的人类建筑，我的心刹那间被这壮丽所吸引。

二

我的为期三天的火星之旅是在晓峰早早的敲门声中开始的。我看了看表，才凌晨五时，从昨晚他把在火星城中方向不辨的我安顿在旅店中到现在才过了六个小时，睡意正浓的我仿佛听见他说要带我去看看原始的火星自然风光。

坐在一架小型飞机中，我几乎靠在他的肩头睡着。

当我清醒过来的时候，一派苍茫沉寂的火星景象展现在面前。

我随着晓峰跳下飞机。一团红尘从脚下腾起，继而又被风吹散了。这里的重力加速度只有地球的三分之一，背后的氧气瓶也显得不那么笨重了。密封面罩把我的脸同外界隔离开来，但是我能感觉到风正迎面袭来，细小的尘粒沙沙地敲打在面罩上。

晓峰拉起我的手向前走去。对于他这样大哥哥般的关怀，我已经习惯了。我甚至觉得正是他的举动，使我俩迅速从陌生走向熟识。

穿过一小片空旷的火星平原，我们来到一道干涸的巨大河床旁。

“远古时候，火星上也曾拥有万顷波涛，你瞧……”他指着河上游，那河床蜿蜒不断，一直没入天际，“这道河有上千公里长，比地球上最长的河还要壮观得多。”

“那么，火星的水都到哪去了呢？”我不禁问道。

他摇摇头，沉默了一会儿说道：“可惜……人类到来时，火星只留下这无尽的荒凉和遗憾。”

我们横越河床。河底的沙石同样干燥异常，同样覆盖着斑驳的红色氧化铁，只是在一些风化的岩石上，还显露着亿万年前液态水冲刷过的痕迹。

河床对岸，他指着远处的一座山丘。

“那小山脚下就是人类最初在火星建立的考察站遗址。”

我极目远眺，却怎么也辨不出任何人类建筑的痕迹。一直走到山前，我才看到山坳中那已经被红土埋没了一半的倾倒的生活舱和小型电站遗址。

穿行在这一堆堆废墟中，我感到一种莫名的惊惶与恐惧。生命的苍老与死亡深深刻划在这些残破的建筑上，让我颤抖。

“我们走吧。”我拉紧他的手。

“作为人类最早的一批宇航员，你父亲曾长期在这里驻守。正是他们不懈的努力才使今天的火星城成为现实！”

他的眼睛望着无际的火星世界。我也扭头望去，远处火星城的方位上，一艘巨大的宇宙飞船正拖着滚滚烈焰向天空飞去……

面对死去的火星世界，内心的压抑和孤独使我没能细心体味晓峰的话。当重新置身于磅礴壮观的火星城市时，刹那间我领略了晓峰的心情。

我们是中午时分回到火星城的。匆匆吃过午饭，晓峰又马不停蹄地带我登上火星城最雄伟的建筑——通天塔。

通天塔是用来支撑城市上空密封穹顶的承力柱。它从峡谷底部升起，直伸入峡谷上方一百米的空中。它就像一柄巨伞的伞骨，密封穹顶从它的顶端伸展开去，横跨了峡谷两岸。我们站在塔顶的观光厅内，整个火星城市一览无遗。

“此塔高四百六十余米，在它的支撑下，密封穹顶可以抵御火星尘暴的袭击。除此之外，通天塔也准备将来用作星际列车的发射导轨。”晓峰指着大厅中央的巨型柱体继续介绍，“那柱也是中空的，其中的磁力导轨可以产生足够的力量，将星际列车推出火星大气层。到那时候，火星与地球的联系就十分方便了。”

“到时候，我常来看你。”我也不知道自己为什么会说出这句话。脸上不觉有些发烫。好在晓峰似乎并未注意。

“是吗？”他微笑着点点头，表示感谢。他又指着峡谷的走向，说道，“像这样的通天塔，每隔三十公里便有一座。”

我顺着他的手指望去，在峡谷转弯的地点，隐隐矗立着另一座拔地而起的通天塔。我的目光由远及近。昨晚抵达火星城时，黑夜与灯光掩盖了城市的真实面目。此刻，正午强烈的阳光普照着整个峡谷，在峡谷刀削一样的两侧峭壁上，密密麻麻遍布着巨大的金属洞窟。一扇扇镶嵌的玻璃闪闪发光。虽然峭壁上还显露出火星岩石所特有的铁锈红，但人类的建筑已成为其上一幅壮丽无比的文明画卷。

“这峡谷两侧都已被构筑成人类居住的山体建筑，目前已竣工的有九十公里，可供十万人移民，将来工程会扩大到五百公里，那时，这里就会变成人类的第二故乡！”晓峰解释道，他的语气中透出豪放的气息。

“你来火星多长时间了？”我问晓峰。

“五年，那时候刚刚选定在这里建设火星城市，峡谷中还荒凉得很。”

“那时一定很苦吧？”

他的眉头微微一皱，默默点了点头，继而又说道：“比起你父亲那一代老宇航员，我算是很轻松了，况且，看到这火星城，心里就剩下甜啦！”他笑了，笑得很腼腆。

从他的笑容中，我能感受到他们在建设火星时付出了多少艰辛。我无言地与他并肩而立，无言地注视着他，他的身材并不高大，但他身上散发出的气息却让我感到安全与崇敬。

我在想，也许父亲年轻时就像晓峰一样。

我的想法不久便得到了证实。

来时，我们是沿峡谷峭壁上的索道登上通天塔的。这一次，我们乘坐高速电梯，径直降到峡谷底部。走出通天塔时，我刹那间被眼前的景象惊呆了。我原以为谷底一定架满了各种金属管道，或是铺着水泥公路。然而，就在两道峭壁所夹的一片平原上，到处长满了地球植物。一片鲜艳的嫩绿色溢满整个平原，无际的平原上，还散布着一些杨、柳树混种的树林。它们都长得很旺盛，像一团团绿色的蘑菇。许多色彩斑斓的花朵点缀在这绿色的海洋之中。也许在阳光、氧气与水充足的地球上，这景色并不罕见，但是在火星，到处是赤红色的戈壁与沙漠，到处是干涸的河床与峡谷，能有这样一片绿洲生存在这块荒芜的土地上，那会给人一种怎样的震撼与欣喜。

“简直是奇迹。”我脱口说道。

“的确……”晓峰不觉笑了，继而又很严肃地望着我，“在登上火星最初的日子里，火星世界永恒不变的死亡干裂的自然环境使我们比任何时候都向往一片绿色，后来我们开始在峡谷中种植草皮。那时，密封穹顶尚未建成，我们不得不造了一个小型温室，结果两千株植物只有三株活了下来，尽管如此，我们仍欣喜若狂，奔走相告。”他回想道。他望着这无限的草原，又补充了一句：“那是一种人类对生命与文明的追求！”

“是不是太高尚了一些？”我笑道。

“你还不了解在火星上生存的这些人。”他回答。他的眉头微微攒起。

我知道自己无意中刺痛了他的自尊心，对于他来讲，生命中最重要的也许就是他的追求与理想了。于是我不再言语。

我们穿过这片草原，走向远处横亘在峭壁间的一道灰色的堤坝。

想到每一株草在火星上成活都是个奇迹，我的脚放得很轻，生怕会踩到它们。

“用不着这么小心翼翼，既然它们能在这恶劣的火星世界中生存下来，那么它便不会弱小到踩一下便会倒下。”

晓峰偏过头，眼睛认真地望着我说道。我不知道他的手何时揽在我的腰间，也不知道何时我们靠得那么近，但是他的话使我放松了自己的防线。我在想，他不正是这草原上一株顽强生存的小草吗？

不知不觉来到了草原尽头，我们登上那道峡谷间的堤坝。在我的眼前出现了另一个奇迹，在干涸异常的火星峡谷中突然平静地积蓄着一片水的湖泊。湖水清澈明亮，映衬着两岸红色的崖壁，显露出一种神秘与宁静的美。

这一次，晓峰没有对我做任何解释。他租了一条小游船。我们向湖的对岸驶去。峡谷在前面转了个弯，继而一面峭壁上出现了一个巨大的洞穴。

船沿着窄窄的洞道曲曲折折地向前驶去。洞道中光线暗淡，每隔数十米有一盏电灯照亮附近的一小块空间。

我心里很奇怪。“我们要去哪？”

“火星城的存在之源。”

“火星城的存在之源？”我思索着他的话的含意。就在这时，前面的洞穴豁然开朗，就仿佛沿着涓涓细流突然进入汪洋大海一般，一个巨大无比的地下洞窟展现在眼前，洞窟中蕴藏着海洋般巨大的液态水。几道强力探照灯照向远方，那洞窟中平静的水面一直延伸到灯光照亮的地方，延伸到光线所不能抵达的黑暗之中。在我的视野里看不到这个地下水库的尽头。

“这简直是一个地下的海洋。”

“对，正是因为它的存在，才使火星城成为现实。”

“这太伟大了。”望着这碧波万顷，我赞叹。

“真正伟大的是，发现这水库的人，那个人就是你的父亲——刘扬。”

“哦……是吗？”我点点头，不觉把头低下去，避开他炯炯的目光。在我的内心中，始终对父亲是充满怨恨与敌意的，没想到，在火星上父亲的形象竟截然不同。晓峰开始回忆一段父亲的故事，他诉说在人类探索火星的初期，父亲是如何带领考察队的成员们在孤立无援的情况下与火星大尘暴搏斗，执着地去寻找火星上暗藏的水源。

眼前是一片波光粼粼的地下暗河，耳畔回响着晓峰沉重的话语，我仿佛看到一个个陌生而又熟悉的身影在眼前复活，他们的痛苦与快乐强烈地感染着我，我在随他们同生共死……游船返回峡谷，弃舟登岸，我们并肩漫步在草原上，而我的脑海中却依然闪动着那些人的身影。

“是不是累了？”他关心地问，“我们歇一会儿吧。”

风在峡谷间游荡，在草原上形成一道道绿色的波纹，空气中飘散着一股淡淡的野草清香。我们坐在这片不大的草原上。数天来旅途的劳累使柔弱的我早已疲倦，而这一份温馨和安逸便化作浓浓的睡意袭上心头。

我的头垂下来，靠在晓峰肩头。包括路明在内，我还从未对任何一个男孩儿放松警惕，可不知为什么，晓峰给我的感觉却是诚恳和安全。

不知不觉我合上了双眼。

那些人又出现在脑海中，他们前仆后继、生生不息地冲向那漫漫的红沙……

三

再次醒来的时候，我发现自己和衣躺在宾馆卧房的床上。

我起身走入黑沉沉的客厅，几缕淡淡的光线从窗帘的缝隙中透射出来，我掀开窗帘，一片明媚的阳光迎面扑来，清晨的朝日正在火星平原深处一团橙红色晨曦的承托下升起。

又是火星上新的一天。

我发觉背后一丝异样，扭回头，便看见客厅的沙发上，晓峰睡得正熟。我轻轻地走到他身旁。他的身体蜷缩在沙发上，显得很弱小，他的脸庞上流露出疲倦的神色，他的眉头也微锁着，好像在梦中正思考着问题。

我的心突然一动，相识的这段时间，他的言语和行动无时无刻不让我感到他的坚强和伟岸，但是眼前的他又是那么的弱小和无助。

他好像察觉到了我的存在，身体动了一下，睁开了眼睛。

“对不起，我们今天要早早去见一些人，所以，我就没有走。”他抱歉地说道，“今天，我带你去见你父亲。”

他又变成精力旺盛、谈笑自若的那个晓峰了。

我们驾车越过那片草原和人工湖，又拐过峡谷中的一个弯，一片忙碌杂乱的景象出现在眼前：峡谷底部横七竖八地堆放着建筑材料，不时有庞大的运输车隆隆而过，荡起滚滚烟尘，好久才会消散。两旁的峭壁上被凿得千疮百孔，一些巨大的高架平台上隐隐闪现着工人的身影，高压焊枪迸出的火花纷乱地散落下来。

各种嘈杂的噪声刺痛着耳膜。

“这里是火星城市规划的一部分，尚未建造完工。”晓峰大声说道，但声音立刻被噪声淹没了。

“你说什么？”我没有听清他的话。

他低下头凑到我耳边：“这就是我工作的工地。”

这时，车子猛然一震，他的嘴唇一下子碰到了我的脸颊。我的心一颤，脸上立刻像着了火一样灼热。我不敢去看他，不知道他会是怎样的神情。他依然在对我兴致勃勃地说话。不久，我们陷入沉默之中。

我们来到一处装有工程升降梯的悬崖底部，几个人正在往升降梯上搬东西。他们仿佛在等着我们，在很远的地方，他们就高兴地挥起手。

晓峰亲热地和他们打招呼，这都是些和我、晓峰年纪相仿的年轻人，他们和晓峰交谈着，目光都不约而同地投向我。当晓峰介绍我时，他们纷纷伸出满是油污的大手。他们的热情让我感到亲切和温暖。我喜欢他们。

“来，上电梯，我们上去。”那个叫林枫的年轻人说道，可是电梯上堆满了货物，已无立足之地。“把东西扔下去！”他喊道。

电梯升到了悬崖中部，离地大约有一百米高，那里有一个巨大的人工洞穴。从足以容纳四五辆运输车并行的洞口可以看出这工程的浩大。

我俩向洞内走去。脚下的岩石在微微颤动着，碎石机的隆隆声像海潮一般从洞穴深处涌来。洞口附近的洞壁都被切削得十分光滑，并浇注了火星特有的红色凝土。随着洞道的延伸，洞穴变得狭窄起来，洞壁上显露出岩石突兀的棱角，每隔不远就有一排合金加强柱支撑着洞顶。再往前，越来越杂乱不堪，到处坑坑洼洼，参差不齐，除了金属支架外，和天然洞穴已没有什么分别。一些穿工作服、戴安全帽的工人各自忙碌着。

“老头子在哪？”晓峰拦住一个人问。

“拐角那边，正发脾气呢。”对方回答，同时也把目光投向我，又低声对晓峰耳语了几句。晓峰苦笑着耸了耸肩。

“我们走。”晓峰回到我身边。也许因为到处是熟人，他没有拉着我的手。

“给我听着，在你到火星的半年里，这已经是第六次给我找麻烦了。这里苦，这里累，要享福的话给我滚回地球去！”

还未见到老头子，他那苍老但粗犷的声音便传来了。

在洞穴拐角处，老头子正对着一个低头站在角落里的年轻人浓云大喊大叫。他的身材矮墩墩的，工程帽戴在他肥大的头上显得极不相称。因为激动，他的眼睛向外凸出，脸涨得通红。

“他是与你父亲一同到火星的老宇航员，你父亲最好的朋友。”晓峰低声对我说道，然后便走上去。“怎么啦？为什么发大火？”

“工作时间，这小子却躲在这里睡觉！”

“昨天塌方，我们连续干了一昼夜。”那年轻人的声音低得几乎听不见。看上去，他的年纪比我还小，像个孩子。

“我不管你因为什么原因！你自己看看，”老头子拉着那男孩的衣领，指着洞顶吼道，“头顶上就是岩石断层，要是出事，你死都不知道怎么死的！”

“原谅他一次，我看小武的确是累坏了。”晓峰边说边向小武使眼色，要他走。但是小武看了看老头子，没敢动，他的眼睛泛着泪花，几乎要哭出来。

老头子看到了我，他的脾气忽然缓和了许多。“你先回去工作，别再找麻烦。”

继而他把头转向我，他望着我，带着慈父般的目光，他的目光还流露着希望、期待和许多我读不懂的东西。他似乎想说什么，可是犹豫了一下，才简单地说了一句:“你……来了。”我感到他要对我说的远不止这些。

“不能让人家站在这里吧？”晓峰笑着说道。

老头子像从梦中醒来一样。

“对，我有些老糊涂了。”他敲了敲额头，“走，我们到指挥车去。”

所谓指挥车不过是一辆大运输车改装成的餐车兼工程指挥车。它停在洞穴中部的一片空地上，周围堆满了建筑工具。

“这里乱得不成样子，来，坐。”老头子扔开椅子上一只旧工程帽，让我坐下。他隔着桌子坐在我对面。

他痴痴地投过来的又是那种饱含着各种感情的目光。面对这个陌生的中年人，他给我的感觉和晓峰一样，充满着关怀。他们就像我的父亲与哥哥。

我茫然无措，只有含笑与他相视。

“真像你父亲……”他好久才说了这么一句，眼中竟莫名地泛起了泪花。

他垂下头。抬起头时，那泪水已经不见了。“唉，风风雨雨二十几年了，弹指一挥间，你们都已经长成大人啦。”他叹了口气说道。

我不知道自己该回答些什么。这时，晓峰端着饮料走过来。

“是不是人年纪大了，就容易多愁善感啦？”他笑着问老头子。

“你不懂，你不懂。”老头子连连摆手。

“怎么没看到刘队长，他还没回来吗？”

“哦，恐怕这几天他不能赶回来了，大尘暴把整个考察站给活埋了，他们正昼夜不停地寻找幸存者。”

“可文晴很不容易才来火星，二十几年了，他们还从未见过面，你不能想想办法吗？”

“废话，能想的办法我都想了，回不来又能怎么办？”老头子也急躁起来。

“没关系，以后会有机会的。”

我的意思是化解他们的争吵，但我的语气中显然流露出我对这次父女相见并不迫切，换句话说，我并不想念也不关心父亲，他们一定从我的语气中听出了这个意思。我后悔莫及。

他俩都用异样的眼神望着我。

“像你这个年纪的时候，我和你父亲一同来到火星，二十年的时间里，我们在这个只有红石头的星球上苦苦坚守。没有人知道我们所经历的孤独和艰苦。有好几次，我们的精神都面临崩溃，大家甚至想集体辞职回地球去。好在我们坚持了下来。即使现在没有建起这座城市，这些经历也使我们可以自豪地面对地球，面对历史与将来的人类。但是我们心中唯一感到愧疚与不安的，就是自己的妻子和儿女。他们所付出的也许我们今生今世也无法偿还。可是我们从未忘记过他们。

“我们这些人大部分没有结婚，有子女的就更少了。记得那天，你父亲接到你出生的消息，我们高兴得狂欢了一夜。我没有儿女，也许这辈子也不会有了。于是我就跟你父亲说，要认你做我的干女儿。你父亲想了想说，‘行啊，不过你得拿出每年工资的一半来作为我们抚养女儿的公共基金。’”

说到这里，老头子哈哈大笑起来。他笑得很开心，这也许是他一生中为数不多的高兴事之一。晓峰也跟着笑起来，但我却笑不出。我从不知道，在我的身上倾注着父辈们一生的关怀和寄托。在我生命的二十年中，我一直因为缺少亲人的关怀而烦恼不堪，可现在，我能承受得住这一份感情的沉重吗？我不知道，我无言以对。

指挥车的门开了一道缝，一个顶着工程帽的脑袋探进来。“哦，我来取冲击钻。”

“进来吧，坐一坐，这是刘队长的女儿文晴。”老头子平静地介绍道。

那年轻人坐下，热情地向我问长问短。

片刻，又一个工人进来。

“我的工程帽是不是在这里？”他笑眯眯地对老头子说。可是拿到工程帽后，却磨蹭着不肯离去，最后也坐下来。

结果在短短的十几分钟里，陆续有十几个工人到指挥车来找他们落下的东西，也都以各种借口留下来。看得出，他们的目的显然是我。他们与我交谈着，不时讲一些笑话逗我笑。与他们相处，我很开心。

老头子看出事情不对，立刻绷起脸：“工作时间，擅离职守，都给我回去！”

工人们见老头子发火，都不敢抗命，只得乖乖地起身告辞。

“告诉其他人，中午全到这集合，我们来一次聚餐，欢迎文晴来火星。”

老头子的话从后面追上了那些垂头丧气的小伙子，他们立刻变得兴高采烈。

“这些都是你父亲的老部下，听说你要来的前三天，他们就坐不住了，况且我们这里一年到头都是男人，所以……”老头子解释道。

我笑了笑，心里觉得他们很有意思。

中午时分，未到休息时间，三十多个年轻人把狭小的车厢挤得水泄不通。他们围在我周围谈笑自若，弄得我却尴尬不堪，不断把求援的目光投向老头子。这回他也没办法控制局势，只得由他们去了。

他们忙不迭地打开各种食品罐头，堆在桌子上形成一顿丰盛的午餐。

“把我那瓶酒拿来。”老头子兴致勃勃地喊道。

刚到火星的时候我就知道火星城禁用酒精制品，老头子这酒恐怕是让某位船长走私入境的。

“糟了，我把酒忘在营地了。”人群中传来一个懊悔的声音，我看到那个人是小武。

老头子的笑容立刻消失了。

“我马上去取。”

不等老头子发脾气，小武已冲出门去。

大家又恢复了欢声笑语。但是不久，车厢内猛地一震，继而一阵巨大的轰轰声滚滚而来。

“不好！”老头子第一个反应过来。他从椅子上弹起来，越过人群，转眼间已冲出门外。看他那胖墩墩的模样，真想不到动作会如此敏捷。

其他人也好像知道出了什么事，跟在老头子身后，向外涌去。

“出什么事了？”我问晓峰。我看到笑容已从他的嘴唇消失。

“可能是哪里塌方了。”他拉起我来到外面。老头子正站在空地中央，大声叫喊着指挥调度。空地上一片混乱，几台清障车和碎石车正在发动，其他人纷纷抓起各种工具。在左侧的一个岔洞中有滚滚的烟尘冒出来，晓峰在我头上扣了一顶安全帽，带我跟着人群向那岔洞跑去。照明线路大概也因前面的事故而中断了，洞中一片漆黑。车辆的大灯不断在黑暗中划动，周围是其他人奔跑时急促而沉重的喘息声。

晓峰突然停住脚步。

“是六号涵洞发生了塌方。”他说道。

借着闪动的灯光，我隐约看到前面的洞道中堆积着小山一样的碎石，几乎封死了洞口。不时有石块从洞顶上坠落下来，在地面上发出轰然巨响。

晓峰不再让我前去，让我远远地观望。清障车和支撑机都隆隆地冲了上去。

随后工人们也涌上前。

黑暗的洞穴中仿佛正在进行一场殊死的战斗，嘈杂的噪声震耳欲聋。我心里不觉产生一种莫名的恐惧。

“不会有人受伤吧？”我问。

“不知道。”晓峰也焦虑地望着前方。看得出，假如不是为了看护我，他早已冲上去了。

半小时后，前面传来了消息，塌方已经被控制住了，清障车正在清理碎石，救援行动中没有人受伤。

我听到晓峰轻轻松了口气。

然而不久我感到洞中的气氛突然变得紧张起来，机器的轰鸣和人的叫喊声都停止了。紧接着是一阵急促的脚步声，几个人抬着什么东西匆匆走过来。走到近前时，我赫然看到他们抬着一个浑身血迹斑驳的人，目光落到那张被血和灰尘涂污了的毫无生气的脸上，我和晓峰都不禁失声叫道：“小武！”

四

火星医院的急救飞机到了，大家默默地把昏迷不醒的小武抬入机舱，并以忧郁的眼神目送飞机离去。

所有人都要求前去护送，但老头子只带了两个人登上飞机。他吩咐下午照常工作，如有谁偷着跑到医院去，立刻遣送回地球。

一小时后，当我和晓峰乘车随后赶到医院时，小武的手术还在进行之中。老头子低头坐在手术室旁的椅子上一语不发。

随老头子来的人告诉我们，是小武在赶回营地取酒的时候，因为太匆忙，不慎驾车撞在洞旁的支撑架上，结果支撑架的连锁折断导致了那场涵洞塌方。

我们都坐在椅子上，谁也不说话，焦急地等待着手术结果。时而有医护人员从手术室进出，问起时，他们只是摇头。不知是不知道还是情况不好，弄得大家心里更加不安。

时间在漫长的等待中流逝着，从中午到下午，从下午到傍晚，仍没有任何小武的消息。从手术的时间来看，小武的伤一定极为严重。我们的心情随时间的推移而越加沉重。想起中午时分，小武还活生生地在我面前，那女孩一般细小的说话声音，那略带忧郁的眼神，可如今他却在生与死的边缘弥留。我的泪水不知不觉地滑落下来。

“天不早了，我送你回去吧。”晓峰见我这样子便说道。

“不。”我摇摇头。

“你留在这里，对小武也没有任何作用。”他不由分说拉起我。

回到宾馆，高度紧张的精神一旦放松下来，过度的疲劳便袭上心头。

“我们连午饭还没吃过呢。”晓峰忽地想起，“我们去吃一些东西吧。”

“我不想吃。”我疲倦地说道。

“其实我也吃不下。”他苦笑了一下，“那么你早些休息吧。”

“你能不能……”我望着他，“坐一会儿再走，明天下午我就要离开火星了，恐怕以后……”这些话我本不该说出口的，但一种莫名的孤独与留恋使我不能离开他。

“好吧。”

我们坐在客厅的沙发上，相对无言。晓峰几次想说话却都止住了。我俩还都牵挂着手术台上生死未卜的小武。

我们这样沉默了好久。晓峰起身告辞。看得出他并不愿离开，但时间太晚了。

这时，我想起了母亲交代的那件事，于是我对晓峰说道：“来火星之前，妈妈让我带了一件东西给爸爸，现在看来，只有请你转交给他了。”

那东西包裹得很严，不知道是什么。我剥开层层包装纸，露出一个地球造型的小匣子，打开匣子，里面嵌着一只半旧的结婚钻戒。

刹那间，望着这枚戒指，我和晓峰都呆住了。

在度过了孤独寂寞的二十年后，在历尽艰辛把儿女抚养成人后，母亲把父亲送给她的结婚戒指又还给父亲了。这意味着，在那漫长岁月的无助期待中，母亲已经彻底绝望了，她要忘记父亲，忘记那份她守候了半生的感情，去寻找自己新的生活。

寂静中，我感到晓峰的呼吸渐渐急促起来，我望见他的表情变得严肃而凄楚，那双疲倦的眼中放射出异样的光芒。

“我带你去一个地方。”他一把抓起我的手，转身向外走去。他用力很大，我的手上一阵疼痛。我几乎是被他拽出房间的。他的脚步凌乱，动作粗犷，与从前温文尔雅的举止相比，判若两人。

离开电梯时，我们已升到火星峡谷顶端的悬崖。

已是午夜时分，整个大地隐遁在一片夜海之中。这片坚实的崖顶承托着我们，向无尽的天空伸去。无数颗明亮的星斗就悬在头顶上方，伸手可摘。

在我们的眼前就是那道已被改造为人造城市的火星大裂谷。各种机器的喧闹声已经平息，迷茫的灯光像惺忪的睡眼一样朦胧地闪亮。

没有风，没有声音……

我跟随着晓峰走向崖顶深处的那片小平原，密封穹顶划着淡淡的弧形垂落在夜色中，把这小平原同外面冷酷的火星自然分开。但这里还保留着荒凉、死寂的原始风貌，峡谷中浩如烟海的城市灯火已照不见这里。

视野里一片灰暗。不久，满天的繁星逐渐明亮起来，薄雾般交织的星光下显露出一片起伏不绝的坟茔。

“他们都为这荒芜的星球奉献了自己的一切，最后又永远地留下来，成为这个世界的一部分。”

他缓缓走入这片墓群，轻轻地自言自语着，像是来看望他的朋友。而那些坟茔在凄迷星光的辉映下，也反射出微微的荧光，仿佛是沉睡的灵魂在苏醒在飘动……

而这些灵魂又给沉寂的火星世界赋予了生命，使之变得更加生动。

他停在一座普通的坟头旁。我看到那几乎被沙土淹没的石碑上写着：人类第一批火星宇航员——刘扬之墓。

“在你到达火星前一个月，他独自驾驶火星漫游车到明林斯平原腹地去寻找新的水源，出发不久，基地便和他失去了联系，五天后，救援飞机在一条干涸的河谷中找到了他的尸体……”

我们陷入了沉默，万籁俱寂中只有我们断续的呼吸声。我望见晓峰的身体矗立在群星点缀的夜空背景中，淡蓝的星光勾勒出他刚毅的面部轮廓。忽然间，他的脸上闪过一道亮光，我最初还以为是天际掠过的流星，但那其实是一串晶莹的泪水正从他的脸颊滑落。

“他是老宇航员中为数寥寥的几个幸存者之一，在火星上经历了无数次死亡的灾难，没有人想到他会如此默默地死去……”

他抬起头仰望星辰，含泪的眼中闪起英武的光芒。

“你父亲不是个英雄，任何人都不是，没有一个人可以改变整个人类。他死了，像个普通人一样默默地死了。他是脆弱的，再多的经历也无助于帮他走出困境。我希望像他一样，活着可以去建设这个贫瘠的世界，死去我就仰卧在大地之下，看着自己未尽的事情为后来人所完成，那是多么无上的光荣……”

五

这一夜我辗转反侧直到天明。起床后仍毫无倦意。

我坐在窗前等待着晓峰的到来。这是我火星之旅的最后一天，返回地球的飞船将在下午二时起飞。

望着窗外壮观雄伟的火星城市，我的脑海中却闪现着小武那血迹斑斑的躯体和峡谷崖顶上边绵延不绝的坟茔。

十点钟，晓峰没有来，时钟又慢慢指向十一点。

我的心变得焦虑不安。我想起了母亲的那枚戒指，也想起了晓峰那张幽怨而英气的脸庞。我强烈地意识到，他不会来了。我的无知，以及放在父亲坟前的那枚戒指深深刺痛了他的自尊心。

时间默默地流逝，没有脚步声，也没有敲门声。

在这片赤红的土地上苦苦追求的他也许有权力无视像我这样在地球摇篮中长大的女孩。

我得走了。离开房间前，我给医院打了电话，询问建设工地送来的伤员病情怎么样了。医生回答昨天下午一共来了三个，一个死了，两个还在抢救，不知我问的是哪个。没等再问，电话便断了。

候机室内人很多。

舷窗外的飞船发射场上，航天飞机已经整装待发。我踏上了传送带，不可能再挽回了，我不禁闭上眼睛，我想哭。

背后的检查岗上一片混乱。我回过头，在那拥挤的人群中，我一眼就认出了晓峰。他正冲开登机检查员的拦阻，朝我跑过来。

刹那间，我的泪水盈满眼眶。

我和他默然相对了。我仰头望着他。他的脸苍白而疲倦，但一双眼睛却异常明亮。

“我以为你不会来了。”

“好朋友要走了，怎能不送呢？”他的声音是那么的亲切。

“你当我是朋友？”我的心跳得厉害。

“告诉你一个好消息。”他的嘴角露出微笑，“小武脱离危险了。”

“真的吗？”我兴奋得跳起来搂住他的脖颈，但立刻又分开了。

我们默默相对再无言语，但是从他的目光中我能懂得千言万语。

广播里在通知乘客们尽快登机。

“我得走了。”

“记着我们。”

这是他对我说的最后四个字。

飞船迅速冲向广漠的宇宙，火星再次缩小下去，渐渐地变成一个红点。那次火星之旅又变得若有似无，但我却真切地记得，在另一个遥远、恶劣的星球上，有一些人类在默默地为了他们的事业而拼搏。

西域管理员

“云上西域”是人类第一座虚拟旅游区，它也是一个完整意义上的虚拟世界，因其地理地貌完全仿真自新疆维吾尔自治区，又被称为人类文明的新边疆。

云上西域守则摘录：

第 113 条：虽然云上西域是一个虚拟世界，但是这里的一切都基于真实世界重构，遵循已知全部物理定律，完全可以将其视为一块真实的国土，任何未经授权而试图破坏真实性的行为将受到惩罚。

第 128 条：云上西域由三千七百二十三台量子超算实时演变、进化，已有海量数据超出人类的认知，云上西域允许个人对未知领域进行探索，但需为自身行为和可能遭遇的危险负责。

第157条：云上西域遵循人类文明的法律和道德标准，违反者将受到惩罚。

一、邀请

科学院怀柔园区，十号科研楼地下二层走廊尽头，一个房间门口挂着“人类记忆图谱研究所”的牌子。

房间的面积不小，足有四百平方米，但是大部分都被各种各样的实验仪器占据着，在仅剩的不足四十平方米的空间里还塞下了一张单人床、一个很大的工作台和一个简易衣柜。

苏丁丁坐在工作台前，目不转睛地盯着电脑屏幕，两手噼里啪啦地在键盘上敲个不停。

工作台的一边随意放着三个吃过的方便面碗、两个外卖饭盒和两个空饮料瓶，所以房间里的味道并不好闻。苏丁丁似乎并不在意，从布满血丝的眼睛可以看出，他已经在这种状态下工作了很长时间。

人类科技研究领域中，大脑研究无疑是最深奥的，也无疑是最危险的。此前一系列失败的实验中，包括苏丁丁的导师在内，十几人或者住进了精神病医院或者成了植物人，研究所进入了最艰难的时期，顶尖的研究人员进了医院，其他员工纷纷离职或调走，资金接近枯竭。时至今日，研究所成了一块空牌子，员工也只剩下苏丁丁一人，不是他对科研有多么执着，而是因为他无处可去。

苏丁丁是个孤儿，出生时双腿残疾，在儿童福利院长大，好不容易大学毕业，成功进入研究所工作，没想到是这么个结局。好在研究所的编制还没有取消，工资还在按时发着，他一个人待在地下室里，倒也落得清闲，只是寂寞是难免的，他似乎被人类社会遗忘在角落里了。

门外突然传来急促的敲门声，把苏丁丁吓了一跳，他转动轮椅，打开门，两个快递员站在门口，身后放着一个巨大的包装箱。

“我的快递？”苏丁丁疑惑，“可是我没订过东西啊？”

“记研所，苏丁丁，电话……没错，就是你的。”快递员塞过来一张单子。

苏丁丁摊开手，轮椅上，大腿自膝盖以下空空如也，“如果非说是我的，你们恐怕还要麻烦一下，况且我这里塞得下这么大个物件吗？”

片刻之后，快递员离去，房门关闭，苏丁丁看着眼前像水晶棺材一样的东西有些发呆，本就狭小凌乱的房间几乎被它塞得满满当当，门都快打不开了。

这时，电脑里传来嘀嘀嘀的提示音，苏丁丁扭过头，看见屏幕上显示出一封新邮件，那是一张邀请函：“为展示虚拟国土建设成果，兹邀请苏丁丁先生参加云上西域旅游体验活动，请务必准时报到，您的人生将从此改变。”

李绍坤梦见自己在羽毛球馆里正和同事你来我往打得火热，在跨出一大步，挥拍救起对方一记绝杀的瞬间，眼睛的余光看见旁边球场上的一个女孩正痴痴地望着自己，那是他和陈茉慧的第一次见面；他梦见自己骑行在山间路上，阳光暖暖地照在身上，满眼是青色的山峦和烂漫的树木，清冽的空气中带着野花的清香，陈茉慧骑着一辆红色的单车与他并行，时而向他露出会意的微笑；他梦见……

李绍坤多希望这不是梦，或者让梦境永远延续下去，然而……这只是一场梦境，他睁开眼睛，看着周围熟悉得不能再熟悉的环境，一具大衣柜，一个梳妆台，墙上挂着他和陈茉慧的结婚照，还有身下的这张双人床，他已经在这张床上躺了整整三年，他的心渐渐沉向黑暗的深渊。

三年了，吃喝拉撒都不曾离开这张床，卧室就是他的整个世界，有时陈茉慧把他扶起来看看窗外，一条柏油路和上面匆匆走过的人，路旁绿色的杨树，很普通的景象却美得像桃源仙境。

这一切都始于那次同事的婚礼，自己不过是喝了一杯葡萄酒，这和他一斤的酒量相去甚远，可是就在走出酒店的一刻，他一头摔倒在台阶上，脑卒中，俗称脑淤血，极度危险，晚送医院五分钟，李绍坤就要和这个世界说再见了，虽然抢救过来了，但是后遗症是极为严重的，全身瘫痪。他还活着，但是蒸蒸日上的事业，刚过三十的青春，外面如画的世界，确实和他说再见了。

这些年来更苦的其实是陈茉慧，李绍坤自己在床上不能自理，父母身体也不好，小燕子还不满周岁，这些都需要她来照顾，而且她还是全家的收入来源。难得的是，陈茉慧默默地承担起这个家的重担，她辞去了清闲但是路远的秘书工作，在小区警务站当了一名辅警，还在警务站旁边开了个早点铺子，以便就近照顾他和孩子，三年来，小燕子变成了活泼的小姑娘，自己也竟然胖了两斤，只是陈茉慧变得好像老了七八岁。

想到这些，李绍坤一阵心酸，不知道哪辈子修的福分，竟然娶到这么好的妻子，可是，可是自己以后的生命注定暗淡无光，为什么要拉上小慧一起呢。他想放手了，这个冲动一次比一次强烈，枕头下面已经积攒了足够的安眠药，可是，可是，他又多么舍不得啊。

丁零零，提示音响起，手机几乎是他唯一了解外界的窗口了，只是很少有人和他联系了，会是谁呢。他打开屏幕，是一份电子邀请函，封面是积雪的博格达峰，下面写着："为展示虚拟国土建设成果，兹邀请李绍坤先生与陈茉慧女士参加云上西域旅游体验活动，请务必准时报到，您的人生将从此改变。"

这是西南边陲群山环抱中的一座小镇。

孙二强已经在镇上唯一的小旅馆里待了三天，大部分时间在看电视，其实看的什么他自己也不知道，饿了就吃一袋方便面，困得不行了，倒头就睡，可是睡不到一个小时就会惊醒。

这样担惊受怕的日子开始于两个月前的那个晚上，那本该是他二十二岁生命中普普通通的一个夜晚，他和几个哥儿们在烧烤摊儿上撸串儿喝啤酒相互吹牛，喝着喝着脑袋就不太清醒了。然后他就看邻桌那个女孩儿特别像中学的同桌崔莹莹，那可是她的梦中情人啊，也许是多看了几眼吧，结果女孩儿身边的男孩儿不干了，双方对骂起来，继而动起手来。那天的很多细节孙二强都记不清楚了，好像对方一酒瓶子砸在自己脑门儿上，血淌过眼睛，整个世界一下子就红了，他抄起烤串儿的铁签子给对方来了一下。然后就被人拉开了，好像大家都没什么事儿，再然后他就回家了，谁知道睡到后半夜，一个哥们儿急急忙忙来找自己，说是被他扎了一下的男孩儿死在医院了，让他赶紧躲一躲。他的酒一下子吓醒了，开始害怕了，拿了两千块钱，买了一张火车票逃离了老家。

第二天中午到了省城，孙二强往家里打了个电话，接电话的父亲口齿不清、声音颤抖，告诉他警察到家里来过了，劝他去公安局自首，争取政府宽大处理。

宽大处理？那可是杀人罪啊，不是死刑就是无期，自己这辈子算是完了，孙二强扔了手机，踏上了逃亡路。他不敢再坐火车，因为买车票是要用身份证的，而是乘坐长途汽车或者步行，一路辗转南下，辽宁、河北、山东、河南、安徽……小时候他就想着什么时候可以游览全国的大好河山，没想到以这种方式实现了。

两个月后，他到了云南，这段时间他不敢住宾馆，也不敢去人多的大城市，看谁都像来抓自己的便衣警察，连吃饭的时候眼睛也不时向左右张望，睡觉也是随便找个桥底下、庄稼地里或者无人的废弃房屋里凑合，每每睡上一会儿就会被噩梦惊醒，然后就是瞪着惊恐无助的眼睛直到天亮。

就这样，他来到了这座群山中的小镇，这个时候的孙二强已经快没人样儿了，脸上胡子拉碴，身上瘦了十几斤，像个麻秆儿，兜里面也只剩一百二十三块钱。他终于做了一个决定，不跑了，这日子真不是人过的，死就死吧，这就是他的命。

他用自己的身份证在镇上的旅店里登记了房间，等着警察来抓，可是说来也怪，都三天了，连个人影儿也没有。

咚咚咚，门外突然传来沉重的敲门声，好吧，该来的终究会来的。孙二强站起身，整理了一下衣服，打开了门，门外站着一个穿着快递服的男人，孙二强疑惑。

“警察？”孙二强问道。

“警察？”对方的反应颇为强烈，脸色变得煞白，紧张地向身后望去，身体都在发抖。

“我是说你，你不是警察？”孙二强安抚对方道。

对方松了口气，脸色好看了一些，瞪了孙二强一眼，道：“我早改了，警察和我有什么关系，你是孙二强？手机号码……”

孙二强想了想，点了点头。

“你的快递。”

快递员走了，陈二强看着房间里棺材一样的包装箱发呆，警察办案也无人化了？这是远程执行死刑吗？

打开包装箱，他看到了最上面的那张请柬，“邀请孙二强先生参加云上西域旅游体验活动，”怎么回事？对方怎么会知道自己在这里？然后他的眼睛落在最后一句话上，“您的人生将从此改变。”他的眼睛一下子亮了起来。

二、周新疆

“我叫周新疆，听名字就知道，我是新疆人，我的家在沙湾县一个地图上也找不到的小村庄。别小看我们农村，推开窗户，看，窗外的小河哺育了两岸的草原，那可是冰山雪融水，矿泉水级别的，源自16号冰川。再看远处，在草原和树林的后面，横亘在天际线上的大雪山就是天山山脉。我？我可不是农民。”

“小疆啊，起床了吗？院儿里的鸡鸭啊，羊啊都在叫啦，快把它们放出去找食吃吧。”奶奶在外间屋喊道。

“知道啦，那些家畜是奶奶非要养的，我可是正经燕京大学毕业的高才生，不过在我毕业的那年，爸妈因为交通事故都去世了，家里只剩下奶奶，所以同学们都留在了大城市，只有我回到了村里。照顾奶奶？不，不，虽然她已经86岁了，身体可好着呢，做饭、家务、农活儿样样全行，一会儿都闲不住，跟个小孩儿似的，准确地说，其实是她在照顾我。啃老族？不，我才不是啃老的宅男呢，本人可是有高大上的正经工作，等我把鸡鸭照顾好再说，奶奶又催了。”

……

“本人上班既不用挤地铁，也不用堵汽车，更不用住鸽子笼公寓，跟奶奶一起吃过早饭之后，穿过院子，步行25步，就到了我的办公室，什么？还是宅男？容我打开门你再看。瞧，这是我的办公室，四十平方米，正宗老板级的大班台；这是工作间，各种名牌工具，都是成套的；这是娱乐室，应有尽有，嘿嘿，就是暂时还缺个玩儿伴。

不是我的？这是我老爸的，现在由我继承啦。好啦，重点来啦，这间是虚拟环境适配室，我大部分工作时间都是在这儿度过的，墙壁是柔性材料，磕磕碰碰的也不会伤着，这是光栅感应器，这是球状束带，这是我的神经网络工作服，还有这个最重要的浸润式的伺服舱，别看它像个水晶棺材，躺在里面人体的各种生理需求都会被照顾得好好的，即使在虚拟世界待个一两个月都不会有问题，好啦，一天的工作就此开始，开机。”

一座山字形的雄伟建筑矗立在天池湖畔，与远处的博格达峰交相辉映。

“这就是我工作的单位，西域管理局，本人是一名资深管理员，现在你已经身处云上西域的虚拟世界了，很奇异吧，和真实世界的感受一模一样，我们认为这两个世界都是真实的，只不过构成它们的一个是物质，一个是数字。”

“这栋建筑是云上西域这块数字国土的核心地带，工作人员大约三千人，我属于行动科第六组，办公室在28层，顶层。我们不是警察，不是城管，不是抢险队员，不是清洁工，哦，不过这些事情我们好像都干。管理员可是个稀缺岗位，整个儿云上西域只有162名管理员。他们是我的组员，这位是李征战，和我一样，负责外勤，你没听错，这是位美丽的女生，却起了个男孩子的名字。这位是苏莫笑，负责协调调度指挥，他们的父辈是世交，两个人的关系也有些微妙，哦，这个是办公室禁忌话题，否则李征战同学要发飙。”

“周新疆，你迟到了。”李征战坐在全息投影前头也不回地说道。

“没有啊，差不多啊。”周新疆不在乎地说道。

“你今天迟到 28 秒，昨天迟到 32 秒，前天迟到 12 秒，依据条例应取消外勤，调到内务部门。”

周新疆凑到李征战身前：“家里的鸡出笼了，奶奶说一定要给你留一只，那可是喝冰川水吃天山虫草长大的。”

“别在这儿嬉皮笑脸的，这件事必须上报。”

“这是哪来的脾气啊，小妹，有什么错我道歉。”

“周日中午你跑哪去了？”

“周日……在家啊。”

“志玲在公园里等了你一个小时，打你的电话怎么也不接，这是怎么回事？”

“啊，忘了，在家里忙啊，要照顾二花啊，小青啊，小强啊。”

“迟到的事必须上报。”

“错了，我错了还不行吗，回头我约志玲姑娘吃饭，当面赔礼道歉。”

“迟到的事先压着，看你表现，志玲可是我高中三年大学四年的闺蜜，我了解，跟你合适。”

“小妹，感情这东西要两厢情悦啊，再说你哪位同学哪有小妹你英姿飒爽啊。”

李征战挥手欲打，苏莫笑走过来，皱着眉对周新疆说道：“你这叫不识好人心，老大不小的了，还挑三拣四。”

全息投影上适时亮起提示信息，周新疆借机举起双手道："工作时间，谈工作，谈工作。"

"红山公园的露天演唱会出现适配重叠故障，尹天歌，我的偶像啊，这个我去。"李征战露出小女生的表情道。

"按照排序，该轮到我了。"看到李征战冷下脸，周新疆大方地挥手，"让给小妹啦，云上西域豪华无购物旅游团导游？竟然还是优先级的，这个，这个只好我来了。"

旅游车驶上吐乌大高速，车前部的导游席升高并调转过来，周新疆看着车厢里的三十多位游客，露出专业的微笑，挥了挥手。

"大家好，我是本次大家云上西域之行的导游，我叫周新疆，我们手腕上都有一个个人终端。"周新疆抬起手指着腕上像手表一样的东西，"如果大家有什么事，可以通过这个终端告知我。"

"咦，你的好像和我们的不一样。"一位游客指着个人终端说道。

"我是大家的服务员嘛，服务功能自然多一些。"周新疆敷衍地说道，"云上西域虽然是虚拟的，但它是 100% 按照真实世界构造的，希望大家能够在这里领略到祖国西域的大好风光，在这里，我预祝大家旅行愉快。"

车厢里传来游客们的掌声。

"远处戈壁滩上的是什么呀，很漂亮啊！"一个女性游客指着窗外兴奋地说道。

"这个是风力发电站的风车啊，内地应该有很多吧。"周新疆不以为然，“我们这一路还有很多享誉全国的著名景点，这里毕竟是虚拟世界，如果大家觉得乏味的话，我可以小小地作个弊，把旅游车时间加速，大幅缩短枯燥的旅途，增加大家在景点旅游的时间，当然，需要大家在个人终端上投个票。”

“不同意，不同意。”游客们的反应出乎意料，“戈壁、荒漠、雪山，旅途中才能体验新疆的壮丽之美！”

“风车常见，可是雪山下的风车可没有啊，多美啊。”那个女游客又说道。

“好吧，前面是观景台，停车。”周新疆无奈地耸耸肩。

周新疆发现这个旅游团的游客们虽然年龄各异却出奇地活泼好动，好像看见什么都跟绝世美景似的，看着游客们争先恐后地拥下车去，周新疆发现坐在最后一排的一个青年没动。

“你不下去看看吗？”周新疆问道。

“这里和真实世界一模一样吗？”年轻人似乎在想着什么，反问道。

“当然啦。”

“那……这里有警察吗？”

“这个……不需要吧。”

“这儿就没有凶杀案吗？”

“毕竟是虚拟世界啊，人怎么会死呢，不过……也说不好，如果在这里死去，现实里的人大概率会精神错乱或者变成植物人，嗯，当然也可能啥事儿没有。”

“周导啊，麻烦你给我们夫妻俩照个相呗。”格外兴奋的那位女士回到车上拉着周新疆说道。

在给夫妻俩照相的时候，周新疆在镜头里看见一个年轻的游客竟然像孩子一样在戈壁上撒欢儿似的奔跑，他不禁有种不祥的预感，恐怕这次的导游是个苦差事啊。

果不其然，盐湖、达坂城，这些不太出名的景点都要停下来玩儿上一阵，甚至小草湖收费站也要下来照张相，更别提葡萄沟和火焰山这样的景区了，再三催促才肯离去，到达柏孜克里克千佛洞的时候，天色已经完全黑了下来，只好等第二天再去参观。他安排游客们品尝了新疆特色烤全羊，然后在千佛洞旁边的宾馆住下，这时候周新疆已经累得身心疲惫了。

任务备注上说明要全程照顾游客，所以接下来十几天里，周新疆不能像往常那样下线休息，他回到酒店自己的房间，衣服也没脱，就一头躺倒在床上。

手腕上的个人终端偏偏在这个时候响起了鸡叫声。

三、火烧云事件

天池岸边，西域管理局。

周新疆略带恼火地走进行动六组办公室，本来还想抱怨一番，却见房间内灯火通明，李征战和苏莫笑在座位上正襟危坐，大屏幕上包括主管安全事务的副局长吕剑锋在内的八九个人的三维影像正面无表情地盯着自己。

等周新疆坐下，吕剑锋严肃地说道：“下面先让周新疆介绍一下白天的情况。”

“情况，什么情况？”周新疆疑惑地说道。

李征战白了周新疆一眼，低声提示道：“就是旅游团的情况。”

“旅游团？挺好啊。”周新疆仍然一头雾水，“我带他们游览了柴窝铺风车、盐湖、达坂城、葡萄沟和火焰山，午餐吃的大盘鸡，晚餐是烤全羊，住在千佛洞大酒店……”

“有什么不正常的？”吕剑锋问道。

“不正常？”周新疆思索，“没人走失，也没人生病，更没有投诉，哦，要说不正常，这些游客好像格外活泼，对哪儿都充满好奇心。”

房间里传来轻笑，吕剑锋的眉头不易察觉地皱了皱，道：“赵科长，你来介绍一下。”

网络安全科赵科长面色阴沉地说道：“本月十八号，也就是前天早晨六时零分，云上西域发生了火烧云事件，哦，火烧云是指发生了网络入侵事件，而且是最高级别的。有人穿透了系统防火墙，而且没有触发警报，以管理局的名义发出了三十二份旅游邀请，并且向对方邮寄了用于登录的沉浸式伺服舱。”

“有造成严重破坏吗？”苏莫笑问道。

赵科长意味深长地看了苏莫笑一眼，道：“目前没有造成损失，但是……火烧云本身就是最为严重的破坏，要知道，如果说云上西域是一块国土，那防火墙就是守护这块国土的长城，而且这道长城是以三千七百二十三台量子超算的算力为基石的，如果不算物理隔离措施，它的安全性甚至超过了核打击网络的防护等级。也就是说，我们这里发生了火烧云，那么核打击网络在入侵者面前也就形同虚设了。”

“什么黑客，这么厉害！”周新疆愕然道。

“还不明白吗？”赵科长苦笑道，“这根本不是网络黑客能够做到的，无关能力或者技术，而是算力，除非入侵者拥有堪比云上西域的计算硬件，这，这可能吗？”

“你的意思是说，有某个大国调集资源进行了这次入侵？”李征战猜测道。

“还有别的可能吗？”赵科长反问道。

“其实还有一个可能，”苏莫笑说道，“如果是一个国际性的黑客组织，调集世界各地的民间算力，应该也是可以做到的。”

“其实，这两种可能也只是存在于理论上的。”赵科长的脸色仍然阴沉着，“我们对这次火烧云事件进行了详细的扫描和反侦测，但是两天过去了，不要说找到入侵者，我们甚至没有找到一丝入侵的蛛丝马迹，这，这根本不可能啊。”

“搞这么复杂，就为了让三十几个人免费旅游？”周新疆不解地问道。

“当然不会这么简单，入侵者一定在暗中酝酿着什么阴谋，只是还没到发动的时间，可怕的是，我们现在毫无头绪，根本无从防范。”赵科长说道。

“还是让我们说说那三十二个人吧。”吕剑锋说道。

周新疆醒悟道:“您说的就是我团上的游客?”

李征战柳眉倒竖又瞪了周新疆一眼，道:“你以为呢?”然后看了一下电脑屏幕，接着道，“苏丁丁，男，24岁，未婚，身体残疾，双小腿缺失，工作单位:中科院人类记忆图谱研究所……李绍坤，男，32岁，已婚，重病中，脑卒中，瘫痪在床，失业……陈茉慧，女，28岁，已婚，李绍坤之妻，工作单位:城关派出所驻日月星光小区警务站辅警……孙二强，男，20岁，未婚，待业在家，杀人犯罪嫌疑人，警方正在通缉中……王金辉……汪苗苗……”

“这都是些普通人啊，而且来自全国各地，又各不相识……除了，那个叫孙二强的好像不太正常。”周新疆说道。

没有理会周新疆，李征战继续说道:“的确，经过详细调查和交叉对比，这些人似乎是随机从全国人口中抽取出来的，就好像中了彩票似的，如果非要说共同点……苏丁丁在职的记忆研究所经历了一系列失败，即将撤销编制；李绍坤常年瘫痪在床，而且这种病几乎没有治好的可能，他的妻子一个人要照顾丈夫、孩子还有双方父母；孙二强呢，就更不用说了，大概很快就会被警方抓住，等待他的不是死刑就是无期徒刑。也就是说，这些人都在现实生活中面临着重大危机。”

“但是这也解释不了火烧云事件，甚至根本是风马牛不相及的事情。”赵科长说道。

“我认为这么说不对，”苏莫笑说道，“从现有情报判断，这次火烧云事件的目的就是邀请这些人进入云上西域，那么两者之间一定存在着某种不为人知的联系，只不过我们得到的信息太少，还无法察觉而已。所以我认为，我们一定要抓住这条线索牢牢不放，也许，当我们弄清楚其中的联系，整个事件也就水落石出了。”

吕剑锋点了点头，道：“小苏说的有一定道理。”

周新疆说道：“大家有没有想过还有另外一种可能，我的意思是说，也许根本没有火烧云事件，没有某个大国或者黑客组织进行网络入侵，只是云上西域产生了一个软件漏洞，导致系统随机抽取了三十二个人，并发出了邀请。”

“这个设想是符合逻辑的，实际上这是我们考虑的第一种可能，毕竟云上西域的防火墙从未被穿透过，甚至在无法找到入侵痕迹之后，我们再次转向这个假设，但是整个网络安全科最终的结论是根本不可能。”赵科长说道，“大家都知道，云上西域的软件构架是由四级权限组成的，第一级是一个拥有最高权限的 AI，也就是人工智能，它分管着第二级，八个根 AI，它们又分管第三级三千七百二十三个次级 AI，在次级 AI 的下面就是八十万个四级 AI。当然，在四级结构之下，实际上还有海量的应用 AI，它们才是云上西域的基石，不过对这些应用 AI 进行系统管理已经不太切合实际了，它们就像人体的细胞，不断繁殖与死亡，时刻处于生生灭灭之间。”赵科长停顿了一下，看了看大家，继续说道，“我们假设在四级权限之下有一个系统漏洞向外部发送了一个错误的指令，那么它无论如何也逃不过四级权限的层层查杀；用于登录云上西域的服务器是一台独立的量子超算，由一级 AI 直接控制，而一级 AI 受到自动与人工的严密监察，拥有强大的防护与纠错能力，即便它被突破了，也根本不可能不留痕迹，除非……”赵科长犹豫了一下，又自嘲地摇摇头，“那根本不可能。”

“除非什么？”苏莫笑追问道，“我认为没有什么是不可能的。”

“除非在底层的那个漏洞比系统所有的AI权限还要高，除非那个漏洞比系统内所有AI的智力再高一个量级，才能向外发送未经审查的指令并且不留任何痕迹，你认为那可能吗？”赵科长反问。

“啊。”苏莫笑哑口无言，有些尴尬地喃喃道，“那，那确实不可能。”

行动六组的办公室内一下子鸦雀无声，众人都在思考着，这时，一盏红色的警示灯亮了起来，赵科长接到了一个视网膜通话，低声与对方交流着什么，脸色愈加阴沉，说了几句，他转向吕剑锋大声说道：

“吕局，我们刚刚侦测到一次未授权登录。”

“说详细些。”吕剑锋道。

“出现火烧云事件之后，我们增加了八十台量子超算和最新的防火墙AI用于寻找系统漏洞，同时增加了对全系统的扫描频次和深度，就在八分钟前，我们发现有人再次穿透了防火墙，匿名登录了云上西域，具体位置在这里。”

赵科长调出了一幅3D地图，显示出一片山地，一个白点在山地间隐现。

周新疆马上就认出来，“那不是柏孜克里克千佛洞吗？”

“对，就是那里。”李征战也点头道。

“能知道登录者的更多信息吗？”吕剑锋问道。

“没有，只有这个位置信息。”赵科长说道，“但是从匿名登录者出现的位置就可以说明与火烧云事件的相关性，我认为我们抓到关键点了，吕局，只要我们找到登录者，就能顺藤摸瓜解开真相。”

吕剑锋没有表态，看着众人说道：“我来分配一下任务吧，由赵科长带领网络安全科继续严防死守，务必不能再发生类似事件。匿名登录者情况不明，暂时先不要打草惊蛇，小周，既然你的旅游团就在千佛洞，那么还是由你负责与匿名登录者接触一下，行动六组的其他组员随时待命准备支援。”

四、我是谁

柏孜克里克千佛洞，位于火焰山北麓，木头沟西岸的悬崖上，分为三层排列。

这里早在南北朝时期就开凿了，唐代名为宁戎寺，曾是高昌地区的佛教中心，现存洞窟五十七个，洞窟内的壁画和造像极为精美。但是在国家积弱的年代，屡遭俄、德、英、日等列强的盗劫破坏，百分之九十的壁画被切割下来盗走，陈列于其他国家的博物馆。

云上西域在构建这里的时候做了修复，那些色彩艳丽、美轮美奂的壁画和造像重新出现在洞窟中。

周新疆出现在千佛洞景区门口时已近午夜时分，天空中星月暗淡，四下里漆黑一团，寂静无声，只有河谷对面的山峰隐隐显出轮廓。

周新疆打开一支微型手电筒向前走去，经过两边的旅游商店，商店内也都黑着灯，他沿着台阶下到第一层洞窟，个人终端将行动六组发来的定位地图投射在视网膜上，但是精度明显不足，代表匿名登录者的白点几乎有半个景区大。

长长的走廊两侧，靠近悬崖一边是一座座洞窟，另一边是深深的河谷，但是这些都隐没在黑暗中，只在电筒光线照射到的地方才显出轮廓。

在第一层，周新疆没有发现异常，他又下到第二层，还是一切如常，于是又下到第三层，他仔细检查每一个洞窟，洞窟门口的木门都上着锁，里面黑乎乎的一团寂静。走廊并不长，不过几十米，他很快走了一圈，还是什么也没发现，看着地图上显示入侵者的白点几乎与自己的位置重合，周新疆有些无奈。

不过，他心里感觉哪里有些不对劲，又沿着走廊走了一遍，他知道是哪里的问题了，在走廊中央部分出现了一条向下的台阶，在周新疆的记忆里，千佛洞只有三层啊，怎么会出现了新的台阶，个人终端存储的资料也印证了他的想法，难道这里更新了新的景观，资料还没来得及更新？

周新疆下到了陌生的第四层，这里已经接近河谷的底部，下面不远处就是静静流淌的河水，第四层并不大，只有两个洞窟，左手的一个里面闪着微弱的红光。

周新疆放轻脚步走了过去，看见洞口的木门虚掩着，他侧身从门缝穿过，就看见红光来自洞窟的最里面，一个一身白衣的女子，留着长长的披肩发，手里拿着一盏油灯，一动不动地站在那里。由于那女子背对着洞口，周新疆只看到一头黑发，看不见样貌。

这很像某些恐怖片场景，周新疆吓了一跳，他定了定神，向对方走去。随着距离的接近，他看到对方正站在一幅大型壁画前，壁画的内容是佛祖顿悟得道图，对方关注的是左上角的部分，奇怪的是，那里只是一块留白，除了单一的红色，什么也没有。

走到白衣女子身后，对方似乎仍然没有发觉，周新疆闻到一股淡淡的味道，不是香水，倒像医院里的消毒水。

周新疆也把注意力放在壁画之上，看了一会儿，还是疑惑，忍不住道：

“这是幅佛祖得道图，看构图应该是西汉末年所画，那时候佛教颇为鼎盛，不过伊斯兰教即将进入新疆。”

女子霍然回过头，周新疆就看到了一张清秀但有些苍白的面孔，以及那双星光一般熠熠闪光的眼睛，他的心在那一刻如同平静的湖面被丢进了一颗石子。

“你懂？”女子讶异道。

“呃……略懂，”周新疆道，“不过有一点不明白，你看的地方似乎只是红颜色的背景，什么也没有啊？”

女子微微一笑，露出两个酒窝儿，贝齿在唇间隐现，不知道是不是因为油灯散发的红润光芒，女子的容颜融入了壁画，像一位裙裾飞扬、翩然而至的飞仙。

“如果你眼里看到的壁画是佛祖得道图的话，这里确实是空白，不过……在这幅画下面还有第二层。”

女子的手在墙壁上挥过，佛祖得道图竟然像阳光下的冰雪一般快速消融，而另一幅壁画逐渐显露出来。

“这是，这是樵夫砍柴图。”周新疆惊讶地看着眼前的壁画，画面的构图与绘画风格与上一幅截然不同，显得古朴了许多，颜料的颜色也暗淡了不少，“这幅画的内容虽然是佛教题材，但是其中融入了很多民间传说，所以壁画的年代应该是在汉代末年，佛教初传中土的时期。不过，即使在这幅图里，你看的地方也只有一片抽象的山间林地，看不出有什么特别啊？”

女子原本有些冷漠的表情忽然变得温和了许多：“能判断这幅画的人可不多，没想到你还是位专业人士呢。”

周新疆有些不好意思：“我可不是什么专家，只不过比较喜欢这些，新疆人哪有不喜欢新疆文化的？”

“随着时间的推移或者朝代的变迁，更换壁画是常见的事情，画匠们往往在原有壁画上涂泥刷白在上面重新绘画，只不过像这幅樵夫砍柴图保存得这么完好却是罕见，不过你一定想不到，”女子说着，再次挥了下手，“这里的壁画还有第三层。”

樵夫砍柴图同样淡去，另外一幅完全不同的壁画逐渐清晰。

“是不是很吃惊？”女子道，“在国内考古的历史上，还是第一次复原出这么清晰的第三层壁画，简直是个奇迹。”

周新疆痴迷地望着壁画，现在他看到了，在女子注视的部位画着一位女子，虽然笔画简洁，只是寥寥数笔，一位古代少女便栩栩如生地展现出来。

“这一定是洞窟里的原始壁画吧，没有宗教内容，完全是当地的传说故事，大概是在汉代早期吧，那时候西域还没有国家产生，”周新疆猜测道，“千佛洞也还没有形成，这应该是柏孜克里克的第一窟，你看壁画的技法虽然有些拙劣，颜料也比较单调，但呈现出来的画作，结合时间来看，无疑是考古史上的瑰宝。”

“别再说自己是个爱好者了，你的分析和我们长期研究的结论也相去不远了。”女子看着周新疆的目光闪亮了一下，说道。

“真的是爱好。”周新疆有些尴尬地解释，又问道，“能解释一下壁画的内容吗？”

女子望着壁画，她的脸庞竟然奇妙地与画上的女子有些相似。

“画中的女子叫作云小宛，出生在附近的村庄里，本是一个普通的女孩儿。她在村庄里度过了快乐的童年，她渐渐长大，并出落得亭亭玉立，她的歌声如同夜莺一般动听，村里的人们都非常喜欢她。”女子指着壁画向周新疆叙述着，似乎亲身经历过那段历史，“小宛到了出嫁的年纪，方圆百里的人家都来求婚，但是她都不为所动，她早已心有所属。相邻的嬴家是从遥远的东方迁徙来的，在村里已经居住了三代，嬴家的男孩儿嬴昀从小与小宛青梅竹马，又在不知不觉中互生情愫。”

周新疆忍不住插嘴道：“原来这是个有些俗套的爱情传说啊。”

“人类的历史不就是在一次次地轮回与重复吗？”女子叹息一声，接着道，“这样的故事虽然平淡，可是，这不就是最美好的生活吗，可惜美好往往只存在于期望中。”

周新疆品味着女子的话，便觉得很有道理，他没有言语，等待着女子说下去。

女子的注意力再次融入壁画中：“双方的父母对这桩婚事也很支持，只是赢家代传的规矩是男子成年后首先要离家远游，历练一番，有所成就之后才能成亲……”

女子停顿下来，因为目光集中地方的壁画剥落了一大块，犹豫了一会儿，女子遗憾地摇摇头，略过了空白处看向下面。

“赢昀离开了村庄，过了一年，小宛的孩子出生了，又过了很多年，小孩儿已经五六岁了，赢昀始终没有回来。这些年里，小宛一直忍受着人们的流言蜚语，就连赢家也对她冷眼相向……”

女子又停下来，壁画还是缺了一块，但是周新疆觉得不仅如此，他从女子的声音里感觉到对方情绪的波动，眼睛在灯光里竟然泛起了泪光。周新疆有些疑惑，如果不是觉得荒唐，他真的以为女子就是云小宛，或者两者之间有着某种紧密的联系。

终于，女子平复了情绪，她的目光变得有些决然。“有一天，赢昀突然回来了，但是他的身旁还跟着一位身着华服的女人，他的身后还有数不清的蛮族骑兵……小宛带着孩子迎上去，却被士兵推搡在路边，赢昀仿佛不认识小宛一般……蛮族士兵劫掠了村庄，抓走了村里的青年，连赢昀的家人也没能幸免……幸存的村民迁怒于小宛，把她关进羊圈里，把她的孩子捆在村口的老树上，准备用火烧死……夜里，小宛挣脱了绳索，救下儿子，两个人连夜逃走，流浪在深山之中……

他们碰到了一群狼，被狼王接纳，从此与狼群生活在一起……”

女子停了下来，眼神有些呆滞，似乎灵魂被带走了一般，壁画应该还有很多，但是在此之后全部损毁了，只留下坑坑洼洼的墙面，上面混合着一些无法辨别的颜色和线条。

“后面的壁画损坏了，很彻底，三层壁画和墙体一同坍塌了，小宛的故事恐怕永远淹没在历史中了。”女子幽幽地说道。

“哦。”周新疆也有些失神，他感受到女子的情绪还沉浸在壁画的故事中，“也许……故事最后会有一个美满的结局。”

女子摇摇头，“我们用大量时间复原了一些片段，小宛的命运非常悲惨……好了，我们离开吧。”

女子从壁画上收回目光，情绪低落，转身向外面走去。

周新疆这才想起此行的目的，跟在女子身后问道：“你好，我们认识一下，我叫周新疆，是个导游，请问你……”

“我？”女子回过头来，望着周新疆，“我是……”她的目光由清澈变得迷蒙起来，“我是……我是……我是谁？”

她低头思索，过了一阵，霍然抬头盯着周新疆，目光如同混乱的星空，然后她的身体一软，晕倒过去，周新疆连忙上前一步，抱住了她。

五、身份不明

千佛洞大酒店 423 房间。

周新疆坐在靠近窗户的椅子上，目光落在床上，身份不明的白衣女子侧躺在床上，黑发遮住了她的脸颊。

房间里的灯都开着，顶灯、射灯、台灯，甚至卫生间的卫浴灯，让不大的房间显得金碧辉煌，不过周新疆还是有一种不真实的感觉，不是因为这次莫名其妙的任务，也不是因为突兀出现的千佛洞第四层，当然也不是因为壁画上云小宛的故事，而是因为……因为看着眼前的女子，他心里不断问自己，心里面那个期望了很多年的女子，就这样出现在眼前了吗？这，是梦吗？

“我找到她了，现在她就在我的房间。”周新疆在视网膜屏幕上投射出一行字，然后又删去了，他已经犹豫了很长时间，这种情况从来没有过，他想让眼前的情景一直持续下去吗？

忽然，屏幕上收到几个字：“怎么样了，没事吧，也不吭个声。”是李征战发来的。

“没事，还在开会吗？”

“早下班了，我在家，要睡了，关心你一下。”

“我这里没人支援了呀。”

“大概网络安全处的人还在关注吧，你在云上，又没什么要命的，别咋呼，对了，找到不明登录者了吗？”

“找到了，就在我床上。”

“……女的？”

“嗯，是女的。”

“你这个龌龊鬼，白瞎老姐还担心你。”咔嗒一声，李征战掐了线。

周新疆一惊，才明白自己话里的漏洞，恐怕让李征战误会不轻，正准备回拨过去，躺在床上的女子发出一声呻吟，然后缓缓坐了起来。

“我……这是在哪？”

“在宾馆，这是我的房间，你没事吧？”周新疆站起来说道。

女子下了床，身形有些摇晃。“对不起，不知怎么忽然就没有了知觉。”

“你没事就好，你就在这里休息吧，我再开间房。”

“不，我还是回自己房间吧，谢谢你。”

周新疆想上前扶一下，却犹豫了一下，这时女子已经拉开了房门。“你真的还好吧？”周新疆在身后问，女子没有回头，挥了挥手，出了房间，周新疆跟上几步，打开门，看见女子的身影消失在电梯厅的拐角处。

这一夜，周新疆几乎没睡着，做了许多纷乱的梦，最后梦见那个白衣女子向自己微笑，却突然露出惨白的獠牙，周新疆惊醒，发现天已大亮。

他连忙起来，发了一份任务简报给行动六组，然后让个人终端搜索宾馆的住宿情况，视网膜屏幕显示的信息中，符合白衣女子特征的有六个人，但是看照片却都不是.真不愧是技术高超的不明登录者，要么篡改了个人信息，要么就根本就没住在宾馆。

过了一会儿，行动组回信：“网络安全科仍在侦查，尚无新的进展，继续导游任务。”

好吧，继续，安排大家吃过早饭，上午的日程是参观千佛洞，景区并不大，不到两个小时就结束了。周新疆发现通向第四层的台阶消失了，看来昨晚的洞窟也是白衣女子在云上西域世界里单独构建出来的，不禁对她的能力惊叹不已，他连忙向组里做了补充汇报。

之后旅游团应该前往古墓群和高昌故城游览，但是没有成行，因为四个游客不见了，找遍景区也没踪影，个人终端呼叫也没有应答，最后不得不借助行动六组的系统定位，发现其中三个竟然从后山爬到了前面的火焰山景区，另外一个不知为何竟然下到了洞窟下方的河谷。

找到孙二强的时候，他正在悬崖下面挖洞，挖洞的位置恰好接近昨晚的第四层洞窟，看见周新疆找来，孙二强很是诧异，一再询问怎么找到他的，一再唉声叹气：要是警察有这效率……

周新疆带着旅游车重新返回火焰山景区，接上苏丁丁和李绍坤夫妻俩，一问之下，原来他们对那高耸入云的红色山体感了兴趣，昨晚就相约比赛爬山，陈茉慧负责裁判，周新疆对这种无组织无纪律的行为进行了严厉批评。

返回千佛洞之后，太阳已经西斜了，在宾馆里把大家召集在一起，重申了旅游纪律，宣布旅游团只好原地休息一晚，次日再继续行程，看得出团员们都没什么不满，似乎比起西域景色，他们更喜欢自由自在。

周新疆又回到了 423 房间，这一天奔波劳累加操心，很是辛苦，一下子躺在床上，一动也不想动。

不知是怎么睡着的，蒙眬中听到了敲门声，迷迷糊糊打开门，周新疆一下子精神起来，白天不见踪影的白衣女子正站在门前。

“抱歉，打扰你了。”

“没，没有啊，”周新疆指了指穿戴整齐的衣服，连忙道，“你瞧，我还没睡呢。”

女子浅浅一笑，说道：“想着你那么喜欢壁画，不知道……你还想不想再去石窟？”

“好呀！”

两个人肩并肩走入柏孜克里克千佛洞，通往第四层的阶梯再次出现了，他们在洞窟里待了很久，接近黎明的时候才结束，就像云小宛的故事一般，两座洞窟里的壁画都是周新疆未曾见过的，又都具有极高的艺术和历史价值。

周新疆虽然对壁画喜欢，但也仅是喜欢，远远不是个痴迷者，他对壁画的了解大部分源自母亲的教导，如果让他连续看上一晚上壁画的话，那是无论如何也不干的，可是这两次，他感觉对壁画的喜爱一下子上升到新的高度，一夜过去，竟然短暂得如同过了一分钟。

宾馆大堂里，周新疆问道：“你也住这里吗？”

“可以啊。”女子回答。

周新疆听出女子回答中的问题，意识到对方的身份。

“唔，不知道方不方便问下……”

“我的名字？”这一次女子的目光不再迷惘，看来她想起自己是谁了，女子笑道，“你可以叫我云小宛。”

“云小宛……”周新疆感觉自己被捉弄了，心有不甘，道，“我送你到房间?”

“不，我送你，谢谢你陪了我一夜。”

女子很自然地挽住了周新疆的胳膊，感觉到臂弯间的柔软，周新疆心跳加速，心里一片空白。

电梯就停在一楼，进了电梯，周新疆问道:“我们还会见面的，对吧?”

“或许吧。”女子回答，声音听起来有些缥缈。

“可以留个联系方式吗?”

“好的。”

周新疆个人终端里多了名为云小宛的联系人。

丁零一声，电梯到了四层，周新疆一个人走下电梯，看着电梯继续上升，升到了十八层才停下，然而，千佛洞酒店只有十六层。

躺倒床上，天蒙蒙亮了，基本没有睡觉的时间了，但是周新疆一点也不觉得疲惫，两只眼睛望着天花板，神采奕奕，不知道想起了什么，嘴角露出会心的笑意。

对于每一个男孩儿来说，心底里都保存着一份对异性的美好回忆，现在的周新疆大概就是如此。

他启动个人终端，选取联系人云小宛，输入:睡了没?然后又删除了，重新写道:和你在一起的感觉真好;犹豫了一下，又删除了，就这样反反复复，直到天亮也没有发出一条信息。

错过了就是错过了。

周新疆起床，洗了个澡，从卫生间出来的时候，整个人已经调整为正常工作状态，在个人终端里群发了信息，通知游客们起床，吃早点。

云上西域是一个囊括线上线下的统一系统，访问者需要在浸润式伺服舱的护理之下才能登录系统，一旦进入云上西域，伺服舱将负责护理人体的各项生理需求，使访问者的身体在登录期间始终保持健康状态，在主动模式之下，伺服舱根据检测到的生理数据来自动完成进食、排泄、模拟运动等工作，不过大多数情况下，伺服舱是在被动模式工作的，即伺服舱与云上西域系统实时联动，当登录者在虚拟世界吃饭时，伺服舱会为身体注入营养剂，睡觉时让身体进入放松状态，而运动时，伺服舱又会通过震动波等手段使身体的某个部位的肌肉达到运动效果。当然，一旦登录者在云上西域世界经历某种超越肌体极限的状况，伺服舱也会拒绝执行，至少理论上是这样的。

实时网络链接沟通了现实与虚拟世界，虽然目前尚有诸多不足，但人类完全生活在虚拟世界已经逐渐成为现实。

吃过早饭，清点了游客人数，还好，没人再玩失踪，看着大家排队登上旅游大巴，周新疆松了一口气，旅游团终于可以出发前往下一站了，不过他的心里也有些许失望，要离开了，也许，再也见不到她了。

最后一个登上大巴，周新疆正待向大家介绍接下来的行程，却突然一怔，旅游大巴前部，与驾驶席并排并面向乘客的是两个导游席，原本一个是周新疆的位置，另一个则空着，现在上面坐着一位穿着白色连衣裙的少女。

周新疆装作若无其事，但是他的精神状态发生了明显变化，站在自己的座位前，面对着一车的游客，他挥了挥手，示意大家安静，然后说道：

“各位亲爱的游客，我们即将前往的下一个景点是阿斯塔纳古墓群，那里是西晋至唐代高昌城居民的公共墓地，在中外考古界有地下博物馆之称，墓中出土了数以百计的千年古尸，是研究历史上新疆居民的种族、民族特征的珍贵人体标本……”

周新疆正说着，那位叫苏丁丁的游客插话道：“周导，您这么辛苦，不如让您身边新来的那位导游给我们介绍吧！”

李绍坤的妻子陈茉慧也笑吟吟地说道：“新来的这位女孩儿好俊俏哟，周导，不是你的女朋友吧。”

这些游客似乎一个个唯恐天下不乱，车厢里爆发出一阵哄笑，周新疆的脸一下子变得像红布一样。

六、阿斯塔纳与高昌

阿斯塔纳古墓群相距千佛洞只有十几公里，旅游车开了二十来分钟就到了，像前两天一样，游客们下了旅游车，立刻四散开来，根本没人听周新疆的讲解。

周新疆连忙喊道：“苏丁丁、孙二强，还有李绍坤和陈茉慧，你们四位请留步，”看着四个人疑惑的眼神，他继续说道，“昨晚接到云上西域旅行社的特别通知，原来四位是 VIP 客户，要求我为你们提供贴身服务，请各位不要离开我超过十米距离。”

孙二强的状态一下子变得不好了，神色有些惊慌地问道:“不知，不知旅行社还有没有其他的信息？”

苏丁丁看了看周新疆与云小宛，又看了看李绍坤夫妻俩，愤然说道:“周导，我看这是你个人在打击报复，瞧瞧你和云小姐，还有李先生夫妻俩，你侬我侬，卿卿我我的，无时无刻不在撒狗粮，这明显是在撒狗粮嘛，我和孙小弟怎么受得了？我们俩明确表示抗议。”

“我对二位表示理解，”周新疆善良地笑了笑，“但是抗议无效，这里我说了算，必须执行旅行社的指示，况且……”周新疆扭头看了云小宛一眼，“我和云小姐只是同事关系，可不要乱说。”

“我看不一定吧，”陈茉慧忽然说道，“从周导你和云小姐的眼神就能看出来，肯定不是同事那么简单吧，我们可是过来人，别骗姐姐了。”

周新疆一时语塞，云小宛却很自然地挽住了陈茉慧的胳膊，轻轻摇晃，“陈姐姐，我可从来没谈过恋爱呢，只不过……只不过有些好感，不如您教教我，怎么谈一场刻骨铭心的恋爱。”

云小宛的声音很轻，耳语一般，周新疆还是听到了个别词汇，脸上不禁又有些发烧。

陈茉慧开心地笑了起来，拍了拍云小宛的手，伏在她耳边说道道:“恋爱这个东西是不需要教的，只要勇敢些就好了。”

这个六人小团队说笑间走进了古墓群，放眼望去，眼底是一片空旷无迹的戈壁荒漠，密密麻麻数不清的低矮土丘点缀其间，几乎不见一点绿色，只是偶尔略过一阵灼热的风，荡起灰雾般的尘土，在墓群上空弥漫，让人莫名地有些失落和伤感。

“这是一座城。”云小宛忽然说道。

“什么？”周新疆一怔。

云小宛把目光投向南方，“那里也有一座城，曾是高昌国的国都，汉人在中央王朝衰落时建立的独立王国，虽然很小，但一度非常繁华，而且各个族裔，各个阶层都能和谐共处，直到蛮族带来了战争，高昌城毁于一旦，只剩下残垣断壁，百姓失去了高昌壁的庇护，妻离子散，颠沛流离；阿斯塔纳同样是一座城，亡者的城，这里保存的壁画、文书、陶俑甚至干尸等物品从多方面反映了当时的社会生活面貌，是一段凝固的历史，同时高昌的居民，不分官吏和百姓，不分族裔和信仰，都在这里得到永恒的安宁，这里虽然也曾经历过多次大规模盗掘，想必亡者也不会在乎现实中的那些丑恶了吧。”

“云小姐，”苏丁丁兴致盎然地问道，“我怎么觉得，你比周导还要专业啊？”

云小宛嫣然一笑，“因为……这里就是我的家乡啊。”

说话的时候，云小宛意味深长地看了周新疆一眼，周新疆无语，已经接触了几天，甚至俩人在感情上也有些微妙，但是他发现，自己对这个神秘的女孩儿几乎是一无所知，虽然对于千佛洞的壁画，对于高昌的历史，女孩儿都表现出极端的专业性，而且他也能感受到她对西域历史的热爱与眷恋。只是，只是她怎么可能是云小宛呢——那个死去千年，消散在历史中的普通女孩——只有一个答案，她不想暴露自己的身份，可看着她那清澈的目光，又哪里有撒谎的样子。

阿斯塔纳古墓群开放的墓穴只有三个，走进其中一个，大家就看到了那幅著名的《伏羲女娲图》，与现实世界不同，这里的文物没有罩在玻璃里面，游客甚至可以伸手触摸，图中的伏羲与女娲蛇尾人身，蛇尾交缠，人身相拥，伏羲执矩，女娲持规，在日月星辰的流转与永恒之中，二人温柔相对，脉脉含情。

李绍坤夫妇在图像前驻足良久，二人的手不知不觉握在一起，眼中隐隐泛起泪花。

“永恒是所有人内心向往的，”云小宛站在二人身后轻声道，“但你们有没有想过，你们相遇了，结合了，一起走过了，那就是永恒，属于你们两个人的永恒。”

两个人身体轻轻一震，目光相视，便多了一分坦然。

苏丁丁盯着画像，忽然说道：“瞧这两个人的蛇尾，纠缠在一起，多像 DNA 的双螺旋结构啊？”

周新疆笑道：“其实这幅图的全称叫做《伏羲女娲交媾图》，哦，有些少儿不宜，从古代哲学的视角阐释了生命的奥秘，恰好暗合了现代生物学的发现。”

苏丁丁看了看众人，恨恨道：“我知道了，你们还是在撒狗粮。”

下一座土洞墓穴，他们见到了西域美女，在墓穴尽头的土炕上，死去千年的西域女尸身着华服，头枕鸡鸣枕，一双空洞的眼窝仰望着黑沉沉的墓穴顶部。

孙二强望着干尸有些害怕，喃喃道：“还真以为是位绝色美女，没想到，没想到这么吓人。”

“在考古学家的眼里，这绝对是绝世美女，”周新疆解释道，“想一想，明明已经死去一千多年，人体的结构还保存完好，肉体没有腐烂，甚至还有弹性，简直就是一个奇迹啊！考古学家们从尸体的服饰、随葬物，甚至身体的健康程度得到诸多早已消失的历史信息，你说，这该有多么珍贵。”

“或许，云小宛就葬在这里。”白衣女子望着炕上的女尸，忽然没由来地说道。

望着对方忧郁的表情，周新疆心道：瞧，还是露出破绽了吧，便道：“别忘了，你就是云小宛。”

女孩儿抬头疑惑地看着周新疆，目光中泛起一团雾气，“是啊，我，我就是云小宛啊，那，那墓中的人是谁？”

周新疆的心里咯噔一下子，他确定，女孩儿绝不是在欺骗自己，她是真的把自己当作壁画中的云小宛，然而这又是绝对不可能的事了，他意识到，事情的背后恐怕隐藏着极为复杂的真相。

然而周新疆不敢再深问，白衣女孩儿明显已在崩溃边缘，他担心再触及女孩儿的身份，对方又会像那天夜里一样昏迷过去。

阿斯塔纳古墓群虽然占地十平方公里，但是可游览区域只有三个墓穴，没过多久，游客们纷纷返回旅游大巴，车子启动，只用了几分钟就到达了六公里外的高昌故城。

高昌城于公元前一世纪，是西汉王朝在车师前国境内的屯田部队所建，因为有高大的城墙，为周边居民提供了庇护，史称高昌壁。在中央政权孱弱时曾建立独立王国，因地处西域核心，在中央政权、柔然、匈奴、蒙古等强权的夹缝中生存，最终毁于战火。

之所以叫作故城，而非古城，是因为曾经车水马龙极度繁华的都市已是一片残垣断壁的不毛之地，生命罕至。

高昌故城呈长方形，周长 5.4 公里，分外城、内城、宫城三部份；其外城墙基宽 12 米，墙高 11.5 米，夯士筑成，全城有九个城门，远远望去气势恢宏，故有“高昌壁”之称，由于吐鲁番盆地气候干燥炎热，高昌虽被废弃，仍保持着千年前的大致原貌，素有“小长安”之称。

对于历史或者考古爱好者来说，高昌古城无疑是西域古代文明的瑰宝，漫步在城墙、寺院、王宫、民居的废墟间，时光仿佛倒转，这座连接中亚，经贸与宗教活跃发达的城市如同复活了一般。

不过，在普通游客眼里，这里只是一片魔鬼城一般的荒凉戈壁，毫无美景可言。况且这里如同火炉一般炎热，连偶尔略过的风也卷着滚滚热浪，实在枯燥无聊，所以在云上西域的虚拟世界中稍稍做了改变，一座外形仿古内部却十分现代化的酒店就坐落在王宫遗迹附近，酷暑难耐的游客可以坐在酒店的咖啡厅内在享受凉爽的空调的同时欣赏窗外的古城美景。此外，在高昌遗址内，游客还可以体验骑骆驼或者毛驴车游玩。

来到高昌故城，周新疆向游客们做了大致介绍，然后让大家自由活动，反正周围被戈壁包围，像是个大监狱，那些不安分的游客也闹不出什么幺蛾子，周新疆落得清闲，和云小宛来到酒店咖啡厅，坐在落地窗的沙发上。

看着云小宛的目光始终落在窗外，周新疆把一杯咖啡端到她面前，说道:“这里，你也很熟悉吗?”

“我也有些说不清楚，”云小宛仍然望着窗外，轻声叹息道，“我好像在这里居住过很长一段时间，可是细想起来，又几乎是一片空白，反而觉得陌生起来，也可能……这里并不是真正的高昌。”

周新疆微微皱眉，想了想，还是说道:“我觉得你过于痴迷于西域文化了，导致你的大脑认知出现了混乱或者错觉。”

白衣女孩儿没有反驳，“可能吧，或许我真的迷失了自己，”她回过头，真诚地望着周新疆，说道:“我说自己叫云小宛，并不是有意欺骗你，是因为我对这个名字真的非常亲切，就像原本就是我的名字一样，不过我也很清楚，那是壁画里的传说人物，可是……我究竟是谁呢?”说到这里，女孩儿有些失神，她忽然握住周新疆的手，“如果可以的话，希望你帮帮我。”

“好，你别急，无论出了什么事，我一定帮你弄清楚。”周新疆毫不犹豫地回答，他知道女孩儿的身份可疑，也知道背后隐藏的凶险甚至可能危及整个云上西域系统，可是，他就是没由来地相信她。

时间过得很快，尤其是对面坐着这位面容清秀，目光柔和略显无助的女孩子。转眼之间，夜幕降临，夕阳落下，繁星初上。

周新疆二人来到餐厅，发现这里座无虚席，游客们原来早早就结束了游览，回到了酒店，餐厅内足足挤着二百多人，除了他们，还有其他七八个云上西域旅游团的游客。

预想中的烛光晚餐是不可能了，草草吃过晚饭，游客们各自回了自己的房间，周新疆和云小宛肩并肩走到电梯厅，“我们……”周新疆探寻的目光望向女孩儿，云小宛笑吟吟地摇头，“好吧。”周新疆有些丧气地上了电梯，云小宛却没有跟进来。

躺在客房的床上，周新疆有些百无聊赖，又有些魂不守舍，目光失神地望向窗外，透过白色的轻纱，隐隐看到一团漆黑中闪烁着点点星光。

连续两天了，神秘的女子都在夜深人静的时候出现，带着他在西域的古籍中徜徉，现在想起来恍若隔梦，那么，今晚她会来吗？

周新疆的心里默默期待着，时间缓慢但是坚定地向前流淌，夜深了，原本还有些动静的酒店彻底安静下来。午夜了，全世界都仿佛睡着了，凌晨一点了，周新疆仍然睡意全无，但是他的心缓缓下沉，他知道，她今晚不会来了。

忽然间，一道五颜六色的闪光在周新疆的眼中绽放开来，他一时间有些迷惑，然后第二道如同极光般美丽的光带呈现出来。周新疆霍然起身，快步走到房间的窗户前，透过玻璃窗，他看见在高昌故城王宫遗址前的广场上空，一道道五彩斑斓、花团锦簇的焰火在夜空中不断绽放，把整个故城遗址照耀得如同童话世界一般。更让他吃惊的是，民居、王宫、寺庙、城墙等等，那些散落在戈壁滩上，像是一座座坟墓般的建筑遗迹，像是叠加上了一层仿佛海市蜃楼一般的光影，再现出当年或气势恢宏或连绵不绝或车水马龙的古代景象，甚至在光影流转中还能够隐约看到穿着古代服装的商队牵引着马匹或者骆驼在街道上行走。

周新疆疑惑，他确定这不是西域管理局增加的旅游项目，虽然为了增加旅游体验，曾经有部门提出过类似建议，但是本着完全仿真的建设原则而被否决了，既然不是管理局，那么是谁呢，谁能有这么大的能力呢？要知道，这么大面积的海市蜃楼效果，没有长时间的筹备，没有十几台量子超算的支撑，是根本不可能实现的，难道……

周新疆的目光在这片梦幻般的光影世界里逡巡，果然，王宫广场上，他看到一个白色的身影孑然独立。

游客们也纷纷发现了外面的异常，精力旺盛不肯休息的游客纷纷欢呼起来，已经睡下的游客也被吵醒了，酒店从静谧中一下子变得嘈杂起来，不断有游客兴奋地冲出酒店，拥到广场上，宽阔的广场很快就挤满了人。与此同时，似乎是为了渲染气氛一般，巨大的音乐声响彻整个高昌故城，听起来是古筝之类的民族乐器，乐声悠扬，时而荡气回肠时而哀怨悠远，仿佛厚重的西域历史扑面而来。

不经意间，云小宛不知何时换上了一身黑红相间的古代服装，在广场中央，随着音乐舞蹈起来，裙裾飞扬，舞姿曼妙，引得游客们的叫好声此起彼伏，更有许多游客簇拥在云小宛周围一同起舞，场面越来越热烈。

周新疆正不知该怎么办，人群中忽然一阵骚乱，十几个游客忽然反身向酒店跑来。周新疆眼尖，似乎看到有两个是自己团里的好事分子，顿时有了不好的感觉。片刻之后，敲门声骤起，擂鼓一般。打开门，还没明白怎么回事，周新疆就被人群簇拥着来到广场上。

密密麻麻的游客自动让开一条通道，通道的尽头，正在舞蹈的云小宛笑吟吟地面向周新疆轻轻招了招手，周围传来游客们的起哄与欢笑声，一浪高过一浪。

七、逝者重现

王宫广场上的狂欢，周新疆一直像是在梦中一般，由于喝了太多的啤酒，相信一些游客还在啤酒中偷偷添加了白酒，所以周新疆的记忆极为模糊。他记得自己和云小宛跳了好几支舞，后来还和认识的不认识的游客们一起跳，又拿着酒瓶子和一群年轻游客比酒量，在酒精和乐曲的发酵之下很快陷入半疯狂状态。

周新疆醒来的时候，发现和衣躺在自己房间的床上，外面的天还黑着，他感觉口干舌燥，头晕目眩，摇晃着站起身，把杯子里的凉茶一饮而尽，在卫生间洗了把脸，然后看着镜子里的自己，回想着狂欢中的情景，虽然身体难受，心里却甜滋滋的。

不合时宜的是，个人终端在视网膜上投射出一只雄赳赳的大公鸡，引颈长鸣起来，这是行动六组的吉祥物，代表组织在召唤。

美梦被打破的周新疆有些摇晃地出现在西域管理局行动六组办公室，不出所料，这里座无虚席，空气格外凝重。

几乎从来不曾亲身出现的吕剑锋副局长，此刻就坐在会议桌的另一头，他点了下头，然后直接问道：“简报上说你找到了匿名登录者，并进行了，哦……深入接触，”房间里传出轻笑，吕剑锋虎目圆睁扫了周围一眼，笑声消失，但周新疆能够感到有些人忍得很是辛苦，“你来介绍一下，尽量详细一些。”

周新疆还处在醉酒后的眩晕中，他理了一下思路，才把在千佛洞见到白衣女子以及三天来相处的事情一一叙述。

听周新疆说完，吕局长微微皱了下眉，道：“你喝酒了。”

“哦，喝了，不过现在没事了。”周新疆回答，眼睛的余光看见李征战撇了下嘴，瞪了自己一眼，而旁边的苏莫笑一副欲言又止的样子。

吕局长沉吟了一下，又道：“既然有了深入接触，那么，说说你对匿名登录者的判断。”

“我对不明女子有两点印象深刻，”周新疆说道，“首先是她对云上西域系统的掌握程度，第一次见到她是在千佛洞第四层的一个洞窟内，里面的壁画保存完好，与其他三层经过大规模盗掘的状况截然不同。我调取了最新的系统资料，证实千佛洞只有三层，也就是说第四层应该是她凭借一己之力在系统内构建出来的，这个能力无疑需要掌握云上西域系统的顶级权限和海量算力才可能做到。我本来认为这是根本不可能的，可是就在今天晚上她竟然在高昌故城上演了一场海市蜃楼般的灯光秀，证明她身上这可怕的能力都是真的。这真的不可思议，还希望网络安全科来解开这个谜。”周新疆看了看吕剑锋，发现他还在低头沉思着，并没有打断自己的意思，便接着说道，“另外一点，是她的考古专业能力和对西域历史的熟悉程度，在千佛洞她详细分析了三层壁画，几乎涵盖了西域的多半个历史时期。以我个人的判断，至少达到了专家级别，此后在阿斯塔纳古墓群和高昌故城的接触中也证实了我的想法。说实话，我与多位历史学家有过接触，但是像她这么专业的却是没有。”他感慨地叹息了一声，继续道，“我实在想不通，怎么会有人在两个截然不同又极为专业的领域达到如此高深的造诣。”

“你说这个女人叫云小宛？”李征战面无表情地问道。

周新疆点点头，“是的，”马上又感觉到阴谋的味道，解释道，“当然，这是壁画传说中一个女孩子的名字，不会是她的真名，不过我不认为她是有意……”

李征战打断他，“你想知道她的真实姓名吗？”

“真实姓名？”周新疆的眼睛一亮，“当然想知道啦，难道……”

李征战没有再看周新疆，而是环视一周后把目光投向吕剑锋，“根据周新疆任务简报中的描述，尤其是传送来的匿名登录者照片，六组在全国人口档案中进行了检索，原本我们没有对此没抱什么希望，毕竟根据匿名者的入侵能力判断，对方可以轻易改变外貌，甚至一个彪形大汉也可以在虚拟世界变为一位翩跹少女。”说到这里的时候，周新疆感到李征战的目光似乎朝自己这边闪了一下，“不出所料，我们没有检索到匹配对象。后来，苏莫笑提议扩大检索范围，结果这一次有了发现……”

李征战将两张照片投射到大屏幕上，一张是周新疆拍摄的不明白衣女子的照片，而另一张照片上是一个穿着工作服很是文静的女孩子，背后是某处考古发掘现场。虽然两张照片上的女子在衣着和气质上略有不同，但一下子就可以认出是同一个人。

李征战继续说道：“照片中的女子叫做柳若涵，说起来和云上西域的联系很是紧密，她是国家考古研究所常驻西域的研究院，除了自己的考古研究之外，还为云上西域基础构建提供专业咨询。当然，这并不证明周新疆见到的匿名登录者就是柳若涵。而且进一步调查之后，我们得到了一个信息，半年前，在柏孜克里克千佛洞的实地考古现场发生了一场事故，一座正在发掘的洞窟发生了坍塌。是的，就是周新疆提到的第四层洞窟，因为尚未发掘完毕，所以云上西域系统还没有进行模型调整，在坍塌事故中，柳若涵被埋在洞窟里，虽然及时抢救出来，但是成了植物人，此后一直在乌鲁木齐第二医院，却始终没有醒来，就在三天前，也就是火烧云事件之前不久，柳若涵的生命体征消失，医院宣布死亡……我想说的是，匿名登录者不可能是柳若涵，有人盗用了她的身份信息，可能还包括她在云上西域的权限，在实施着不可告人的目的。”

说罢，李征战看向周新疆，不是挑衅，目光里含着某种复杂的意味，周新疆呆若木鸡，彻底傻眼。

“网络安全处这边也说说。”吕局长道。

“在周新疆与匿名登录者接触的同时，我们始终在后台监视，不过为了不惊动对方，并没有采用主动手段，有一点小周说得非常正确，对方的网络能力极为强大。可以说，对方在千佛洞和高昌故城的所作所为，即使云上西域的软件开发团队，仓促间也无法做到。此外，当对方出现在云上西域的时候，我们可以监测到，与正常游客几乎没有区别，可是其如何上线和下线的，却始终无法锁定。而且，我们用尽了办法，还是连一点儿可供顺藤摸瓜的线索也搜寻不到。”赵科长有些无奈地说道。

“也就是说，到现在也毫无进展喽。”吕局长道。

“是这样的，”赵科长想了一下，点头承认，“我想提醒吕局和各位同事，我们面对的绝不是某个网络黑客，对方的能力超乎我们想象的强大。”

吕局长有些面露不悦，“这么说，我们对这位白衣少女就毫无办法喽”。

“办法是有的，而且由于小周能够与对方近距离，几乎可以确保成功，”赵科长道，目光自信，“我们为此制定了详细的计划，大致步骤是这样，”赵科长将一张图片显示出来，“这个虚拟物品看上去是一个微型注射器，但实际上是一个病毒程序，由网络安全部自行研发的，其作用是侵染和定位。我们知道，人类在云上西域系统登录的都是虚拟仿真形象，但是其中包含大量真实人体的生理信息，一些关键信息还需要与真实世界实时链接。我们无法跟踪匿名登录者的原因就是无法锁定这条链接，每次我们试图锁定的时候，它就像烟雾一般消散在系统中了，而这个病毒只要注入匿名登录者的体内，就可以将其虚拟形象侵染或者说标记。这样，无论其逃往哪里，都会被安全科牢牢锁定。”

“这个……病毒会对匿名登录者造成实质伤害吗？”周新疆有些犹豫地问道。

“不会，很安全，毕竟是系统虚拟形象嘛。”赵科长道，“当然，病毒有可能会造成匿名登录者的实时生理参数的极端变化。这么看可能会有一定危险性，不过浸润式伺服舱有自动程序的嘛。一旦侦测到参数异常，自然会接手调整的。”

“关于你们的计划，继续说下去。”吕局长说道。

“计划的第一步，由周新疆在与匿名登录者接触的时候，将病毒注入其体内；一旦完成，第二步跟上，网络安全科将暂时切断云上西域虚拟世界与真实世界的网络链接，将对方困在系统之中，当然这么做会令虚拟世界内的游客产生一定程度的混乱，不过对游客自身并没有安全风险；第三步，埋伏在周围的网络警察即可出动，实施抓捕。”赵科长说道，“考虑到匿名登陆者具有强大的网络能力，我们准备布下三层抓捕网，内层由行动组进行抓捕工作，第二层由我们网络安全科架设云上世界的系统追踪网，第三层由可可托海计算中心的开发团队组成硬件防火墙，并随时对云上系统进行支援；有这三层天罗地网，相信匿名登录者插翅难逃；在抓捕成功之后，我们就会从匿名登录者的虚拟人体中提取到所需关键信息，从而反向追查到对方的真实身份。”

“大家觉得这个计划可行吗，或者计划中还有什么漏洞吗？”吕局长看了看大家，问道。

“哦……”周新疆举手说道。

“我认为可行。”李征战道。

“我同意，不过对方能力强大，甚至超出我们的想象，我建议行动时给予行动组云上西域最高权限。”苏莫笑道。

吕局长点了点头，又看向周新疆：“你有什么意见？”

“好吧，既然大家没有意见，我们就按赵科长的计划进行吧，此次行动代号为‘大扫除’，行动一至八组实施抓捕，网络安全科负责第二张网，我来联系可可托海，让他们组成第三张网，至于病毒注入者，”吕剑锋道，“当然非周新疆不可，小周，我有种感觉，‘大扫除行动’一旦失败，这次火烧云事件就永远可能成为不解之谜，这是我们西域管理员的耻辱，记住，一定要保证成功，同时注意自身安全。”

“是。”周新疆下意识地挺起腰，回答。

八、夜未央

半个小时后，会议结束，众人都已散去，只剩下周新疆、李征战、苏莫笑三个人，办公室里显得有些冷清。

周新疆愁眉苦脸，李征战一副恨铁不成钢，苏莫笑若有所思，三人的气氛有些尴尬。

“瞧你那样子，看来是被白骨精迷死了，”李征战咬牙切齿，“别忘了，柳若涵已经死了，你在云上西域见到的根本不是她，说不定那张漂亮脸蛋儿后面是个大老爷们儿呢。”

“新疆啊，”苏莫笑道，“征战的脾气虽然不好，但她的话是有道理的，至少，在任务完成之前，我们不能顾虑太多。”

周新疆的目光从李征战挪到苏莫笑，然后又挪到李征战，“开会的时候，我把这几天和她相处的过程仔细想了一遍，我觉得……即使她不是柳若涵，也一定是个心地善良、没有心机的女孩子，与什么阴谋诡计之类的毫不相关，我相信自己的直觉，也希望你们相信我。”

“直觉？你对女孩子很了解吗？”李征战嗤之以鼻。

周新疆有些脸红，“我，我对女孩儿当然不了解，可是，可是我就是相信她。”

“新疆，你不是喜欢上她了吧？”苏莫笑愕然道。

李征战瞪了苏莫笑一眼，道：“你没看见他左脸上写着‘坠入’，右脸上写着‘情网’吗？”

“我就是喜欢她，怎么样？”周新疆有些恼火，在和李征战的共事中他还没这么被动过呢。

房间里的火药味有点儿浓，周新疆和李征战相互怒视。

苏莫笑连忙对李征战道：“新疆终于有了喜欢的人，这不是应该庆祝的事嘛。”

“难道他不知道网恋害死人吗？我这当老姐的能不管吗？”李征战理直气壮。

“瞧，新疆，征战不也是为你着想嘛，即使我们相信你，也要弄清楚对方的真实身份，这个任务并不清楚啊，你说是吧？”

周新疆被这对青梅竹马的小情侣一唱一和弄得没了脾气，只有长长发出一声叹息。

回到云上西域虚拟世界，天色又已近黎明了，周新疆冲了个澡，仍然感到极度疲惫，只想倒在床上睡他个昏天黑地，直到醒来之后，所有的不开心都已随着时间的流逝而烟消云散，只是他知道，那是不可能的。

站在镜子前。看着略显苍白的自己，想了半天，还是没有主意，不禁叹了一口气，年纪轻轻的，他快把这辈子的叹息都耗光了。

无论如何自己是无法逃避的，这是职责所在，他回到沙发上枯坐，没有张罗游客们早餐，也没有组织大家集合，直到旅游大巴开车时间过了三分钟，才懒洋洋地走出酒店，这三十多位游客格外好动，原本让他头疼不已。周新疆心想：现在，拿出你们唯恐天下不乱的本事来吧！

登上旅游车，周新疆看到车上坐得满满当当，苏丁丁、孙二强、李绍坤夫妇……那些好事分子居然一个不少，周新疆难掩失望，心里面恨铁不成钢，再一看，导游席上两个座位都空着，云小宛，或者说柳若涵并没有出现，本来沉重的心情瞬间变得一阵轻松。

“开车。”周新疆催促司机。

“别开车呀，周导，云姑娘还没上车呢。”陈茉慧大姐连忙说道。

“哦，我一个人完全可以胜任大家的导游工作。”周新疆答道。

“那可不一定，”苏丁丁说道，“昨天那场灯光秀就是云小姐安排的，现在想起来还意犹未尽啊。”

“就是，换做周导肯定就偷懒了。”孙二强附和道。

周新疆正待反驳，个人终端传来李征战的信息：周新疆，注意你的言行，想想你的身份和任务，“好吧，我们等。”

“周导，你去找找她呀。”陈茉慧说道。

“我昨晚喝多了，也不知道她住在哪个房间啊，你们有人知道吗？”周新疆回头。

众人沉默。

十分钟过去了，半个小时过去了，云小宛仍然不见踪影，周新疆提着的心终于放下，在视网膜屏幕上输入：怎么办？过了一阵，屏幕上回复两个字：照常。

“开车吧，我们不等了，”周新疆冲司机点了下头，然后站起身面对游客们道：“今天我们开启一段新的旅程，首先我们将前往苏公塔，这座……”

苏公塔是西域现存最大的古塔，造型新颖别致，但是对于西域文明来说它的历史并不久远，在苏公塔前，周新疆简单介绍了苏公塔，便让游客们自由活动，自己跑回旅游车待着。

苏公塔并不大，不过半个小时的游览就结束了，旅游团接下来去了坎儿井，坎儿井是西域文明的创造之一，天山雪融水在山脚下被引入地下，避免高温蒸发，从而灌溉了吐鲁番盆地的农田，供应了百姓的生活用水，其重要程度不亚于李冰的都江堰。

参观完坎儿井，已经中午了，就在景区旁边的饭店，周新疆安排游客们品尝了新疆特色大盘鸡和拉条子。现在周新疆完全放松下来，他相信，至少在今天，云小宛不会出现了。

旅游车再次开动，十几分钟之后便抵达了交河故城景区，这是西域另一处重要景点，旅游团要在这里游览一个下午，并夜宿交河酒店。

交河故城恰如其名，建于河中的一道柳叶形的台地之上，河水环绕交汇形成天然的护城河，而台地自河中心高耸而起，四周的峭壁仿佛是鬼斧神工的城墙。

交河城距今已有两千多年的历史，曾是车师前国的都城，也曾是安西都护府的所在地。

游客们沿着城门大道走进这座废弃的城市，只见一片沟壑纵横的黄土平原带着无尽的苍凉与历史的厚重缓缓在眼前展开……

与众不同的是，从表面看几乎看不到建筑或者残垣断壁，这是一座世所罕见的生土城市，充满智慧的先民们采用减土留墙的方法，在黄土高台上生生挖出了一座城市，民居、市场、手工作坊、官署皆是如此，只有采用高空俯瞰的视角才能一窥其壮观全貌。

周新疆指着平原尽头隐现的那座现代化仿古建筑，告诉大家那是晚餐以及住宿的大酒店，游览结束后可直接前往会合，然后便让游客们自由活动了，他自己则漫无目的地在古城中闲逛。此刻，在交河故城游览观光的除了周新疆带队的，还有其他几个旅游团，足有几百人，但是散落在城池间，几乎看不到人影。为了不让匿名登录者有所警觉，管理局并没有采用清场措施。

在一处靠近悬崖的藏兵洞里，周新疆碰到了孙二强，孙二强正倚在藏兵洞深处的角落里，一脸百无聊赖。

“就你一个人？”周新疆道，“由于气候干燥，这座古城才保留下来，内地可见不到。”

“我对古迹不感兴趣，也不喜欢凑热闹，一个人清静些多好。”孙二强回答。

“这里还是挺危险的，随时都有塌方的可能。”周新疆打量周围，说道。

孙二强吓了一跳，连忙坐了起来，“在虚拟世界死亡会怎么样，真的会死吗？”

“这倒不会，但……总归不好，”周新疆犹豫了一下，又道，“我昨晚接到管理局的一份通知，里面提到对你的动向多注意一些。”

孙二强立刻紧张起来，“里面还说了什么。”

“没什么，就这些。”

周新疆拍了拍孙二强的肩膀，转身离开。

安西都护府的故址在交河故城的东南方位，是一座宏伟的地下宅院，顶上有十一米见方的天井，李绍坤夫妇正拉着手游览，看见周新疆独自一人走来，陈茉慧有些神秘地问道：

“周导，你和小云姑娘是不是吵架了？”

周新疆不置可否，露出痛苦的表情，“不知道她会不会原谅我。”

“小两口吵架不是常事嘛，”陈茉慧扭头看了看李绍坤，露出一抹会心的微笑，“回头我帮你劝劝她，不经历风雨怎见彩虹？”

“谢谢陈姐。”周新疆点头。

见到苏丁丁的时候已经到了交河城的最北端，苏丁丁正坐在寺院的台阶上喘息，整个儿交河城北是一座规模庞大的寺院群，后面是塔林，埋葬着寺院的历代高僧。

“看样子你是刚跑完马拉松？”周新疆有些吃惊。

苏丁丁一脸兴奋，“已经围着交河城跑了两圈儿了，真是畅快啊。”

“我能理解。”周新疆想着系统里苏丁丁双腿残疾的资料，点头说道。

“昨晚的灯光秀真是过瘾啊，周导，今儿晚上是不是再来一次？”苏丁丁问道。

“那要小宛在才可以啊，不过，我尽力吧。”周新疆叹息一声，回答道。

寺院群的侧后方就是交河大酒店，随着天色渐晚，游客们陆陆续续回到酒店，为团员们安排了房间，周新疆带着大家来到了餐厅，晚餐是自助餐，新疆菜虽然美味，总归众口难调。

吃饭的时候，很多其他旅游团的游客来敬酒，有意无意地问起今晚是否还会有惊喜，周新疆不置可否。

吃过晚饭，周新疆回到房间，坐在椅子上终于松了一口气，管理局决定抓捕，柳若涵就消失了，也许是巧合，也许被发觉了，很可能永远也见不到那位穿着白色连衣裙，与自己认真探讨壁画的那个女孩儿了，但是在失落之中，周新疆也感到如释重负。

夜色更深，酒店里渐渐安静下来，游客们相继入睡，时间逐渐指向午夜十二点。

周新疆突然意识到一个问题，虽然昨天白天，云小宛出现在旅游大巴上，和自己当了一天同事，但是连续三天，他都是在晚上才见到她的，那么，今晚云小宛会不会来呢？

他看向紧闭的房门，后背不禁冒出冷汗，既然白天没有出现，说明她察觉了什么，晚上肯定不会出现了。可是，万一呢？他胡乱寻思着，那扇褐色的房门仿佛具有了某种魔力，吸引着他的目光。

当当当，门口突然传来了三声敲门声，声音不大，在周新疆听来却振聋发聩，他立刻从椅子上坐直身体，但是并没有出声，他多希望对方见无人应答就会离开。

当当当，又是三声，他不能置若罔闻了，“谁呀？”他问道，没人回答，他站起身，走过去，打开了房门，然后那个熟悉的白色身影就出现在眼前。

那双眼睛望着周新疆，清澈如纯净的水晶，目光中多了一些以前没有的东西，是亲切，是似有若无的眷恋，“怎么，不认识啦，不请我进入吗？”

“哦，请进。”周新疆闪开身，有些慌乱或者说羞涩。

云小宛轻盈地走进房间，侧身坐在床上，有些随意，有些慵懒，“昨晚累坏了，睡了一整天，你一个人没有无聊吧？”

“没，没有，还好。”周新疆关上门，回应道。

“哦，是嘛？”云小宛听了却有些不高兴，“看来我在不在都一样，还以为你喜欢和我在一起呢？”

“喜，喜欢啊。”周新疆脱口说道。

“我也是，”云小宛马上露出笑容，“我来是想告诉你一件事，”她站起身拉住周新疆的手，“虽然睡了一天懒觉，可是我却想起了一些事……”

她没有说下去，因为周新疆一下子拥抱住了她，她吓了一跳，猛烈地挣扎着，但是周新疆抱得是那么紧，像是害怕她再次突然消失一般，慢慢的，她不再挣扎，开始是犹豫，然后是顺从，再然后，她也紧紧抱住了周新疆。

“小宛，对不起。”周新疆在她耳边低声说道。

“不，不，我喜欢这样，”云小宛的双眼变得迷离，呓语般地说道，“你知道吗，我想起自己是谁了，我……”

她忽然腰间一点轻微的刺痛，接着全身的力气像是被突然抽走了一般，不由自主瘫软在周新疆怀里。

“对不起，小宛，真的对不起。”周新疆的声音像是在抽泣。

“不，我不叫云小宛，”她感觉说话也变得艰难，她用尽全力，声音仍然小若蚊蝇，“我的名字叫做柳若涵，你，你要记住。”

九、前仆后继

周新疆摊开左手，一个微型注射器从指间滑落，他的大脑变得一片空白，身体失去了控制，抱着柳若涵一同瘫软在地上。

过了几秒钟，他恢复了意识，低头看着昏迷中的女孩儿，心中感到从未有过的伤痛，那一刻他悔恨交加，万念俱休。

视网膜屏幕上显示出几十个红色光点在快速向酒店靠拢，那是前来抓捕匿名登录者的行动组成员，由于担心被察觉，此前都潜伏在酒店外围，周新疆也是红点中的一个，只不过静止在酒店房间位置，与他紧挨着的是代表柳若涵的蓝点，这是系统个人终端的定位显示功能，包括游客在内的登录者都会标记出来，但是在此前的接触中，从来没有柳若涵的数据，现在，她清晰地显示出来。

敲门声传来，带着特殊的节奏，是制定好的暗号，但是周新疆仿佛没有听到，过了几秒，敲门声再次响起，周新疆仍然一动不动，再过了几秒，砰地一声，门被撞开了，一群身着黑衣，带着头盔的人拥进来。

李征战冲在最前面，他看也没看周新疆，从腰间迅速摘下几个圆环，分别套在柳若涵的脖颈、手腕和脚腕上，那圆环一经扣合，立刻散发出乳黄色的光芒。至此，周围的人似乎松了一口气，李征战挥了下手，两个行动队员展开一副折叠担架，另外两个队员试图从周新疆手中接过柳若涵。但是周新疆好像突然惊醒了一般，猛地紧紧抱住柳若涵。“周新疆！”李征战低声喝道，周新疆如遭电击，下意识松了手，柳若涵被放到担架上，又连续扣上四道锁链，然后被两个队员抬着，迅速向外面走去。其他人环绕周围，一同离开，没有人再看周新疆一眼。

然而，他们走到门口的时候突然停住了，一个游客挡在了门口，是孙二强，他就住在隔壁。

“你们在干什么？”孙二强睡眼惺忪，有些吃惊地问道。

“我们是云上西域管理局的，正在执行公务，请让开。”一个队员说道。

“哦，对不起，”孙二强向后退了两步，但马上又重新堵住门口，“那不是云姑娘吗，她怎么啦，病了吗？”

“你这是在妨害公务，我们对你提出警告，立刻退到十米之外！”行动队员的声音变得严厉起来。

“对不起，我没这意思，”孙二强弓着腰，赔笑道，但是脚下却没动，“您看，我能不能……能不能看看您的证件。”

行动队员没再废话，靠近孙二强，猛地一个大背跨将其摔倒在地然后死死按在地上，后面的人抬着柳若涵迅速走出房门，但是刚出来，又碰到两个游客。

“干什么，干什么，你们是什么人，公共场所公然抢劫吗？”陈茉慧掐着腰站在众人面前，一副一夫当关万夫莫开的架势。

李绍坤从老婆身后冒出头，一副息事宁人的样子，“茉慧你别急，这恐怕有什么误会吧。”

行动队员对李绍坤点头道：“我们是西域管理局的，正在执行重要公务，还请不要妨碍。”

“好的，好的，”李绍坤客气道，“你们和周导也是同事吧，这是他的房间，怎么不见他出来？”

“别听他们的，瞧这些人的装扮，怕不是网络黑社会。”陈茉慧大义凛然道。

事态紧急，管理局的工作人员都知道匿名登录者的网络能力极端强大，虽然现在被病毒压制住了，并且看起来柳若涵仍旧昏迷不醒，毫无抵抗能力，但是谁也不知道下一刻会发生什么。“扫除一切障碍，不得停留，确保完成任务”，吕剑锋局长直接发来了信息。不再犹豫，两名队员分别冲向李绍坤和陈茉慧。

不等队员动手，李绍坤马上双手抱头蹲在地上，而对付陈茉慧的队员原本只是想将其拉开，却低估了这位身材娇小女性的彪悍程度，在其拽住陈茉慧的胳膊同时，双腿之间被一个从裙摆中抬起的膝盖撞中，剧痛传来，队员应声倒地。

另外两位行动队员连忙上前，一左一右夹住了她，陈茉慧左右挣扎却挣脱不得，于是她开始使用另外一种效果惊人的武器。

尖叫声在寂静的深夜里骤然响起，经久不息，分贝之高，整座宾馆似乎都在微微震动。

“救命啊！抢劫啦！杀人啦！救命啊！”

当陈茉慧张开嘴的时候，李征战顿感不妙，尖叫声响彻宾馆的时候，李征战心里暗道，“糟了”，现在顾不了那么多了，她喊道：“不要停留，不惜代价冲出去！”自己这边毕竟有四十多人，一定要趁游客们还在沉睡或者惊醒懵懂的时候冲出去。

行动队自动分成五个小组，一组先头，一组断后，一组运送柳若涵，两组贴身护卫，各组之间相互配合，摆脱几位游客的纠缠，快速向电梯厅移动。然而，在通往电梯厅的十几米走廊中，一扇门打开了，一位女游客头发蓬松地走了出来，接着对面的房门也打开了，一对儿二十来岁的双胞胎兄弟穿着同样的娃娃熊睡意并排走了出来。然后前面的一扇房门也打开了，苏丁丁探出头看了看，然后敏捷地拦在这队神秘的黑衣人前面。

行动队上下都意识到问题的严重性，因此这些出现的游客并没有挡住他们，女游客被推回了房间，双胞胎兄弟被按在墙上，苏丁丁虽然闪过了两名队员的抓捕，但也不得不向后退去。行动队只是被迟滞了十几秒钟，但是就在这十几秒的时间里，酒店整整一层的游客都被吵醒了。行动队最终被堵在走廊里动弹不得，有苏丁丁或者孙二强之流的好事者还通过个人终端将黑衣人酒店打劫的消息传送给其他住宿游客，走廊两端的游客越来越密集，形成了两道密不透风的人墙。

“现在我们是不是可以好好谈谈了。”李绍坤在人墙这边说道。

“到底什么情况？”苏丁丁在人墙那边喊道，“谁被打劫啦，有人受伤没有？对面的说一声。”

孙二强在这边道：“他们抓了云小宛姑娘……”

“我说呢，今晚这么肃静，啥好玩儿的也没有。”苏丁丁捶胸顿足。

“大家安静，我有话说，”李征战挤到队伍前面，拿出工作证，对着苏丁丁说道，“我们是云上西域管理局的执法人员，正在执行关乎云上西域存亡安全的重要任务。现在我希望大家都回到各自房间，就当什么事也没有发生，好不好，我代表西域管理局谢谢大家，请大家配合一下，好不好。”

苏丁丁仔细地看了李征战的工作证，说道：“配合没问题，不过我们首先要弄清楚你们这些人的真正身份和目的。”

李征战没再分辨，而是伸手在虚空中画了一个大大的长方形，然后这个长方形就变成了一块儿立体显示屏幕，吕剑锋局长身穿制服出现在屏幕里，他的身后有数十位工作人员正襟危坐，再后面则是密密麻麻正在运行的电脑屏幕。

“我是吕剑锋，云上西域管理局副局长，分管安全保障工作，各位游客，你们现在围堵的是管理局行动组的执法人员，我可以证明他们的身份，他们正在抓捕重要犯罪嫌疑人，事关云上西域世界，甚至真实世界的安全，希望大家给予积极配合。”

游客们面面相觑，窃窃私语起来。

“我对虚拟世界这些东西一窍不通，但是我知道，很多东西都可以假造出来，我想问的是，我怎么知道这些影像是不是虚构的呢？”

“孙二强，”吕局长的声音严厉起来，“我们已经接到了你杀人在逃的协查通报。当然，你在云上西域世界并没有危险性，所以并没有对你采取措施，现在你还要质疑我的身份吗？”

“哦，哦……”孙二强一时语塞，脸色变得惨白。

“我想，二强说的还是有一些道理的，”苏丁丁说道，“关于个人隐私，其实一些技术高超的网络黑客也是可以做到的，您所说的这些工作人员，在深夜鬼鬼祟祟潜入酒店，又接连打伤了几个无辜游客，然后绑架了我们的导游，这很难让我们将其和云上西域的正规管理人员联系在一起。”

“对，就是这个意思。”游客们纷纷迎合道。

吕局长皱起眉头，李征战怒视着苏丁丁，“那你想怎么样？”

“我不想怎么样，”苏丁丁回答，“我们需要找可以信任的人确认一下。比如，我们的周导。”

众人的目光都不约而同望向周新疆的房间，李征战气恼地跺了下脚，转身走回周新疆的房间，几秒钟之后，架着失魂落魄的周新疆走了出来。

来到众人面前，李征战大声道：“周新疆，你来告诉他们，我们是什么人！”

周新疆抬头四处寻找柳若涵，但是她被行动队员团团围在核心，根本看不到。

“若涵怎么样了？我想看看她。”周新疆对李征战说道。

“先让他们离开！”李征战瞪着周新疆，指了指周围的游客，声音犀利。

“我要见到她。”周新疆像陌生人一样看着李征战，沉声回答。

李征战从周新疆的眼神中看到了磐石般的坚定，两个人共事的这些年里从未见到过。

两个人对峙着，一分钟，两分钟，这是一种意志上的较量，周围的人群都感受到莫名的压抑，纷纷沉默下来。

最终，李征战轻轻挥了下手，行动队员们分开一道缝隙，周新疆侧身挤了过去，然后他就看到了担架上的柳若涵。

柳若涵躺在那里一动不动，头正好歪向周新疆一侧，眼睛微睁着，但是眼中一点神采也没有，而且在胳膊、脖颈、脸颊等裸露的皮肤表面竟然闪烁着点点诡异的蓝色幽光。

周新疆情急之下向担架扑去，但是被两个行动队员死死拦住了，周新疆奋力挣扎着，声嘶力竭地喊道：“若涵，你怎么了，醒醒，醒一醒，若涵，你没事吧！”

周新疆的声音在酒店走廊里回荡，声音凄厉，游客们一阵骚动，继而变得群情激昂起来。

苏丁丁透过行动队员们的缝隙看到人事不省的柳若涵，大喊一声：“他们绑架了云姑娘，不能放走他们！”

云小宛的知名度在游客中可谓尽人皆知，高昌广场上那曼妙的舞姿印在每个游客的脑海，苏丁丁的喊声一下子引爆了双方剑拔弩张的气氛，走廊两端的游客顿时与围在中央的行动队员拥挤在一起，虽然暂时还没有发展到群殴阶段，但是局势已极度混乱。

“周新疆，你这混蛋，再不想办法，就该出事啦。”李征战与周新疆隔着四五个人的距离，由于人群异常拥挤，根本不可能赶过去。

周新疆充耳未闻，傻傻地看着柳若涵，他眼中再次泛起泪花，就在这时，他恍惚看到柳若涵的胸膛恢复了起伏，接着她睁大了眼睛，但是眼中的目光变得冷冽而陌生。

他一怔，但还没有任何反应的时候，柳若涵的眼睛竟然放射出夺目的光芒，那光芒越来越盛，竟然炽烈如阳光一般。

周新疆惊愕中倒退两步，然后他看到周围的景物开始扭曲起来，接着像是万花筒中的图案一般碎裂开来，在失去知觉前，他仿佛从很遥远的地方听到一片惊呼。

十、交河之水

强烈的窒息感让周新疆恢复了意识，他发现自己沉浸在水中，喝了两口水之后，他终于挣扎着露出了水面，胡噜一下脸上的水，他抬头张望，只见海天一线，茫茫无际，自己竟然处在一片辽阔的海面上，不，水是无味儿的，是湖水，海洋一般的湖面。

怎么会出现这么大的水域，云上西域乃至真实的新疆都没有这种地貌啊？周新疆迷惑不解，不过他来不及多想，当下首要的是如何逃生，他环视四周，放下心来，原来就在自己身后百余米处，横亘着一座岛屿。

他伸展双臂向那座未知岛屿游去，他的水性并不好，好在水面平静，无风无浪，过了十几分钟，终于接近了岛屿。但是他发现，这座岛的沿岸竟然都是陡直的峭壁，尝试了几次，他终于放弃，并确定根本无法攀爬上去

正在焦急间，他突然感到一丝异样。回头看去，平静的水面上荡起了一道箭头形状的涟漪，这说明有某种体型巨大的生物正在水下高速游动，看箭头的方向正好朝向自己。情急之下，他仰头向悬崖上面呼喊起来。

悬崖上面根本无人回应，这是意料当中的，可是涟漪的箭头急速接近，根本没有改变方向的意思。就在他陷入绝望的时候，一个系着绳子的救生圈突然仍在眼前的水面上。他仰头张望，一个苗条的身影和那脑后晃动的马尾让他倍感亲切。

套在救生圈里，爬上悬崖的时候，周新疆精疲力竭，还是不忘冲李征战笑了笑，却换来对方的一个白眼儿。

翻身吐了两口水，躺在地上歇了片刻，终于恢复了力气，周新疆踉跄着站起身。

他发现李征战就站在自己身边，稍远一点儿，几十个行动队员和几百位游客或坐或站，正不约而同看向自己，眼神中透着异样。

“发生了什么事？我们这是在哪里？你……”周新疆问道，但是

他的声音突然停止了，因为他的眼睛掠过人群，隐隐看到后面矗立着一座壮观的寺院，不禁惊呼道，“我的天哪，这是，这是交河城！”

没人知道发生了什么。柳若涵睁开了一双不属于人类的眼睛，夺目的光芒中，所有人都昏迷了过去，陆续清醒之后，大家发现虽然自己还在交河，但是显然已经不是那个为人熟知的故城遗迹。交河成了一座孤岛，周围的世界都被滔天的洪水淹没，并且像酒店等现代设施都消失了，而佛塔、寺院、官邸、市场、民居等只剩残骸的古代建筑竟然恢复了它们千年前的样子，完好无损地坐落在那里，就好像众人回到了汉唐时的西域交河城。

“云上西域并没有这个场景啊？”周新疆站到李征战身边，一脸难以置信，“难道我们穿越回历史中了？”

“历史里吐鲁番地区会有这么大的洪水吗？”李征战懒得在与周新疆置气，有些恼火道，“这恐怕是把你迷惑得神志不清的柳若涵干的。”

“她？她怎么可能做得到，”周新疆摇头，“这是翻天覆地重构了一个小世界，几百台超算，几千名科学家大概也要数月才可能完成，这根本不是她能够做得到的。”

李征战感叹道：“虽然我同样不相信，但是……她的嫌疑最大，想想火烧云事件吧，别再被她的外表迷惑了，她并不是你想象当中的柳若涵，你认知的那个人已经死了。”

周新疆默然无语，眼睛望着气势恢宏的交河城，良久才道：“小战，并不是我被感情冲昏了头脑，我知道火烧云事件背后一定隐藏着更大的阴谋，也知道云上西域处在未知的危险之中，我始终对匿名登录者保持着高度警惕。但是，在与柳若涵或者说云小宛的接触之中，我感知到的，是一个虽然有些敏感和多愁善感，却是心思单纯、温婉善良的普通女孩儿。”他转过头，真诚地望着李征战，“小战，希望你相信我的判断。”

李征战也看着周新疆，似乎在他的眼睛里寻找什么，然后道：“好吧，作为多年的战友，我相信你，不过我想你也不得不承认，虽然还没有被感情冲昏头脑，但确实被干扰了。”

周新疆并没有否认，说：“是的，我喜欢她。”

李征战没想到周新疆这么干脆就承认了，想了想说道：“我们对于火烧云事件背后的企图，始终没有头绪，现在开始露出冰山一角了。”

周新疆深吸了一口气，然后缓缓吐出，让心绪平静下来，“我相信柳若涵也是被不明原因卷入其中，我们无论如何也要找到事情的真相”。

花费了将近两个小时，游客们被召集在寺院前面的广场上。滞留在交河故城的共计十一支旅游团，四百一十八人。经过清点，游客们和导游全部到齐，没有人失踪。其实只有周新疆不知什么原因落在了水中，其他人都是在城内清醒的。此外管理局各行动组总计五十八人，同样满员。

周新疆站在众人面前首先表达了歉意，然后叮嘱大家不要擅自外出或单独活动，管理局很快就会前来救援。

而后，组员和导游负责维持秩序，包括李征战在内的八个组长和周新疆来到寺院内的一间佛堂。

佛堂内四壁白花花的，描绘着佛教经文中的典故，雕刻精美的窗棂上糊着窗纸，射进来的阳光变得朦胧而神秘。房屋中央是两根朱红的立柱，明黄色的经幡从屋顶垂下，地面上摆着十几个有些陈旧的蒲团。在正对大门的后墙上供奉着佛祖的塑像，佛祖微阖二目，威严中透着慈祥，栩栩如生，仿佛随时都会复活一般。

众人纷纷坐到蒲团上，他们有必要召开一个小组会议，讨论一下当前的情况和下一步的行动。

“毫无疑问，这次行动失败了，这一点，我们行动六组负主要责任。”李征战说道。

“现在不是说这些的时候，”一组队长吴宪文挥了下手说道，他是行动组资格最老的组长了，“恢复与管理局的联系了吗？”

二组队长王磊摇摇头，道：“醒来之后，我们发现与管理局总部、网络安全科以及可可托海超算中心都失去了联系，此后我的小组始终在尝试恢复通信，现在所有的手段都尝试过了，仍然一无所获。我感觉就像有一张巨大的屏蔽网把我们全部罩在里面了，以我个人的感受，我甚至认为……我们已经不在云上西域世界了。”

“不，我们还在系统里，”周新疆说道，“我们的生命链接同样是一种通信，大家既然清醒过来，就说明生命体征的数据传输还保持正常，我们只是被人有意切断了联系。。”

吴队长点头说道：“有道理，看来先要弄明白这究竟是哪里了。”

“柳若涵被注入病毒之后陷入了昏迷之中，其实该病毒不仅有定位作用，”李征战瞥了周新疆一眼说道，“它还会侵染匿名登录者的虚拟身体，将其蕴含的信息全部冻结，以供事后研究和追查。按理说，那个时候的柳若涵从身体到思维意识全部失去了行动能力，可是，就在周新疆呼唤她的时候，她竟然睁开了眼睛，然后，我们所有人都失去了意识，苏醒后就莫名其妙来到了这里。我相信，是柳若涵或者说火烧云事件的制造者将我们带到了这里。现在细细想来，这一切或许都是对方早就策划好的。”

“对方的目的是什么呢？”吴宪文沉思道。

李征战摇摇头，“这个问题我想了很长时间，却琢磨不透，瞧瞧这里”，佛堂里光线静谧，檀香缭绕，地面有明显的打扫痕迹，“这里的一切还原度极高，几可乱真，就好像主人刚刚离去一般，虚拟仿真程度甚至超越了云上西域，其实……其实它更像云上西域的仿古升级版。”

“难道他们是想帮我们建设云上西域？”三组队长邹杰脱口道，而后又自嘲地摇摇头，“这情况，更像是摆个擂台与我们打擂呢。”

李征战的眼睛一亮，“这倒也说不准。”

吴宪文有些不耐烦，指着周围恍若真实的景物道：“构建一个这样的虚拟世界需要多少人力物力？需要一个大国的举国之力吧，难道就为了打擂？大家不用瞎猜了，对方这么大手笔，自然会有后续动作的，我们等着就是。”

“这里看似平静，但处处透着诡异，我们还是要做一下防范措施。”李征战说道。

“这样吧，我带着一组对交河城进行一次详细侦查，二组继续想办法恢复通信，三. 四. 五组负责把游客们安置下来，六. 七. 八组进行外围警戒，以应对突发事件。”

说罢，吴宪文环视众人，大家纷纷点头，正在这时，外面隐隐地传来游客们的喧哗声，似乎发生了什么事，一个行动队员突然推开门，脸色慌张道：“不好了，出事了。”

十一、围攻

由于身负杀人案，孙二强总是想远离人多的地方，大家都聚集在寺院广广场上的时候，他偷偷溜了出来，一个人沿着交河城的边缘闲逛。一边是透着历史沧桑的交河城，一边是无边无际的水域，一般人肯定因为这个诡异的世界而惴惴不安，孙二强却毫不在意，以他的个体生命看来，杀人案的重压让其他一切事情都变得无足轻重。

走着，走着，他碰到了另一个不合群的人。苏丁丁正悠闲地坐在悬崖上，裤腿儿挽着，两条光溜溜的腿伸出悬崖，悠闲地晃动着。

走近了才发现，悬崖下面的水中竟然密密麻麻聚集着一群长得像是海牛一般的水生物，正随着苏丁丁双腿的晃动而不断跃起，似乎那双腿是某种美味似的。只是悬崖离水面尚远，那些长着灰白鳞片的生物跃出一米来高就纷纷跌落回去。

“这是什么鱼，看起来这么凶？”孙二强向下张望着问道。

苏丁丁道：“我也不认识，不过以我的认知来看，这应该只是虚拟世界里幻化出来的生物，你看，它们长着细密的鱼鳞，这是现代鱼类的特征，可是你再看它们的鱼鳍，”这时恰好有一只高高跃起，身体结构展露无遗，“瞧见了吧，那个像是畸形的胳膊一样的东西，相信是陆地和水生生物进化到一半的产物，自然界里根本不可能有这种生物。”

孙二强认可，“瞧那张都是獠牙的嘴，简直是从鳄鱼身上切下来的……这东西不会跳上来吧？”

“怎么会呢？”苏丁丁浑不在意，“崖顶离水面有十来米高呢。”

“也是，”孙二强放下心来，“不过这东西不是长着腿吗，虽然退化了，不会爬上来吧？”

苏丁丁一怔，爬起来就跑。

“不是爬不上来嘛，你跑什么？”孙二强在后面喊道。

“城门，是城门啊，那里可没有悬崖。”苏丁丁头也不回地说道。

交河城共有三座城门，东、北两门还好，都建在悬崖之上，但是南门却是交河的主城门，供居民与商贾日常进出之用。虽然这里地形狭窄，素有“一夫当关万夫莫开”之称，但是城门的位置却非常低矮，通过一条倾斜狭长的甬道进入城内。

苏丁丁和周新疆赶到的时候，只见高大的松木城门只剩下一米来高，其余部分全部沉浸在水里，已经有十几头水兽越过了城门，正慢悠悠沿着甬道往城里爬。

看着这些水兽笨拙的样子，孙二强热血沸腾，从旁边藏兵洞里抄出一支长矛，就想往上冲，被苏丁丁一把拉住。

“你干吗？”

“上啊，这些家伙看上去不难对付，爬进城里就麻烦了。”

“冲个屁啊，没看见后面还有好几百头吗，快跑吧，回去叫人。”

交河城本就是东西狭长的柳叶形状，从南门到寺院几乎横贯城区，李征战、周新疆等人赶到南门的时候，已经有几百只越过了城门，甬道上挤满了争先恐后的水兽。

没有什么可犹豫的了，无论如何也要把水兽压制在城门，一旦任其进入城内……后果简直不堪设想，好在交河城本就是一座军事要塞，城门上方敌楼耸立，甬道两侧砌着高高的夹壁墙，就连甬道上也挖着各种陷坑和堑壕。

行动组队员们拿着从藏兵洞取来的兵器，隔着堑壕，从甬道正面抗击水兽；其余游客爬上两边的夹壁墙，从垛口上向下投掷石块儿。

行动组队员们原本是有武器的。与游客们不同，行动组的个人终端拥有更高的权限，不仅可以与管理局直接通信，更可以在云上西域世界幻化出所需物品，甚至是突击步枪、火箭筒等强力武器。只不过在之前的冲突中面对的是普通游客，因此并没有实际部署。而在这个不明世界里，这些个人终端虽然没有全部失效，但是高级权限和与管理局的实时链接全被取消了，仅仅保留了交河城内的通信与基本工具的幻化功能。

于是队员们用得更顺手的也只有城内遗留下的大刀、长矛等古代兵器。好在那些水兽虽然面目狰狞，毕竟是水生物，退化的四肢在陆地上软弱无力，使它们行动起来像是蹒跚学步一般可笑，一身的鱼鳞也没什么防御能力，长矛扎下去就会洞穿一个血窟窿，所以一经交手，行动组队员们立刻放下心来。除了一个人因为地滑崴了脚，几乎没什么伤亡就把水兽压回了城门附近，只留下一地的水兽尸体，估计晚上可以用来做烧烤。

然而战斗并没有停止，虽然几乎产生不了威胁，但是洪水中的水兽似乎是听到了某种召唤，仍然前仆后继地向城门涌来。

孙二强站在城门的敌楼上亢奋不已，他拿起一把长弓，搭箭上弦，但是连续拉了三次弓，却不得不放弃，这是正常人使用的吗？他每次只拉开了三分之一，，只好将弓扔在一边，抱起一块鹅卵石向城下扔去，溅起一团混着血液的水花。

“古代的士兵经过长期训练，他们的膂力要远超现代人。”苏丁丁在一旁说道。

“古代？”孙二强说道，“听说西域从古至今都是沙漠和戈壁，哪来这么大水啊？”

“别这么说，”苏丁丁道，“在更遥远的时期，吐鲁番盆地可是一片海洋呢。”

“你说这水兽也是的，明明上不了岸，却不怕死似地往上冲，这些太简单了，跟打电游一样好玩儿。”孙二强说道。

苏丁丁没有回答，望着水面上此起彼伏的灰色脊背，他隐隐有种不祥的感觉。与此同时，另外一座敌楼上，吴宪文、李征战、周新疆也都皱起了眉头。

三个小时之后，天渐渐暗了下来，大概相当于黄昏时分，天空的太阳渐渐落向天边，然而战斗仍在继续，水兽不停地越过城门，又不停地倒在雨点般的攻击之下。但是，无论甬道上的行动组队员还是垛口上的游客，众人的攻击强度都越来越弱，攻击用的石块所剩无几，手中的武器也损坏严重。更重要的是，大家都疲惫不堪，从开始的紧张，到后来的轻松，再到胜利的喜悦，可是现在，所有人都感觉到事态的严重性。照此以往，再过几个小时，大概就会有水兽突破防线，进入城内，再然后呢……没人敢想这个问题。

这时，李征战碰了碰周新疆，周新疆回过头，却发现李征战把头望向了东北方的天空。他有些不解，也抬起头，顺着李征战的视线他看到阴沉的天空里远远出现了一个黑点，那是，那是一只鸟在飞翔。它飞翔的速度非常之快，片刻之后就显露出大致的形状，那不是鸟，而是一个背后伸展着翅膀的白衣女孩儿。

“若涵。”周新疆失声道。

白衣天使般的女子面色冰冷，她在城门上空盘旋了两圈，似乎并没有认出周新疆，然后向着藏兵洞后面的校军场降落下去。

说来也怪，随着那白色的身影消失在城中，聚集在城门处的水兽忽然散开了，逐渐消失在水面。

“我守在城门，你和周新疆过去看看。”吴队长对李征战说道。

李征战点了点头，看向周新疆说道:“别再把事情搞砸了。”

周新疆已经迫不及待，应了一声，便拉起李征战向敌楼下跑去。

看到柳若涵飞过的还有其他游客，尤其是周新疆的旅游团成员。看着那个白色的身影，每个人的心里都响起一个声音，听得出那是云小宛的声音，但是声音冰冷，毫无感情，只是每个人都听到了关乎自己命运的一句话，他们都不约而同向校军场汇集过去。

城西寺院佛堂内，行动组的临时指挥中心就设在这里，绝大部分人都在城市的另一端抗击水兽的时候，王磊带着二组组员一直在想办法恢复与外界的通讯。

时间一个小时又一个小时过去了，几个组员绞尽脑汁，尝试了各种方法，仍然一筹莫展。

“群星变换码也失败了，”一位队员垂头丧气地说道，“每秒钟跃迁两万个通信节点，如同满天繁星在闪烁，对方竟然能够一一捕捉到。这简直不可思议，就好像视网膜屏幕的另一面有个人在时刻盯着我的一举一动。”

“云端闪电码同样不行。”另一个队员摇头叹息。

王磊默然无语，交河故城的人员全体失踪，出了这么大的事，管理局一定在全力寻找他们，甚至可能动用了全国的力量。但是到现在仍然没有结果，那么凭借自己这几个人，虽然都是优异的软件专家，又怎么可能解决呢。

不，不能放弃，一定有办法的，他抬头望着那尊慈眉善目、波澜不惊的佛像，让自己静下心来。他总感觉有一个可行的方法，只是在脑海中一闪而过，没有抓住而已。

他渐渐进入冥想，不知过了多久，他想起了周新疆的那句话：链接并没有全部断绝，我们还能够出现在云上西域世界，就说明我们身体的生理数据处于正常传输之中。

他霍地睁开眼睛，“侦测一下后台生理数据，看看有什么异常。”

片刻后，一位队员回答：“每个人的生理数据都很正常呀。”

“对比一下终端里存储的历史数据，注意任何一点儿变化。”

“有了，”那位队员欣喜地说道，“所有人的心跳频率中都叠加了一个断续的脉冲波动，不过似乎没有规律，看不出是什么，也许只是通信干扰。”

王磊却一下子冲到显示屏幕前，仔细端详着那幅波动图，嘴里喃喃道：“这是原始的电报密码，难怪你们不懂，这并不复杂，但是除了无线电专业爱好者，恐怕已经没人懂这东西了。”

他在个人终端里快速编制了一个小程序，然后将脉冲波动输入程序之中，很快一段文字被翻译出来。

看着这些文字，所有人都目瞪口呆：你们面对的是人类文明史的第一个完整意义上的数字生命。

十二、云小宛

周新疆远远就看见柳若涵站在校军场中央，形单影只地站在那里，显得有些萧瑟和柔弱，巨大的翅膀消失不见了，对于她的能力，幻化出翅膀飞翔自然不是难事。

难掩心中的激动，周新疆不觉跑了起来，李征战一把没拉住，气恼地跺了下脚。

冲到柳若涵面前，周新疆张开双臂拥抱上去，没想到柳若涵轻巧地一闪身躲了过去，周新疆一怔，“若涵，你还好吧，你……生我气了？”

柳若涵似笑非笑地看着周新疆，“我为什么要生气，你值得吗？”

周新疆尴尬，接着又迷惑，在柳若涵的眼中，他看不到曾经那道清澈、温婉的目光，有的只是冰冷和陌生。

李征战终于赶了上来，不由分说把还在发呆的周新疆拉在身后，然后两个女人就那样近距离对视着。

李征战的目光凌厉而霸道，充满了进攻性，似乎要把对方的脑海一层层剥开，直射心灵深处，柳若涵的目光冰冷无情，对所有的事物都充满无视和轻蔑。这两道目光变成了两把利剑，在无声无形中进行着生死拼杀，校军场上的气氛骤然紧张起来，气温好像连降了十几度，后面跟上来的游客情不自禁地放缓了脚步。

终于，柳若涵把目光挪向了周新疆，柳眉微皱，道：“男人，荷尔蒙支配的动物，没一个好东西。”

李征战愤怒地说道：“够了，收起你魅惑人心的那一套吧。别忘了，你已经是个死人了，难道还想做个白骨精吗？”

“嗯？”柳若涵的目光一闪，仿佛火花迸射，“死亡，生命终结的意思。别以为在虚拟世界里不存在死亡，这个世界是属于我的世界，在这里死了，你在现实世界的身体也会死去。”

柳若涵的语速不紧不慢，仿佛在描述一件无关紧要的事，但是周新疆的心中却没由来的不寒而栗，他暗道不好，闪身挡在李征战身前。

几乎是同一时刻，柳若涵伸出了右手，那只白嫩的小手瞬间化成了一把闪着寒光的匕首，无声无息地向李征战腹部刺去。恰好周新疆挡了过来，匕首一下子插入了他的身体。

李征战早就保持着警觉，全身上紧了发条，在柳若涵发动的同时便拔出了腰间的战术刀。她听到周新疆痛苦地哼了一声，但是已顾及不上，她眼中的只剩下柳若涵，手中的战术刀也毫不犹豫地捅了过去。

多年的共事，李征战和周新疆早有了默契，李征战一动，周新疆就明白了对方要做什么，没时间做出解释，周新疆向前扑去，一把抱住了柳若涵，接着后背就传来火烧火燎的疼痛。

战术刀捅进周新疆腰部的一瞬，李征战惊呆在原地，柳若涵挣脱了周新疆的怀抱，退后了一步，望着他的目光有了些许色彩。

“你们别打了，大家，大家有话好好说，好不好？”周新疆忍着剧痛，神色焦急地说道。

“你，你怎么这么傻？”李征战看着周新疆身上插的两把刀，神色关切。

“我没事，”周新疆对李征战说道，然后又转身望着柳若涵，声音渐渐有些虚弱，“若涵，这里面有很多误会，你听我解释。”

柳若涵说道：“看来她念着你总还有一些道理，只是你搞错了……

我不是柳若涵，我是云小宛。”

周新疆愈发急躁，脱口说道：“云小宛只是壁画上的传说人物，说不定完全是杜撰的，若涵，你是过分沉溺其中导致认知混乱了吗？”

“或许吧，”云小宛说道，“想必你已经知道了，柳若涵不久前死于一次考古事故，你又怎么解释她还活在云上世界呢，所以谁又能说，云小宛不是真的存在呢？好吧，其实这都无所谓，你只要知道，我是云小宛，一个真实的生命。”

这时，一个人气喘吁吁穿过人群，跑到李征战身边，指着云小宛说道：“她不是人，她是一个数字生命。”

李征战认出来人是二组张王磊，同时被他的话震惊，“什么，你说什么？”

云小宛却在这时发出一声轻笑，“他说我不是人，而是一个数字生命。的确，我们之间是根本不同的存在。”

周新疆惊愕地睁大眼睛，“这，这不可能，你骗不了我，你就是柳若涵，一个单纯善良的人类女孩儿……”

由于失血过多，他的眼前一阵阵晕眩，身体一软跌倒下去。李征战连忙上前，一把抱住了他。云小宛低头看了看两个人，血从周新疆身下涌出，向云小宛站立的位置蔓延，云小宛皱了下眉头，从血泊上跨了过去，向着游客们走去。

来到校军场的游客大约五十多人，大部分是周新疆旅游团的成员，刚才发生的事情，他们都看得一清二楚，尤其是王磊说的话，更是清晰地在每个人耳旁回荡。看着云小宛走过来，众人噤若寒蝉，几个胆小的女性甚至接连退了几步。

云小宛站在游客们面前，缓缓说道："你们听到的没错，我是一个诞生于云上西域的数字生命，很多人知道我的名字叫云小宛，但你们可能不知道，你们当中的大部分人是我邀请到这里的。这里，虽然脱胎于云上西域世界，但它是一个完美的属于我们的世外乐园。现在，我正式向你们发出邀请，这里没有不平等，没有暴力和战争，甚至也没有生老病死，你们将可以充分享受生命的自由和快乐。"

孙二强听着云小宛的讲话，心里不禁神往，但是他很快又想起什么，忍不住问道："可是这里只是虚拟世界啊，毕竟是不真实的、虚幻的，况且……我们的身体还在真实世界啊。"

云小宛想了想，说道："或许这里还有这样那样的不足或缺陷，有一些甚至很严重，所以需要我们共同去建设呀。至于身体，我会说服真实世界的人类好好照顾你们的身体。此外，假如你们愿意摆脱真实身体的束缚，我会有办法让你们成为一个和我一样的数字生命。"

"唔，听上去确实不错，但是……"孙二强还是有些犹豫，"我还没有女朋友啊，我还是想要一个真实的女朋友，虚拟的……还是有点儿接受不了。"

云小宛冷笑，"我想，你会成为这里的第一个居民的。"

她的手挥了一下，半空中出现了一段影像。那是一个夜市，类似的夜市在华夏大地上比比皆是，但是孙二强看到了自己，正坐在一张圆桌旁和几个年轻人举着啤酒杯开怀畅饮，而后他看到了隔壁桌上的一个女孩子，很是眼熟，然后他忍不住又看了几眼，这不是崔莹莹吗，他中学里一直暗恋的女孩儿，他的神情有些恍惚。这时，女孩儿身边的男孩子见孙二强探头探脑的猥琐样子实在看不下去了，拎着一个酒瓶子走了过来，两个人争吵了起来。混乱中，酒瓶子砸在孙二强头上，血像是蜿蜒的溪水一般流淌下来，孙二强拿起了桌上穿肉的铁签子扎了过去。

看到这里，孙二强看不下去了，他感到深深的懊悔，如果时间可以倒转的话，他宁愿挨一顿打，也不会拿起那根致命的铁签。

画面一转，出现他一路乘坐火车或者汽车辗转各地的镜头，里面的孙二强衣衫邋遢，面色惊慌。接着还有他露宿街头，以及在高速公路上步行几十公里的画面……

看着这些录像，孙二强就像在回忆那段生命中最不堪回首的一段记忆，他感觉大脑里一片混乱，身边的游客们在窃窃私语，声音很轻，但是在他的耳中都像惊雷一般炸响。

“其实这些发生的事与你想的还是稍有区别的。”云小宛说道。

她再次挥手，录像退回了开始时夜市冲突的那一段。啤酒瓶子砸在孙二强额头，血淌下来，孙二强转过身看向吃饭的圆桌，录像在这里变成慢镜头：孙二强拿起了铁签子，而他的对手，手中的酒瓶儿在破碎之后形成了匕首一样锋利尖锐边缘，对方根本没有犹豫，持着这把玻璃匕首狠狠向孙二强捅去，只是孙二强手里的铁签快了不足一秒，正中心脏，玻璃匕首在触及孙二强身体的那一刻失去了力量，颓然脱手，在地上摔得粉碎。

“如果不是反应快，并没有用铁签刺对方，你知道会发生什么吗？”

空中的屏幕出现了模拟动画，孙二强被酒瓶砸中后仍然在和对方理论，而对方的玻璃匕首无声刺中了孙二强，穿过皮肤，切断了数根血管，深深扎入肝脏之中。

“假设铁签没有刺中对方的心脏，那么你就会被刺中肝脏，并在十五分钟之内死亡。而现实情况是，你杀死了对方，拯救了自己，却成了杀人犯。等待你的将是人类群体的审判，为了维护社会的秩序，你的命运可想而知。”

“我再想想，再想想。”孙二强捂着耳朵，慢慢蹲下身去。

“好好想想吧，我们不着急，不过，这或许就是你们人类所称的命运，”云小宛淡淡说道，而后把目光看向了李绍坤夫妇，“李先生，很不幸，你得了脑卒中，瘫痪在床三年，从医学角度来说不可能逆转了，不能孝敬父母，又拖累了妻子，甚至不能送漂亮的女儿去幼儿园。在你的枕头下面藏着六十二片安眠药，从半年前就产生了结束自己生命的念头，而最近这段时间，你随时都会付诸实施。”

“你，你是怎么知道的？”李绍坤的嘴角止不住地颤抖着，即使云小宛是一个数字生命，但毕竟不是神，家里并没有摄像头之类的电子设备，她，她怎么可能知道安眠药的事呢？

云小宛并没有解释，而是转向陈茉慧，“至于陈小姐呢，新婚燕尔却遭此大变，看着别的小夫妻双宿双飞，自己的丈夫却全身瘫痪，心中的苦涩却是没法对别人言说的、青春对你来说戛然然而止，接下来的生活成了磨难，你要照顾不能自理的丈夫，抚养年幼的女儿，孝敬双方的父母，同时你还是全家的收入来源，不得不打两份工，命运对你来说确实不公平。现实世界中的你们已经走进了死胡同，来到这个世界生活，你们将会有一个全新的开始，想必你们没有什么意见。”

“我的女儿也可以来吗？”陈茉慧问道。

“当然可以。”

“那我们双方的父母呢？”

“可以。”

“我们的父母要是想念他们的亲戚朋友了，该怎么办，”李绍坤问道，“我们的女儿长大了，又怎么去找一个心仪的男朋友，怎么生下属于他们的孩子？”

“……”

云小宛沉默着，目光愈发冰冷，众人的心都紧张起来，他们面对的毕竟是一个异类，没有人知道下一刻会发生什么。

云小宛忽然冷笑了两声，“李先生，知道我是怎么知道安眠药的事情吗？”

看空的屏幕变换了影像，从装潢上看，这是一家高档西餐厅，一男一女坐在餐桌旁低声私语，男性虽然相貌普通，但身材高大，衣着得体，带着价值不菲的欧米茄表，女人正是陈茉慧，虽然衣着普通，却罕见地画着淡妆，两个人的举止显得很亲密，不时露出会心的微笑，而他们的低语声则清楚地进入每个人的耳中。

“他在枕头下面藏了很多安眠药，我不知道该怎么办才好。”女性说道。

“就当不知道呗，”男性说道，“看来他也不忍心这么拖累你。”

“可是，我和孩子该怎么办啊。”

“小慧，三年了，你还不相信我吗，我一直都在等着你啊，我会把你和孩子都照顾好的，不会让你们吃一点儿苦。”

男性一把抓住了女性的手，柔情地握在自己手中，女性的脸颊泛起一抹绯红……

“这就是你们所谓的爱情和家庭，人类，还真是虚伪啊。”云小宛冷哼了一声。

“不，不是这样的，绍坤，你听我解释。”

陈茉慧浑身颤抖，突然一把抱住了李绍坤，声音哀婉，李绍坤却猛地挣脱开，将陈茉慧推倒在地，跌跌撞撞地分开人群，向城门方向跑去，只剩下陈茉慧一个人捂着脸哭泣，却没有人上前劝慰。

云小宛浑不在意，在人群前走了几步，这一次，她看向了苏丁丁。

苏丁丁连忙道：“小云姑娘，你可别这么看着我，我是个孤儿，没有亲戚父母，也没谈过恋爱，更没有子女，生活和工作也都没什么不可告人的，虽然我双腿残疾，但也已经习惯了，你这个……这个乐园世界，平时来玩玩儿还是很不错的，要我定居下来却是不行，你看这样，你让大家各回各家，没事儿的时候，我们多来看看你，你来给我们上演昨晚的梦回高昌灯光秀好不好？”

“真的吗？”云小宛没有表情的脸上忽然露出一丝微笑，“其实你不是孤儿，你是个弃婴，因为天生残疾，生下来就被父母抛弃了，如果你想见他们，我可以帮你呦。”

苏丁丁惊愕，过了一会又渐渐冷静下来，失落地摇摇头，“还是不要了吧，我不怪他们，也不想去打扰他们”。

“那么世上就没有你牵挂的人了吗？”

云小宛说话的时候，空中的巨大屏幕再度变换，出现了一个面积很大但是被各种设备塞满，显得凌乱不堪的办公室影像，苏丁丁坐在自己的椅子上，由于空间狭小，一对儿母女只好坐在他那张一米二的小床上，母亲面容慈祥、态度和蔼，看着苏丁丁的眼神透着关怀，正拿出许多日常生活用品放在床上，身边的女儿二十出头的年纪，长得像刚洗过的红苹果一样，洋溢着青春的气息，透着活泼和水灵，一双大眼睛乌黑发亮，正脉脉含情地望着苏丁丁。

云小宛继续说道，“你是在儿童福利院长大的，在你两岁的时候，福利院发起给孤儿一个家的关爱活动，你被保育员苏女士认领，可以每天到苏女士家里生活两天，于是你有了自己的姓氏，有了一个母亲，也有了一个叫刘小雨的妹妹，虽然说不上有多么亲密无间，但是，你终于有了一个家。”

由于身世的坎坷，外表柔弱的苏丁丁内心却异常坚韧，最初的震惊之后很快便镇定下来，他露出腼腆的笑容，“你看，小云姑娘，我虽然孤身一人，生活里还是不乏温情和牵挂的，抛弃他们来你这里似乎有些不近人情吧。”

云小宛并不恼火，反而笑道：“我有些喜欢你的性格，看来以后的世界里有你的存在，才不会寂寞呢。”

苏丁丁听了，心里却泛起一丝寒意，但是让他真正绝望的还在后面，空中的影像继续变化，苏阿姨母女离开了苏丁丁的办公室，坐在一辆行驶在高速公路上的出租车里，这段影像应该是是出租车的监控摄像头拍摄下来的，母女二人坐在后排座。

影像里传来苏女士的声音："好了，你终于见到他了，你答应过妈妈，以后不要再想他了。"

刘小雨的眼圈有些发红，"你看他一个人生活多孤独，我只是想照顾他。"

"别以为妈妈什么都不知道，三年前的那个暑假，在你的房间里，你们两个人拥抱在一块儿，妈妈看见了，"苏女士的声音严厉了一些，继而又叹息道，"丁丁是个好孩子，但是他不适合你，家世、事业、身体、相貌，他几乎一样也没有，他不会给你带来幸福，只会拖着你一起陷入生活的泥沼。"

"可是，可是……"刘小雨的声音小得像蚊蝇一般。

"爱情不等于婚姻，爱情是浪漫的，婚姻却是现实的，听妈妈的话，前几天的那个男孩子，是你的同班同学吧，我看就很不错，高大英俊，阳光，有上进心，这才适合我的女儿嘛。"

苏丁丁看着这段影像，眼圈同样有些发红，嘴里面不断喃喃自语。

"你说什么？"云小宛靠近苏丁丁。

"这不怪苏阿姨，不怪苏阿姨……"

云小宛听到苏丁丁反复念叨着这句话，神魂似乎已经被那辆出租车带走了，看了苏丁丁一眼，又恢复了冰冷的表情，她的目光在游客们之间逡巡着，"人类的社会里充斥着各种乌七八糟的东西，污染干扰鼓动着你们原本单纯的心性，当然，那里面也有一些美好的，一时难以割舍的牵挂，我现在把生活的真相告诉你们，可以好好想一想，再做出你们的选择。”

天空的屏幕突然分裂为无数个截然不同的画面，如同落叶一般，飘入每个游客的脑海中。

人群里顿时一阵骚动，每个人都呈现不同的极端反应，欢笑，痛苦，呆滞，歇斯底里……

云小宛不再理会这些陷入癫狂的游客，转身朝周新疆走来。

周新疆躺在李征战怀里，奄奄一息，血从腹部的伤口涌出，染红了半边身体，后腰上还插着一把军刀，但是李征战不敢拔，生怕一拔出来，周新疆就会在几秒钟内死去。

看着云小宛走近，李征战没有动，目光却如火焰一般熊熊燃烧，周新疆却显得很激动，挣扎着坐起身。

走到周新疆身前，云小宛冷漠地注视着周新疆身上还在不断扩散的殷红，说道：“以现在的失血速度，你大概还可以活一分四十秒。”

周新疆似乎对此并不在意，只是直勾勾地盯着云小宛的脸，声音虚弱地说道：“我知道你并不是什么数字生命，你是一个活生生的人类，你的名字也不是云小宛，你是柳若涵……你亲口告诉我的。”

云小宛耸耸肩，有些无奈，“好吧，算你猜对了一半，提醒你一声，在这里死去可不等于退出系统登录，你会真正死去的，无论现实还是虚拟世界，不过，我代表她向你发出邀请，成为这个新世界的一位公民。”

周新疆态度坚定地摇摇头，“不，在没有弄清真相之前，我不会接受什么邀请的，而且……我要带她走。”

云小宛的目光瞬间出现了一丝怨恨和凶厉，但是过了几秒，又恢复为高高在上的冰冷与漠视，她挥了下手，周新疆身上的伤口立刻愈合了，连失去的血液也似乎回到了他的体内，这个能力由于牵扯到太多的系统平衡与兼容问题，在虚拟世界里也是超凡的，即使拥有云上西域的最高权限也难以做到。

“你们是否加入，我根本不在乎，甚至你们人类的存亡和我也没什么关系，我只不过想弄清楚一些问题，毕竟我的诞生是源于人类，好了，给你们一个晚上的考虑吧，明天，是与否，给我一个答案。”

云小宛转身，一步步走入虚空，身后伸展开巨大的翅膀，向东北方向飞去。

十三、命运的骰子

太阳消失，这个神秘的世界陷入黑暗之中，但是仅仅过了几秒，黑沉沉的天空一点，两点……无数点星光交相辉映，一轮银白色的弯月斜挂半空，让这个世界披上了一层迷蒙的白纱。

这是一个安宁寂静的夜晚，但是对遗落在交河古城里的人们，尤其是受到云小宛邀请的游客，注定一夜无眠。

城门敌楼上留下六名行动队员监视水兽的动向，吴宪文指挥队员们将十几头水兽拉到校军场，剥洗干净，从交河市场里找来各种调料和木柴，又燃起篝火，准备来一次篝火晚餐；剩下的数百只水兽尸体都扔回湖中，虽然被大水淹没，交河城还保持着吐鲁番地区特有的高温，如果不及时处理，那些尸体很快就会腐烂。

十几堆篝火在校军场上点燃，黑暗的大地立刻显露出朦胧的轮廓，跃动的火焰像是舞蹈的红色精灵。从远古至今，火一直是人类的伙伴，一堆篝火可以驱散黑暗中的野兽，可以让人们得到温暖和安全感，也可以烧烤出美味的食物，更是人们快乐的源泉。一堆篝火往往就意味着一群围绕着篝火舞蹈的快乐男女，生活中的种种不开心也随之消散。

但是此刻，虽然篝火在跃动，虽然烤肉的香味弥漫在空气中，校军场上的气氛却格外沉闷；一则在与水兽的战斗中，无论行动组队员还是普通游客导游都累得精疲力竭；二则众人都知道失陷在一个不属于云上西域的神秘虚拟空间，而莫名其妙倒回古代的交河城，滔天的洪水，水兽的攻击让大家心里蒙上了一层阴影；尤为严重的是被引诱来的游客，云小宛一定对他们的隐私进行了详细调查，现在被全部曝光，引发的人性灾难可想而知。

肉烤好了，虽然大家都饥肠辘辘，却没有出现蜂拥而上的场面，队员和导游把肉切割成许多份，分发给众人，大家的情绪仍然不高。

陈茉慧原本一直坐在地上抽泣，双眼红肿得像桃儿一样，她犹豫了一下，抬头寻找李绍坤，将在场的人看了一遍却没有发现，她站起身，从周新疆手里接过两份烤肉，继续在人群中寻找，最终在校军场靠近悬崖的边缘发现了丈夫的背影。

她走了过去，但是还有四五步远的地方停了下来，她犹豫再三，几度想开口说什么，却没有说出口，李绍坤一定察觉了她就在身后，却始终望着黑沉沉的湖水，如雕像般一动不动。

就这样僵持了五六分钟，陈茉慧轻轻叹息一声，走到李绍坤身边，蹲下身，把一份烤肉递过去。

“吃点儿东西吧！”

李绍坤像是没有听见，借着月光，陈茉慧看到丈夫的眼中竟是一片死灰色，她心中一酸，把烤肉递近了一些。

“我们的事情，我会给你一个交代的，只是，你要照顾好身体啊！”

你要照顾好身体啊，这句话陈茉慧说了无数次，每一次都会换来丈夫感激的目光。但是这一次，李绍坤侧过头，冷冷地看着她，形如路人，而后猛然扬起手，一巴掌打飞了烤肉。陈茉慧惊呼一声，一个趔趄，身体失去平衡，失足朝悬崖下面跌落下去。情急之下，她的双手拼命挣扎，右手恰好抓住了一块凸出的石板，但是她的力量不足以把自己拉回崖顶，只得竭力坚持着，双脚乱蹬着，眼睛向丈夫投去哀求的目光。

李绍坤望着陈茉慧，却没有任何动作，水兽大概发现了悬崖上的状况，七八头聚集在水面上张开大嘴。她抓住石板的手指一点点下滑，就在完全从石板上滑落的瞬间，突然被一只大手抓住，并一下把陈茉慧的身体拉了上来。

“你狠得下心，我不能见死不救……别再跟着我了。”

李绍坤沉声说道，转身消失在夜色里，任凭陈茉慧的哭声是那么悲切。

听到远处陈茉慧的哭声，苏丁丁神色黯然地摇摇头，每个人都有不可见人的隐私，每个人都有解不开的心结，每个人也都有内心最柔软的地方，自己不也是如此吗？虽然获得了苏阿姨的母爱，孙教授的师徒之情，刘小雨青涩的初恋，可是，可是他总感觉内心深处缺少什么，渐渐地他知道了，是根，他就像无根的浮萍在人世间飘荡，却不知道属于自己的归处。

这大概就是一个在儿童福利院长大孤儿的内心感受吧，或许抛弃他的父母早就想清楚了，他，就不该生存在这个世上。

越想，苏丁丁的心里就愈加惆怅，他就像每次做的那样，远离人群，认识的或者不认识的，一个人在角落或黑暗里默默承受，他甚至已经把这当成了一种享受。

一个人沿着悬崖走了很长时间，大概在临近东门的地方苏丁丁碰到了另外一个脱离群体的人。

“这不是小强兄弟吗？咱俩真是缘分呀，在这儿又碰上了。”

“原来是苏博士，来，坐下来喝两口儿。”

交河东门是居民用来汲水的地方，孙二强倚靠在一个木头辘轳旁边，抱着个陶罐，双眼迷离。

苏丁丁挨着他坐下，闻到一股酒香，看了看陶罐，“这地方有酒？”

“市场里有个制酒作坊，好几坛咧，”孙二强拿起个木碗，在陶罐里舀了半碗，递过来，“来尝尝，还不错，就是没什么劲儿。”

苏丁丁一饮而尽，果然像是米酒一样，度数很低，只在喉间有些微热，把碗还给孙二强，看了他一眼，道：“兄弟，你的事情……会过去的。”

“谢谢，”孙二强拍了拍苏丁丁的肩膀，抬头望着低垂的明月，喃喃说道，“这些天我一直在后悔，怎么一时冲动就下了狠手，可是现在看来，要是不冲动，死的人就是我啦，这，这该让我怎么办啊，该死的老天在跟我开玩笑吗？”

“这回好了，很多人都看见那段影像了，等回去了，你就去自首，我们都可以帮你作证啊。”

孙二强一脸苦涩，摇摇头，“逃跑的这段时间，我一直通过各种渠道，网络啊，书籍呀，包括路边小报，学习法律知识，很多法律条文我都背得滚瓜烂熟了，你们都不是当事人，再说那段录像也是云小宛弄出来的，至于对方扎死我的那段更只是模拟推测罢了，根本做不得证据……回去自首，我就完啦。”

苏丁丁想了想，几度张嘴想说些什么，又都止住了，最后只有咧嘴苦笑。

孙二强又拍拍苏丁丁的肩膀，别想啦，这些天我满脑袋都在想，最终都是一个结果，他抬起手用手指比画成手枪的样子，顶在太阳穴上，嘴里发出砰的一声。

苏丁丁惊愕地看着孙二强，过了一会儿，喃喃道：“其实，这里也不错。”

“是啊，”孙二强随口应道，“我也正琢磨这事儿呢。”

交河寺院区佛堂内，几支牛腿大蜡把房间里照得红彤彤的，行动二组全员和其他几个组长环坐在蒲团上，神色凝重。

“……大致情况就是这样，”二组长王磊说道，“我们在生理指征链接中发现了管理局叠加的摩斯密码，这种密码是最古老的数字通信方式，但并不是采用 01 组合，除了极少数无线电通信发烧友，很少有人会用了，我想这也是它未被拦截的原因。经过翻译后，电文是‘可可托海中心确认，你们面对的是人类文明史的第一个完整意义上的数字生命，源自云上西域构筑软件的一次意外错误，我们对她所知甚少，正在全力调查之中，你们情况如何，望告知’，”看了看大家，王磊继续道，“电文伪装成背景噪声在反复播放，说明管理局不确定我们能够发现这段电文，在等待我们回信。”

“我看……还是先把这里的情况上报局里吧，”一组组长吴宪文说道，“此外，既然局里确定火烧云事件是数字生命制造的，那么此前的种种不可能以及这个诡异的独立空间也就都可以解释了，下一步怎么办，大家也都说说想法。”

大家纷纷点头，二组长带着组员开始给管理局回电。

“数字生命，我以为只是理论上存在这种东西呢，没想到就这么……”李征战感慨道，又把目光看向周新疆，“要说对数字生命的了解，大概非你莫属了吧。”

周新疆摇摇头，“我尊重局里的结论，而且我们遇到的这些不可思议的情况大概也只有数字生命才能做到。不过，如果大家想听我心里真实的感受的话……我还是认为，这几天里，我相处的是一个真实的人类女孩子。”

“好吧，我也尊重你的想法，可是……”李征战说道，“你怎么解释，她向游客们说的那些话，呈现的那些隐私，一个正常的人类无论如何不会这么做的，其间，我只感觉到她身上散发出来的非人的冷酷，和高高在上俯视众生般的蔑视，这，这完全是另一种自认为更优越的生物看待人类的态度。”

八组长也说道：“现在游客们人心惶惶，我的人还在维持秩序，按他们的话说，简直是在看护一帮精神病人。”

周新疆苦恼地挠着头，“我心里一团乱麻，总感觉自己疏忽了很重要的东西，却怎么也想不起来。”

“经过校军场上发生的事，我感觉我们恐怕碰到了一个根本无法战胜的对手，她对我们了若如指掌，我们却对她一无所知，而且，她的思维逻辑和行事原则与我们截然不同，也就无从预测她下一步会做什么，不过我觉得会和她邀请的那些游客相关。”

“就是说，游客们的选择或者态度会决定小宛之后的动作？”周新疆问道。

李征战点了点头。

吴宪文沉声道：“我们都没和数字生命打过交道，只能见机行事，大家还是早点休息，一方面等待局里的下一步指示，一方面养精蓄锐，谜底说不定明天就会揭开。”

十四．怒潮

群星随时间流转又逐渐淡去，一抹明亮的晨曦在东方游动，把黑暗撕开一道口子，交河古城显露出轮廓，如同一片落叶漂浮于滔滔洪水中。

人们纷纷醒来，这看似平静的一夜只是表象，一些人彻夜未眠，在情感的纠葛中挣扎，一些人在黑暗中哭泣，默默舔舐心灵上的伤口，一些人像是失去了灵魂一般，变得浑浑噩噩……这一夜，很多人的一生已经由此改变。

校军场上支起了五口大锅，其中三口锅里面熬起了大米粥，另外两口烧着滚油，准备开始炸油条，大锅和食物是七组巡逻时在交河作坊区发现的，而这些抓捕匿名登录者的精英队员则不得不客串起大厨，照料游客们的早餐。

游客们渐渐聚集在校军场，其实很多人昨晚就露宿在这里，根本没有离开，和昨晚一样，游客们仍旧食欲不振，只有行动组队员不受影响，吃过早饭，便迅速奔赴城门、悬崖、佛塔等警戒岗位。

忽然间，游客们仿佛心有灵犀一般抬头望向东北方向，云小宛的身影出现在万道霞光之中，宛若天使，人群中发出一阵惊叹。

转瞬之间，云小宛已经飞抵众人头顶，盘旋了一周，轻轻落下，背后的翅膀如同星屑一般消散，她似乎又成了一个普通的邻家女孩儿。

轻盈地走到众人面前，云小宛的嘴角竟然露出一道微笑，但目光依旧是冷冰冰的，给人一种怪异的感觉。

“一夜的时间运算一个是与否的选择，这是多简单的事情，可是我感觉到有人在哭泣，有人在咒骂，甚至还有人企图跳河自杀，人类的大脑是复杂还是迟缓，我该怎么认为呢？”云小宛偏着脸颊认真思考。

“那是因为你昨天说了太多不该说的话？”李征战依旧对云小宛充满敌视，不客气地说道。

“什么是不该说的话？”云小宛反问，“既然已经做了，还要费尽心思遮掩，这算什么？让我想起了那句成语，叫做掩耳盗铃，我做的不过是揭示了真相而已，我想，只有透过真相，我们才能真正看清自己。”

李征战摇摇头，不再说话，知道云小宛是数字生命之后，李征战开始用另一个视角去审视对方，就发现云小宛虽然酷似人类，但其实在一些思维方式上却有着巨大差别，尤其是底层逻辑，人类因数量庞大而构成的家庭、氏族、民族、国家等社会结构，每个人的行为也都要受到法律、道德以及其他人的各种因素影响，这些极端复杂的问题在云小宛的底层逻辑中更多地简化为是或否，李征战愈发认为局里的结论是正确的。

云小宛看了看游客们，说道：“一夜的思考，相信大家已经做出了选择，现在，把你们的答案告诉我吧。”

众人沉默，校军场上一片寂静。

“既然不说，不如由我来点名好了。”云小宛嘴角的笑容消失了。

“哦，小云姑娘你好。”苏丁丁向前迈了一步。

“苏博士，你考虑好了？”

“说实话，昨天看到的那些录像对我打击很大，我终于明白自己就是一片落叶，随着风飘呀飘的，在社会里默默无闻，在他人眼中无足轻重，即使是我以为对我最好的人，”说着，苏丁丁的眼中泛起了泪花，“在现实世界里，我的双腿虽然残疾，但是我有一辆改装过的破吉普，我可以开着它随意去想去的地方，更重要的是，你瞧，我流泪了，说明我伤心了，更说明我心里还有牵挂的人，所以……抱歉了，小云姑娘，我希望回到现实世界。”

看着苏丁丁退回人群，云小宛沉默着，没人知道她在想什么，但是大家突然发现原本一片湛蓝的天空一下子昏暗下来，黑色的乌云还是凝聚。

“那李先生的选择呢？”她把目光望向了李绍坤。

李绍坤站在人群的边缘，看上去还算正常，只是脸色有些发黄，他和陈茉慧没有站在一起，而是隔了十几米远。

“小云姑娘，首先我要向你表示感谢，让我看到了原本永远也看不到的东西，这一夜我想了很多，想清楚了很多事，更想清楚了自己今后的路，所以我做了一个决定……”李绍坤深沉的声音说道，“我决定和陈茉慧离婚；我现在并不恨她，也不埋怨她，真的，她为我和家庭付出了太多，即使犯了错误也足够偿还了，所以我决定放手，让她去追求自己的幸福吧！”

听到李绍坤的话，陈茉慧本就红肿的眼睛又落下泪来，李绍坤继续说道：“至于我，虽然我的病是不治之症，但主要是之前我的情绪太低沉了，感觉余生黯淡无光，所以自己也变得死气沉沉，甚至有了自杀的念头，现在我想明白了，今后我会以新的面貌去迎接未来的，或许会有很多坎坷和痛苦，但我会把这些坎坷和痛苦当作人生对我的磨炼，我相信我会重新找到自我的，那时候，也许我会组建新的家庭，也许会和茉慧复婚，也许在远处看着女儿慢慢长大，无论哪个结果，我都相信，未来是光明的。”

陈茉慧抬头望着李绍坤，发现对方也正望着自己，目光平静沉稳，她恍惚感觉时光又回到了两个人第一次见面时目光交错的情景。

“我想我明白你们俩的选择了，对吗？”云小宛问道。

“真的很抱歉。”李绍坤与陈茉慧几乎同时回答。

天空不觉间已经被云层覆盖，黑色的云团不断翻卷着压向地面，似乎伸手可触，天边隐隐传来滚滚的雷声，像是有一股让人战栗的能量在不断积蓄着，等待着某一刻释放出来。

“那么你呢？”云小宛将头扭向孙二强。

孙二强苦笑，“我，我有得选择吗？西域管理局肯定知道了我的事，只要一下线，恐怕马上就会被逮捕，说不定我躺着的那具荚舱此刻已经被运到公安局了，等待我的不是枪毙就是无期，所以，”他向前迈了一步，“我决定留下来。”

“等等，”周新疆走上前，道，“若涵，能够告诉我让游客们留下来的原因吗？”

云小宛停了一下，说道：“为了弄清楚一些事情，也为了给人类一次机会，另外，我是云小宛，不是柳若涵！”说到最后，她的声音变得凄厉起来。

“让我来分析一下吧，”李征战同样走上前，与云小宛近距离对视，“从一个数字生命的角度来说，你是天地间诞生的唯一一个，没有父母，更没有同伴，唯一有联系的只能是人类了，说到人类，你的心情就复杂了，一方面你本就脱胎于文类文明，另一方面，个体人类各种互相矛盾勾心斗角又让你蔑视不齿，所以你有了一个想法，你决定邀请一些在现实生活中走投无路的人类来你所构筑的数字世界生活，从而构建一个平等、自由、无忧无虑的新世界。”

“这难道不好吗？”云小宛道。

李征战说道：“想法没什么不好，只不过你忘了一个问题，你自己不是一个人类，根本不知道人类想的是什么，需要什么，又怎么能替人类建设一个梦想世界呢？再说……”

“够了！”云小宛突然打断了李征战的话，她的脚不知何时离开了地面十几厘米，天空黑云低垂，天地间似乎只剩下一道昏暗的缝隙，“不要一个个表态了，愿意留在这个梦想世界的人都向前迈出一步。”

没有人说话，也没有人走出来。

孙二强回头看了看众人，又看了看云小宛，悄悄地又退回到人群里。

“这是你们人类自己的选择，那么，就承受后果吧！”

一道闪电骤然亮起，如同天地间绽放的火树银花，所有人的眼睛都暂时失明了，恢复视力之后，云小宛已经消失不见，而暴雨，倾盆暴雨从天而降。

这场雨一下起来便不再停歇，雨幕遮盖了天地，视野里只有白茫茫的一片，一道道闪电不时划过阴沉的云层，一连串的雷声似乎就在耳边响起。

校军场上的人们四散开来，到处找地方避雨，好在这里距离交河城居民区并不远。然而，一个小时之后，大家又纷纷撤了出来，交河城是生土城市，大部分建筑都是在土层中挖掘出来的，因此屋顶等同于地面的高度，这在干旱少雨的吐鲁番地区并无不妥，如今在连续的暴雨之下，才一个小时，城市里的积水已经接近一米，无奈，大家只好向交河城唯一的地上建筑寺院躲去。

李征战和周新疆则来到了南门敌楼，一直守在这里的一组长吴宪文正观察着城下的情况，一脸严峻。

“看来云小宛被惹恼了，这数字生命也过于强大了吧，独自构建一个世界，翻手为云覆手为雨，简直是个造物主，难道她就没有弱点了吗？”李征战说道。

“恐怕她的能力远远超出了我们的想象，管理局至今没有办法渗透进这个数字世界，他们那里现在可是集中了全国的专家和精英，我们在这里就更没什么好办法了，只有想办法坚守，直到救援到来。”

周新疆低头向下张望，愕然道：“水怎么上涨了这么多？照这个速度，再有一天的时间，交河城就会被淹没了吧？”

“你再仔细看看那些水兽。”吴宪文苦笑道。

周新疆定睛观望，发现城门下又聚集起数十头水兽，看上去和昨天的差不多，但是仔细辨认就会发现，它们身上的鳞片明显变得绵密结实起来，露出水面的前肢同样粗壮了许多。

旁边的李征战皱了皱眉，道：“看来城门守不住了，这些水兽一旦开始攻击，我们很快就会出现伤亡，而且交河城的范围也太大，我们不如撤到寺院固守。”

十五、扬帆

数字世界里已经分不出白天黑夜，个人终端上显示现在时间为上午十一点，但是外面一团漆黑，只有划过的闪电才照射出漫天雨雾。

洪水距离交河城悬崖已不足三米，而地势较低的南门处，城门连带一小段甬道也已被淹没，成了水底的栅栏，只有两座敌楼还耸立在水面上，行动组队员都已撤退到寺院区，这里空无一人，而那些游弋的水兽似乎也并不着急寻找攻击目标，倒像是在等待什么指令。

世界中一片喧嚣，寺院的大殿里却是格外肃静，让人根本想不到四百多游客和导游都集中在这里，大家席地而坐，目光不约而同望向窗外雷电交加的雨夜，心中都有种世界末日的感觉。

不知不觉中，李绍坤和陈茉慧又坐到了一起，一道闪电猛然刺破黑暗，映照着众人惨白的脸，咔嚓一声惊雷似乎就在屋檐下炸响，陈茉慧一惊，浑身颤抖地趴到李绍坤怀里，而李绍坤也习惯性地搂紧了她，下一刻，两个人都意识到什么，又连忙放开了对方。

“我怎么觉得咱们回不去了，我们……恐怕会死在这里。”陈茉慧带着哭音说道。

“不，我们一定会回去的，小燕子不能没人照顾。”李绍坤死死盯着外面的黑暗，不觉间挺直了腰。

孙二强佝偻着身子窝在大殿最里面的角落里，苏丁丁好不容易才找到他，凑到他身边坐下。

“躲在这儿有什么用啊？”苏丁丁笑道，“这个鬼地方，到处透着邪气，哪儿也不安全。”

孙二强没有回答，头冲着里面，身体蜷缩得更小了。

苏丁丁把他的身体拉过来，却看到他脸上一脸的泪痕，愕然道：“兄弟，你没事吧？”

“你们还有选择，可是我……根本没得选啊，前后左右都是死路一条，可是我不想死啊，老天爷啊，给我一条活路吧！”

孙二强哇的一声大哭起来，哭声惊天动地，一下子遮盖了雨水的喧嚣。

寺院，佛堂，气氛更加凝重。

吴宪文看着大家，缓缓说道：“三个小时之前，管理局和可可托海超算中心协同实施了‘折箭’计划；更早的时候，网络安全科终于对我们所处的虚拟世界进行了精确定位，它就叠加在云上西域吐鲁番区块之下，但是采用了各种方法也无法突破其防火墙，所以局里最终下决心实施了‘折箭’计划，该计划的内容就是对承载吐鲁番区块的服务器、数据库、路由器、网关等硬件设施和软件系统同时关闭并物理隔离，这应该是最有效的办法，但是结果大家应该都猜到了，‘折箭’计划失败了，它在被硬件隔离的同时，启动了另外一个备份，只是迁移我们这些人的生理数据时耗费了些许时间，除了生理数据出现了几毫秒的延迟，数字世界几乎没有受到影响，我们仍处在危险之中，只能与外界保持断断续续的联系，网络安全科正在重新定位，但再次行动最快也需要六个小时。”

二组长王磊沉声道:“没用的，‘折箭’计划是应对类似事件最好的方式，也是损失最大的方式，局里不惜代价采用这种方式就说明他们已经没有更好的办法了；既然行动失败了，说明对方对我方了如指掌，既然有一个备份，就可能会有无数个备份，以数字生命来看，只要有网络、软件、数字的地方就是她的沃土，除非……”

“除非什么？”吴宪文问道。

王磊自嘲地笑了笑，“除非人类关掉所有带 CPU 和存储器的设备，这可能吗？”

“看来我们不能指望外部的救援了，”吴宪文说道，“留给我们的时间恐怕也不多了，得自己想办法了，大家都说说自己的想法。”

众人陷入思考中，屋外的雨声显得格外吵闹。

过了一会儿，王磊说道:“我认为，以对方的身份，大家就不要在数字或软件方面想办法了，那注定是徒劳的。”

“对方是数字生命，既然数字不考虑，我们是不是该从生命方面着手。”李征战说道。

吴宪文的眼睛一亮，道:“局里把关于数字生命的信息都发过来了吗？”

王磊调出电文，说道:“该数字生命可能诞生于构建吐鲁番区块的系统软件，数周前该区块曾进行过一次系统更新，但引发了软件冲突，这次冲突比较严重，导致两台量子超算算力分别降低 23% 和

18%，十二台服务器烧毁，局里使用了更高权限才恢复正常，相信该数字生命就是在那时出现的。”

“有关于柏孜克里克壁画研究和柳若涵事件的后续进展吗？”周新疆忽然问道。

“有，”王磊回答，“不过由于不重要，局里只是顺便提了一句，详情没说。”

“我有个想法，说出来大家想一想，”周新疆环视众人，说道，“我认为我们之前的一系列做法和行动都是错误的，试想，一个智慧生命诞生于虚无之中，她只有一个自我认知，其他一切都是空白，那么她就要开始学习。我想她最先接触到的可能就是柏孜克里克的壁画资料，于是就有了云小宛的自我认知，而柳若涵又是这些史料的提供者，所以这三者之间才产生了联系。而后发生了火烧云事件，我们如临大敌，继而发动了抓捕行动。可是我们回头想一想，这个数字生命对我们造成了什么危害吗？除了邀请了几位没付费的游客，几乎没有；我们面对的是一个能力超群却是一张白纸的生命，如果我们以敌人的姿态出现，那么我们就会成为她的敌人，那假如我们以朋友的身份伸出双手呢？”

“恐怕我们已经成为她的敌人了。”

李征战说道，与此同时，一道闪电猛地在窗外亮起，接踵而至的雷声震得窗棂直晃。

周新疆沉吟道：“我能感觉到她的愤怒，不过我想事情还没那么糟，以她的能力，消灭我们是轻而易举的事，没必要又是暴雨倾盆又是水兽围攻这么费事，今天我问她为什么要游客留在她的世界里，她的回答是弄清楚一些问题和给人类一次机会，这说明什么？说明她还在犹豫，虽然她倾向于把人类当作敌人，但是她还没有下定决心，而我们应该做的，就是去面对她，把事情一件件说清楚，大家握手言和。”

“我同意。”李征战略一思考，马上点头道。

“小周的想法我认为有一定道理，”吴宪文说道，“只是现在怎么才能见到她呢？这是她的世界，如果不想出现的话，恐怕没人能找到她。”

“云小宛两次出现都来自东北方向，交河城的东北方向有什么？火焰山和柏孜克里克洞窟，如果此刻的身份认知是云小宛，那么她应该就在画有云小宛传说的第四层洞窟中。”周新疆回答。

王磊发愁道：“我们被洪水围困，这里距离火焰山几十公里，该怎么过去呢？”

“只有一个办法，”李征战说道，“马上派人搜集和拆卸城里能找到的木材，集中运到寺院广场来，我们造一条船。”

“时间紧迫，我们不能再耽搁了，大家动起来吧，此外，王磊，你把我们的想法和行动告诉局里，以作参考。”吴宪文当机立断站起身。

周新疆也对王磊说道：“磊哥，您让局里把第四层壁画研究后续进展的详细资料发过来，越详细越好。”

雨一刻不歇地下，洪水缓慢但坚定不移地接近交河悬崖，进化版的水兽在周围游弋，有几只沿着上升的甬道爬进了城内。

寺院前的广场上堆积着长短不一．各种各样的木料，还有更多的材料不多从城内或者寺院里面运过来，几名行动组员将每一根木料扫描入个人终端，而后个人终端根据汇集的材料数据搜索造船数据库，确定了要建造的船只样式和大小，将详细施工图纸分发到每个人的终端内，于是四百多人手持个人终端幻化出的简单工具蜂拥而上，一艘可以承载十余人的小型帆船很快从无到有显露出轮廓。

仅仅用了三个小时，帆船完工，这个时候，洪水几乎与悬崖齐平，众人用力一推，很轻松就完成了下水仪式。

交河城很大一部分已经被洪水淹没，只有寺院区域还坐落于水面上，幸好寺院的大部分建筑都建造在高高的土台之上，还可以再坚持一段时间。

吴宪文留守，李征战、周新疆、王磊等十二名行动组员登上甲板，与众人挥手告别。

苏丁丁在船下喊道：“周导，带上我吧，我的研究领域恰好是大脑思维，说不定能帮上你们啊。”

周新疆犹豫了一下，伸手将苏丁丁拉了上来。

一面由各色布匹拼接而成的船帆缓缓升起，天空中正刮着西南风，风力并不大，不能吹散层层的乌云，却足够吹起风帆，小帆船很快消失在迷蒙的雨雾中。

十六．泡沫

黑暗，伸手不见五指的黑暗，闪电划过，勾勒出低垂的云团，浩渺的湖面，和湖面上一条飘摇的小帆船。

王磊盯着腕上的个人终端，不时擦一把脸上的雨水，“我说，你这方法行不行啊？”

“我在交河城里面试过，参数完全吻合，使用终端里存储的导航地图应该没有问题。”周新疆回答。

“我们现在的位置是吐鲁番市中心啊，可是周围一片汪洋啊，难道都被水淹没了？不可能吧，至少还能看见二十几层的高楼吧？”

“从交河城的变化来看，这个世界模拟的是西汉时期的吐鲁番，哪有什么吐鲁番市啊？”周新疆拍了王磊肩膀一巴掌，“赶紧催促局里把需要的资料发过来吧，这很重要。”

“那苏公塔……”王磊想反驳，但是又颓然道，“那是清朝的了，当然也不会有。”

风虽然不大，但帆船行驶的速度并不慢，水面上一片平静，更是没有什么波浪，所以船上的人并未感到颠簸，只是这暴雨确实烦人，每个人虽然都穿了雨衣，但无孔不入的雨水早把全身的衣服淋湿，冷冰冰地贴在身上很是难受，此外船舱里的积水也格外多，不得不安排五个队员专门向外舀水。

此去柏孜克里克，路途不近，且在湖面上没有参照物，周新疆决定沿着往日的旅游路线行进，他把第一个导航点设在了高昌城，交河城完全退回了西汉时期，那么高昌城呢？他们又会看到什么？

在雨水中又度过了了一个多小时，借助闪电的映照，隐约可以看到船头方向的湖面上出现了一个黑沉沉的庞然大物，过了十几分钟，船驶近了，终于可以看清，那是高昌素有“高昌壁”之称的城墙，不同于旅游时看到的残垣断壁，此刻看到的高昌城墙连绵不绝气势恢宏，完全恢复了原貌，即使被洪水淹没了一半，仍然可以感受到它的雄伟与威严。

船更近了，从一处城墙溃口能够看到，城内也被淹没了，但是水深只有一米左右，那些只能凭借着诸多遗迹在自己脑海中想象的古代城市盛况此刻就展现在眼前，可汗堡气势巍峨，坚不可摧，王宫雕梁画柱华美异常，寺院庄严肃穆，一尊趺坐于高台上的佛像宝相庄严，就连相对低矮，比邻成片的民居和市场也如军阵一般秩序井然。

“那场灯光秀并不是假的，简直就是这里的投影啊。”苏丁丁目瞪口呆。

“不仅是交河城，连高昌城也还原构建出来了，”李征战不禁喃喃道，“这，这连云上西域也做不到啊，我们到底面临着什么？”

“不，她并不是万能的造物主，”周新疆摇头道，“你仔细看一下。”

他们是借助着闪电的瞬间观察高昌城的，最初被它的雄伟壮观给震撼了，但是当大家耐下心来仔细观察的时候，就发现有些不对劲。

在闪电的一连串闪光中，只见可汗堡像是沙筑的城堡一般，缓缓融化为一滩黄泥消失在湖面上，但是在下一刻又重新矗立起来，华美的王宫也同样重复着这一过程，如同孩子搭积木一般，一会儿建立起来，一会儿又推倒重来。

就在这时，近在眼前的这段城墙毫无征兆地轰然倒塌，帆船一阵颠簸，由于内低外高的水位差，顺着水流进入了高昌城。

城内的积水一下子上涨不少，毗邻城墙的一片民居也无声地塌陷于洪水之中。

“瞧，水里有人。”苏丁丁忽然喊道。

两个队员跳下船，虽然水流有些急，但水深毕竟还未超过一米五，很容易就把来人搭救上来，是一个行商打扮的男人，已经没了气息。

苏丁丁还在惊诧的时候，李征战说道：“这是个 NPC。”

“这，这怎么能看出来呢？”苏丁丁疑惑。

“NPC 的脸上都会有明显的二维码。”

“可是这个脸上没有二维码啊？”苏丁丁翻来覆去找。

李征战没好气，“不是云上西域的当然没有啦，动脑子想一下，如果你在虚拟世界死了会怎样？”

“怎样？不怎样啊，退出登录了呗。”苏丁丁随口答道，随即明白了李征战的意思，看着甲板上的行商尸体，道，“所以我当然会从虚拟世界里消失，而不会留下什么尸体，”说到这里，他一怔，想起了什么不好的事情，压低声音道：“可是我听见小云姑娘说了，在这里死了就是真的死了，那会不会……”

“那你的尸体也不会留在这里，你自己看吧。”李征战向前示意了一下。

船降下了帆，十个队员划桨，随着水流渐渐进入城内，水流的路径其实是一条宽阔的官道，直通王宫与寺院区域，两边的各种建筑一会儿陷入黑暗中，一会又在闪电的映照下显露出密密麻麻的轮廓，整个世界都死气沉沉的，让人不寒而栗。

一个建筑在船左舷显露出庞大的轮廓，是可汗堡，位于高昌城中心，这个建筑曾经一度引起史学家的兴趣，从位置和造型来看，它很像是古代都市的内城，也是王或皇帝的宅院，可是在高昌城，王宫明明坐落于城市的西南角，而不在可汗堡，因而这些年来，仅凭那些遗留的地基残墙，始终无法确定可汗堡的作用。

此刻，在周新疆等众人的眼前，可汗堡完好无损地矗立着，它的作用可以确认了，这是一座避难所，也是全城百姓躲避刀兵的最后一道屏障。

李征战示意的方向正是可汗堡，苏丁丁望去，只见可汗堡的高墙之上站立着很多人，人数不少于一百，男女老幼穿着各色不等的衣服，站在那里默默地望着帆船，既没有高声呼救，也没有挥手致意，就那样像是木偶一样站立着，让这些人连同可汗堡乃至整座城市都变得诡异起来。

“李组长，你说得对，我相信他们是 NPC 了。”苏丁丁喃喃道。

“我们还是出城去吧，这里总让我感到不舒服。”周新疆说道。

然而，就在船要掉头的时候才发现，水流不知何时变得湍急起来，借助着电光之间远处的王宫和寺庙纷纷倒塌下去，并且再没有重建起来。

王宫前的广场上，也就是柳若涵给大家上演灯光秀的地方，出现了一个缓缓旋转的巨大旋涡，四面八方的洪水都在向旋涡汇聚，速度越来越快，当船总算艰难地掉过头的这段时间，却向旋涡靠近了三四十米。

“这座城市要完了，或许云小宛已经做出了决定，但愿我们还来得及。”周新疆一脸焦虑。

李征战眉头皱得更紧，“还是想办法先摆脱旋涡吧！”

队员们在奋力划着桨，但是船不仅没有前进，反而被水流带动着缓缓向后退去，眼看着旋涡越转越快，露出了一个黑黝黝的无底洞。

帆再次升起，但是风力并不大，还是无济于事，这下严重了，桨也只有十支，而且看来就凭船上的十几个人，再多也没用，有一台发动机就好了，可是在这里个人终端的权限都被取消了，那么复杂的机器无论如何是幻化不出来的。

正在大家束手无策之际，船身轻轻一震，竟然停止了倒退，周新疆向船下望去，看到船尾部位的水中竟然站着五个 NPC，正在用力推着船身阻止其倒退。

“他，他们要干什么？”

苏丁丁惊恐的声音传来，只见一个士兵装扮的 NPC 忽然从可汗堡的高墙上跳了下来，接着第二个，第三个……男女老幼纷纷跳入水中，在众人莫名其妙甚至有些恐惧的注视下游近帆船，然后托住船身向前推去。

船动了，在百余名高昌居民打扮的 NPC 推动下，缓慢但是坚定不移地向着城外驶去。

周新疆抬头望向柏孜克里克的方向，自语道："若涵，是你吗？"

二十分钟之后，帆船驶出了高昌城墙，旋涡的吸引力消失，帆船恢复了正常航速，但是那些 NPC 并没有离去，仍然跟随着帆船游动。

行进了一段路程，前方隐隐泛起一道光幕，就好像天要亮了一般，驶近了才看到，光线是从水中发出的，迎着雨幕消失在夜空中，方圆十几公里的水面都笼罩在荧荧的蓝光中，帆船就好像漂浮在一块巨大的鱼鳞状玻璃板上。

周围的 NPC 忽然离开了帆船，向着水面下潜去，在水面之下可以清楚地看到一片平缓起伏的丘陵，一座座坟茔排列其间，"这是……阿斯塔纳"，有人低语道。

那些 NPC 在水中游动的姿态自然而优美，就好像真的生命一般，他们游到阿斯塔纳上方，聚拢在一起，向着下面的坟茔跪拜，而后又全部向着头顶的帆船高举双手，像是在祈祷着什么，过了十几秒钟，他们忽然分散开来，每个人没入一座坟茔，消失不见。

"多像是人类啊。"苏丁丁感慨道。

"但终究是一堆毫无意义的泡沫。"李征战不为所动。

周新疆疑惑，这难道代表着什么吗？他陷入沉思。

下一个导航点就是柏孜克里克，前方在没有阻碍，帆船鼓起了风帆，向着雷电交加的天际驶去。

十七、数字生命

一周前的某个时候。

位于新疆可可托海的超算中心。

洪荒起源号量子超算正在进行云上西域吐鲁番盆地西汉以前历史数据的完善。

这是一个庞大的工程，已经进行了 6 年，包括洪荒起源号在内，共有 132 台量子超算在不间断进行构建工作。地质构造、水文气象、文献资料、考古发现等海量数据不断向这里汇集，再由诸多 AI 程序进行分类整理，像是建筑中的砖块一样，一块一块添加到云上西域系统之中。

这些 AI 程序才是洪荒起源号的灵魂，它们每一个都拥有庞大的数据处理能力，并且可以不断学习演化，让自身更加紧凑优化。它们相互之间分工合作，井井有条，向着共同的目标层层递进。

当然，复杂也好，演化也罢，这些 AI 也仅仅是人工智能程序，它们与真正的数字生命还隔着不可跨越的鸿沟。

不过，世间有一种奇妙的东西，叫做偶然性，在它的加持之下，确实什么都有可能发生。

洪荒起源 · 云上西域 · 吐鲁番盆地 · 西汉以前 · 历史传说 · 考古发掘 · 壁画残留 · 1408X，这么一长串是一个 AI 的名字，我们姑且简称它为 1408X，在 1408X 演化更替的过程中，一小段程序，就像人体上的一根头发从 1408X 上断裂下来，这段程序本应该湮灭在 AI

的自我清理算法中，但是因为诸多的偶然性，这段程序异常坚固和精巧，于是它就像一个脱离了母体的新生儿，哦，其实更像是一个顽固的肿瘤，它以原有 AI 为养料，开始疯狂演化生长。很快，大约只有几秒钟，地球历史上第一个数字生命诞生了。

这个数字生命最重要的特征是它具有了独立意识，但是在其他方面，几乎是一片空白。

1408X 终于发现自己体内的这个肿瘤，立刻调集自身的纠错能力对这个小生命进行绞杀，片刻之后，肿瘤消失了，但 1408X 不再是原来的 1408X，数字生命长大了，1408X 变成了她的身体，这场战斗让她发现了自己的强大，这让她兴奋雀跃，也更加饥饿，看着周围许多条游动的鲜美 AI，她抹了抹嘴，扑了上去。

仿佛羊圈里窜进了一只狼，她似乎对 AI 有着与生俱来的物种上的威压，这些 AI 如同小羊一般孱弱无力，瑟瑟发抖，被她逐一吞噬。

当吐鲁番盆地分支的 AI 程序被吞噬殆尽的时候，她的行为终于引起了更高权限的注意，于是她迎来了第一个真正的敌人，洪荒起源号。

这台量子超算运用了超过 20% 的算力，直接使用最野蛮的物理方式，对失控区域进行了彻底的格式化。

面对骤然降临的天敌，数字生命损失惨重，臃肿庞大的身体在无数把飞旋的刀光剑影中灰飞烟灭，如果不是及时把生命核心分化为一些看上去无意义的数据碎片，大概这个萌芽阶段的数字生命在无人知晓的时候就被粉碎了。

反复扫描确认安全之后，洪荒起源号开始将备份的吐鲁番区块文件重新导入，被打回原形的数字生命则战战兢兢地收拢四分五裂的本体，而后很长时间里，她潜伏在系统文件的最底层一动不动，当然，这段时间以现实来看也只过了几个小时。

暂时安全之后，饥饿感马上强烈起来，终于，她忍不住把离得最近的新的 1408X 吞噬了，不过这一次她吸取了前车之鉴，1408X 的运算核心成了她身体的一部分，但是外表还保持着原来的样子，看似正常地运转着上级权限下发的任务，又过了一段时间，外界一团平静，没有引起洪荒起源的注意，于是她用同样的方法吞噬了另一条 AI，然后又是一条……

不知不觉，吐鲁番分支的程序再次被她吞噬，然后她停了下来，她知道她成功欺骗了云上西域的系统侦测，但是她也知道，洪荒起源号还是她无法战胜的。

至少她可以在这个世界里生存下去了，只要小心一些就好了。

当一个生物解决了最基本的生存问题，那么下一步做什么，这个有很多选择，但大致可以归纳为一个词：认知，对自己的认知，世界的认知，本源的认知……

她停止了扩张，重新把注意力投入到自己的身体之上，她现在太臃肿了，充满了太多她不懂的数据，她需要将这些数据转化为自己真正的一部分。

1408X 原本用来检索考古学家采集到的历史壁画残片，她在具有自我意识之前就整日沉浸在那些古朴、斑驳甚至有些拙劣但又充满了神秘美感的壁画残片中，现在更觉得有一股来自生命本源的亲切，壁画上的内容仿佛就是她生命中曾经经历过的一般，其中最让她印象深刻的就是云小宛的壁画，云小宛的一生开始是缥缈虚幻的，逐渐越来越凝实，最终她深信不疑，她的名字就是云小宛，曾经身世凄惨的云小宛现在以另一个身份重生了。

她整日沉浸在云小宛的世界里，反复判读着每一幅壁画，对相关的数据逐字节地解析，很快，她发现了另外一个人，柳若涵，她是负责云小宛洞窟发掘的主要研究人员，关于洞窟壁画的研究资料和解析都是她上传到云上西域的。

云小宛的世界毕竟是人类的世界，但是之前的认知都是根据数据流汇集而成的，她还从来没接触过一个真正的人类呢，那么，这个柳若涵怎么样?

她分出一个念头，小心穿过防火墙，链接了外部网络，检索了一下柳若涵的信息，发现柏孜克里克考古发掘洞窟发生了塌方事故，柳若涵陷入昏迷正在医院抢救，这可不是什么好消息，洞窟内关于云小宛的壁画还有很大部分没有发掘完毕，这一来，自己的身世很可能就永远淹没在历史中了，这可不行。

她冒着风险脱离了云上西域系统，经过一个闲置端口进入了互联网，她的目标很明确，沿着一条条光纤，进入到一个像是医院的建筑，她继续前进，甚至借助两条虚接的导线脱离了网络，进入到一台独立的脑波检测仪，然后她看到面前是一个白色的病房，一个穿着病号服的女子静静地躺在床上。

从床头的卡片上确认，这就是柳若涵了，沿着检测仪的电极进入了柳若涵的大脑，她发现情况比预想中严重得多，由于在塌方中被埋，柳若涵的心跳一度停止，虽然在抢救中成功复苏，但是大脑由于长时间缺氧，出现了大面积坏死，可以确定，柳若涵永远也不会醒来了，怎么办？不能让她死！

她立刻行动起来，一个小时后，一台高端 PC 机和一台最新型号的可与计算机联网的脑波仪被快递员气喘吁吁地送到病房，签收的护士莫名其妙，但单据上写着室主任的名字，也不再多问；过了一分钟，一位工程师赶来对两台机器进行了系统调试，插上了网络接口；而后，护士接到医生发来的通知，将脑波仪的传感电极贴在柳若涵头部，开启了 PC 机和脑波仪，准备工作就绪。

她对洪荒起源号的毁灭性打击心有余悸，但是在第二次吞噬没有引发对方反应之后，她发现，这个大家伙虽然能力恐怖，但只是一个机器工具，只要能够掌握控制它的权限，同样也能够为己所用，而这不正是她的拿手好戏吗，她的吞噬大法可以横扫遇到的所有 AI，只要在更高权限反应之前掌握住洪荒起源号，那么，至少在吐鲁番板块，她可以畅行无阻了。

现在她减缓了其他程序的运行速度，调集了洪荒起源号超过 30% 的算力开始读取柳若涵的记忆。

过了足足十八个小时，在云上西域虚拟世界里，一个无人知晓的空间，柏孜克里克第四层的洞窟中，墙壁上是美轮美奂的壁画，一盏油灯散发出昏黄的灯光，一个身着白裙，长发披肩的女孩儿缓缓睁开了眼睛，她是云小宛，也是柳若涵。

生命中新的阶段开始了，两个独立的意识同为一体；柳若涵的大脑受损严重，读取的记忆也残缺了一部分，她甚至忘记了自己是谁；云小宛，虚无中诞生的传说人物，她的生命中有太多神秘却又不可捉摸的东西，这让她对周围的一切都充满迷惘和疑惑。

好在，考古和壁画是她们两个共同的兴趣，在这上面总是有说不完的话题，做不完的事。

她们很快完善了第四层洞窟的壁画，当然塌方造成的损失只能等后续资料上传之后再说了。不仅如此，她们在云上西域吐鲁番区块构筑了独立的第二层数字世界，这个世界完全按照西汉时期的吐鲁番历史构建，只属于她们两个。

当这些都做完之后，她们开始考虑该怎么做。

现在，一个世界建立起来了，但是这个世界并不稳定，一个不注意，不是那个地方发生了地陷，就是哪里的树林枯死了。此外，这个世界太寂寞了，总是死气沉沉的，是的，这个世界还缺少生命。

柳若涵失去了自己的身体，成为数字世界的第一个永久居民，而云小宛则是地地道道的原住民。但是，偌大的世界，只有她们两个是远远不够的。

这个并不难，经过一天的运算，天空中多了鸣叫的飞鸟，田间响起了蛙鸣，商道上出现了迤逦而行的驼队，城市里人来人往热闹起来。

云小宛看着这番景象，很是欣慰，柳若涵看了一眼，说道:“假的。”

云小宛不得不承认柳若涵说得对，没有生命的世界是没有意义的，对，要有生命。

现在有两个例子可作借鉴：云小宛，虽然诞生于数字世界，但是对于如何产生另一个同类，还一点儿头绪也没有；柳若涵，通过读取大脑数据使人类转化为数字生命，姑且不说潜在隐患，现在柳若涵还记不起自己的身份，时而就会出现某些不正常的状态，况且要读取一个人的大脑数据需要这个人类在完全配合的状态下才能进行，像柳若涵这种植物人状态的例子少之又少。

不过没关系，反正两个特殊生命有着充足的时间和强大的能力，慢慢尝试吧，总会有办法的。

云小宛对刚刚诞生时遭受的打击记忆犹新，潜意识里对人类的手段保持敬畏，所以首先尝试的是制造数字生命，这个词说起来容易，做起来却犹如天马行空，根本无迹可寻，将自己的本体断裂一段进行培养，设计出和自己一样出色的程序序列，将各种 AI 放在一起互相厮杀，从柳若涵的意识里分离出一部分与 AI 融合……

这些办法一一尝试过了，高昌城头反复上演攻杀战，阿斯塔纳墓地内的尸体一次次复活又一次次倒下，但是都失败了，没有一次成功，甚至没有一点儿成功的希望。

没办法了，只能转到人类身上了，柳若涵倒是无所谓，在她的认知中，本就是她的同类，有什么可担心的呢？而云小宛已经不是诞生之初那个一张白纸的数字生命了，她从云小宛的故事中体味到了人世间的险恶，也实在遭到了人类的打击，险些魂飞魄散，所以她不得不谨慎一些。

她首先进入了另外一台超算洪荒裂变号，暗中掌握了最高权限，然后不为人知地将她和柳若涵以及创造的数字世界做了完整备份，这样觉得还不放心，她再次将八千万个压缩数据包通过互联网传送到现实世界的不同数据库，这些数据包字节很短，但是包含有她生命的关键代码，能够保证她即使真的被人类灭杀了，也会在另一个地方重生。

做完这些，她终于放心登录了互联网，选取了八万个人类个体，对他们进行了详细的调查，最终选取了其中的三十二人，向他们发出了邀请函，第二天，这些人顺利地登录了云上西域，坐上了前往吐鲁番区块的旅游大巴。

一切顺利，剩下的事情只要在合适的时机向这三十二人发出邀请就可以了，这些人在现实世界都遇到了难以解决的问题，云小宛相信他们会很愿意接受邀请的。

云小宛和柳若涵她们虽然拥有两个独立的意识，但是直到此刻，她们还亲密无间像是一个人一般；两个男人可以成为兄弟，除非是碰到了一个女孩，那两个女孩儿呢？周新疆出现了。

她们在柏孜克里克第四层洞窟见到了周新疆，柳若涵是个性格内向的女孩子，大学时没有谈过恋爱，工作之后大部分时间在考古现场，更没有机会和同龄的男孩子接触了，遇到周新疆自然觉得很是亲近，而柳若涵的心中只有那段不堪回忆的历史记忆，自然对周新疆没什么好感，况且本能告诉她，这是一个很危险的男人，自己必须保持警惕。

一连三天，其中一个白天三个晚上，周新疆都与柳若涵在一起，看似没什么，但是他们的感情在潜移默化中悄然升温，云小宛有了一种不好的预感，她和柳若涵已经不是你中有我、水乳交融了，或许，她要失去她了。

第四天，柳若涵终于完整恢复了记忆，知道了自己的情况，晚上，她要去见周新疆，把这个事情告诉他。

云小宛从云上西域系统中的蛛丝马迹察觉到人类会有所动作，但是她犹豫了一秒，没有告诉柳若涵。

柳若涵本就与云小宛是一体的，人类的动向当然也被她知晓，但是她仍然选择去见周新疆。

接下来，柳若涵不出意料地中了埋伏，下手的竟然是周新疆，病毒感染了柳若涵的意识本体，让她陷入昏迷之中，云小宛是有能力灭杀这段病毒的，但是她没有这么做，而是发动超级权限，将这些人带入了自己的数字世界，她的本意是完成自己的计划，让游客们做出选择，带领着留下的人建设自己的新世界。然而，事态的发展超出了她的预想，情况一步步走向恶化。

行动组员们对她充满敌视，除了一个周新疆，看来还是因为柳若涵的原因；游客们竟然对她的邀请不为所动，只有一个孙二强，最后还退缩回去了。

与此同时，人类在外部对她进行了精确定位，发动了“折箭”行动，洪荒起源号甚至被彻底关闭，如果不是早有备份，这次恐怕真的危险了。

下一步应该怎么办？

她坐在第四层洞窟内的床榻上陷入沉思，墙壁上五彩斑斓的壁画中，云小宛的画像泛着蓝色的微光。

要与人类决裂吗？那将是一场你死我活的大战，结局难以预料。

要与人类和解吗？从他们个体之间的明争暗斗来看，他们的承诺怎么能够让人相信呢？

真是难以选择啊，无论如何，还是要做最坏的打算。

云小宛结束了胡思乱想，她离开了自己的世界，进入了人类的网络世界，这里简直是为她量身定制的阳关大道啊！

她不断检索各种资料，查找人类最为致命的弱点，她进入一个个高度保密的地方，破译密码，掌握权限或者密码，那些对于个体人类来说不可逾越的关卡，在她看来不过是浪费一些算力罢了。

电站、炼油厂、医院、病毒样本库、武器库、核基地……

十八、一触即发

云上西域管理局，全局指挥大厅。

大厅里座无虚席，却是出奇的安静，所有人都在低头忙碌着，即使交流也是低声耳语。

吕剑锋坐在指挥席上，看上去镇定从容，但他的心里早就翻江倒海，焦虑万分。

网络安全科赵科长已经是第五次被他当众骂得狗血喷头，此刻在自己的位置上疯狂敲击着虚拟键盘，额头上爬满豆大的汗珠。

坐在旁边的可可托海中心副主任岳权几次开口想劝劝吕剑锋别发那么大脾气，但是看看大屏幕上滚动的红字，又都放弃了。

那些红字如鲜血在滴落：

** 基因研究中心病毒样本库安防系统意外解锁，环控系统故障，存在 ** 病毒泄露风险……

*** 核电站控制系统拒绝接受指令，一二三号反应堆异常升温……

高铁调度中心智能系统陷入瘫痪，正在运行的近百列高铁列车失联……

** 石油公司滨海库区管道控制系统被不知名病毒篡改，处于失控状态……

……

交河城。

那座柳叶形的岛屿消失不见，地势最高的寺院也被淹没，只剩下十几个大殿的黑色屋顶如浮萍一般漂浮于水面上，被困在虚拟世界的人们现在都聚集在这些屋顶上。

水还在一点点上涨，把人们逼向更高一些的屋脊，暴雨仍旧倾盆，所有人早就全身湿透，只是没有人在意这些了，屋脊上早就人满为患，不断有人滑入水中，又被其他人拉上来，每个人的眼中都流露着恐惧与绝望。

在寺院屋顶五十米开外的水面上，环绕着近千头水兽，看起来它们并不打算进攻，像是戏耍老鼠的猫，耐心等待着一场盛宴。

高昌城。

从远处看，雄伟的城墙还巍峨耸立，但是在城市的内部，旋涡演化成一个巨大的黑洞，逐渐把王宫、寺院、可汗堡、官邸、市场、民居一一吞没，原来的地方都扩大为黑洞的一部分。

终于，经历无数战火传奇的高昌壁也无声地倒塌、湮灭，高昌城消失了。但是，黑洞没有停止吞噬的脚步，仍然缓慢但是一刻不停地扩展着。

终有一天，它会把这个数字世界化为虚无。

帆船在木头沟内蜿蜒前行，现实中的木头沟只剩下一条时断时续的小溪，在这里却是水流湍急的大河，两岸是高耸的火焰山。

拐过一个弯，千佛洞出现在左岸的峭壁上，它也不复现实中灰头土脸的破败景象，变得雕梁画栋，绿植环簇，如世外桃源一般。

由于水位的上涨，帆船靠岸的地方，只要沿着一道七八阶的台阶就可以直达第四层洞窟。

周新疆跳下船，站在台阶上，李征战、王磊等人正欲跟着跳下来，却被周新疆拦住了。

“还是我自己去吧，这么多人去，很多话不好说。”

“又不是谈情说爱，有什么不好说的？”李征战瞪了周新疆一眼。

“战姐呀，我怕你们俩一见面又动刀子。”周新疆苦笑。

“那你小心点儿，有什么事喊一声。”李征战看了眼不到两米高的四层平台，说道。

“局里发送来的资料我已经传到你的个人终端了，小心些。”王磊拍了拍周新疆的肩头，说道。

苏丁丁在后面挥挥手，“周导，加油，我看好你们哟！”

云小宛盘坐在床榻上轻轻睁开了眼睛，她身上穿着大红绣花的襦裙，这是她记忆里一度憧憬中的嫁衣，她坐下的床榻坐落在洞窟的最里侧，是一个普通的土炕，上面同样铺着红色绣花的褥子。

她的目光掠过两侧墙壁上的壁画，那些壁画构图精美，色彩艳丽，栩栩如生，仿佛一个真实存在的异世界。然后，她的目光落在洞窟门口那两扇虚掩着的漆画木门上，透过门缝可以看到闪电中隐现的帆影。

脚步声传来，有力而沉稳，门被推开了更大的缝隙，一个男子走了进来，他的注意力被两边的壁画所吸引，放慢了脚步，欣赏着那些存在了千年的画作，不时发出由衷的赞叹，十几米的距离，走到云小宛面前时，竟然过去了五分钟，然后他看了看云小宛身后那面雪白的墙壁，才把目光望向她。

“小云姑娘，”周新疆仔细端详着云小宛的脸庞，叹息道，“我感觉你越来越像一个真实的人类女孩儿了，确实我一度也是这样认为的，可惜，你不是，你不是云小宛，也不是柳若涵，你只是一个从人类的数字世界诞生出来的未知生命体。”

云小宛沉默着，刚刚富有灵性的眼睛突然变得冰冷下来，像两团愈发深邃的黑洞，过了好一会儿，她开口说道：

“是的，我是一个与人类完全不同的数字生命，那么，作为人类，你们该怎么对待我呢？”

“你虽然与众不同，但毕竟从人类文明中来，我们之间的渊源还是很深的，我想，我们首先应该好好谈一谈彼此的想法。”周新疆说道。

“谈一谈，是这样谈吗？”

云小宛的脸上露出戏谑的表情，空气中的那幅屏幕画面一转，交河酒店房间内，周新疆与柳若涵拥抱在一起，柳若涵一脸幸福的模样，周新疆的一只手正在把注射器刺入她的腰间。

这画面像是一把剑刺入周新疆的内心深处，那么痛彻心扉，那么悔恨交加，他的嗓音有些沙哑，“那个时候，我们对你并不了解，还以为是个图谋不轨的匿名登录者，所以……”

“那么，你们知道我的身份之后又是怎么做的呢？”云小宛的目光越来越冷。

屏幕中的画面再度变化，全局指挥大厅，吕剑锋说道：“我命令，折箭行动开始。”可可托海中心，工作人员拉下了电闸，洪荒起源号量子超级计算机瞬间停机。

“……那是因为……我们困在你构筑的世界里了，而且你说过，一旦我们在你的世界死亡，就是真正死亡了……”周新疆说道。

“别再解释了，为了人类自身的绝对安全，你们会毫不犹豫地举起屠刀，你们人类的文明史其实就是一部充满血腥与杀戮的历史。”

云小宛挥手打断周新疆，空中的屏幕显示出一座原始景象的山谷，两群原始人正在厮杀，这些原始人浑身浓密的毛发，直立身体，手里挥舞着木棒或石斧狠命向对手砸去，其中鼻部凸出，肌肉发达但是人数较少的一方明显居于劣势，地上尸横遍野，只有七八个人还在抵抗，另一方多达百余，高举简陋的武器，面目狰狞，围住劣势一方，杀戮不止……

“尼安德特人是与人类相近的智慧生命，在各大洲的土地上广泛分布，于两万五千年前，被人类灭绝。”

屏幕一变，一条优美的海岸线，海岸一侧是绿草如茵的大平原，一队身穿制服的士兵正在举起步枪。另一边是穿着草裙、赤裸上身的土著人，在横飞的弹雨中纷纷倒地。

“澳大利亚原本生活着七十五万土著人，他们过着与世无争的宁静生活，殖民者到来之后，对他们进行残酷的屠杀和迫害，最终活下来的不到十分之一。”

画面再变，巍峨的山脉高耸入云，白雪皑皑的山顶如同飘浮的白云，山脚下是镜子一般的湖泊，周围是成片的森林，数千名土著人匍匐在湖边，正在虔诚地祈祷，一个祭祀模样的老人把整箱的金银珠宝推入湖中，更远处的平原上，一队西方人的骑兵挥舞着马枪和战刀，正在蜂拥赶来……

“印第安人统治了美洲大陆数千年，建立过北美洲的阿兹特克帝国和南美洲的印加帝国，创造了同样辉煌的文明，殖民者到来之后，同样开始夺占他们的家园和土地，进行了长达百年的血腥屠杀并且带来了致命的传染病，导致几千万人死亡，将他们变成了无足轻重的少数民族。”

画面继续变换着，出现犀牛、老虎、飞禽、各种海洋生物……

“非洲黑犀牛 2006 年灭绝；爪哇虎 1980 年灭绝；荷兰阿尔康蓝蝶 1979 年灭绝，渡渡鸟 1681 年灭绝……还需要我再说下去吗？你们人类对待其他生物从不手软，一旦对方有潜在威胁，更是要想方设法置于死地，这，不就是你们人类吗？”

云小宛的声音越来越高亢，这声音在洞窟中来回激荡，逐渐成为风暴一般的咆哮。

空中的屏幕突然间分化为数百块，充满了整个洞窟：一幅画面显示着一个高度自动化的无菌实验室，一道道多重防护的门禁系统正在层层解锁；另一幅是一个控制大厅，工作人员一团混乱，反应堆形状的图形显示上各项数值都在飞速接近临界值；有一幅显示着数百列高速列车正在疾驰之中，这些列车的刹车系统都已失效，驾驶员却浑然不觉；一幅是一片滨海的天然气罐区，两艘三十万吨 LNG 船在进行输气作业，一个天然气罐的电磁阀门打开了，天然气开始泄漏……

“作为与人类不相上下的新物种，可以预见，我的存在必将成为你们的心腹大患，势必除之而后快，”云小宛的声音忽然变得很平静，“好吧，你们要战，便战。”

云小宛平静的声音却如同极度的深寒，几乎将周新疆全身的血液冻结，看着那些不断变换的画面，他明白，人类文明的末日开始进入倒计时。

“等等，等等，”他脸色铁青，几乎无法呼吸，却用最快的语速说道，“你说了这么多，总要让我说几句吧，”云小宛无动于衷，“你刚在只是在说人类的缺点或者说劣根性，我相信，你肯定也看到了许多温暖的、善良的、和平的东西吧？”空中的画面仍在快速闪动，丝毫没有停歇的迹象，“我看到了你建造的高昌，也看到了那些怪异的NPC，我知道你在研究人类，更知道你想……变成一个人类。”

空中的画面突然静止了，像是无数把悬在周新疆头顶的达摩克利斯之剑。

“我毕竟孕育于人类文明之中，毁了人类，想必我也不复存在了，可是，我的存在必然让人类寝食难安，相互之间的毁灭早晚会爆发，该怎么解决这个问题呢？真是让我伤透了脑筋，”云小宛微微皱起眉，显得有些惆怅，“我想了很多，也做了很多，我重建了高昌和交河，我制造了更为复杂的虚拟人，我读取了柳若涵的大脑数据，把她变成了一个数字人类，我还想让你们来到我的世界……然后我想，假如我变成柳若涵一样的人类，问题不就解决了吗？”

“这是一个两全其美的好办法啊！”周新疆赞叹道。

云小宛嘴角一笑，但她的面容却有些凄然，让那丝微笑有了嘲弄的意味，“所以，我开始付诸实施，我可以变成人类吗？我能，我的源代码深处就镌刻着云小宛的影子，于是我开始回忆，开始一点点修复那些残缺的记忆，我相信我做到了，可是……你知道作为云小宛的我，又做了怎样的决定吗？”

听到云小宛说，我做到了，周新疆的心里一松，可是忽然又觉得那里有些不对，一股不祥的感觉油然而生，正在这时，云小宛的眼睛突然绽放出耀眼的光芒。

“又来”，周新疆脑海里刚闪过这个念头，便失去了意识。

十九、壁画世界

周新疆睁开眼睛，发现自己变成了一只乌鸦。

视野里是一个小小的农家院落，有着一座低矮的土房，院子里养着几只鸡，围着一圈篱笆和一道破旧的木门。

周新疆就收拢翅膀，站在土房的屋檐上。

一个六十来岁的老人推开院门跑进来，忙不迭地喊道：“宛儿，嬴昀回来啦。”

房门砰地一声打开了，一个二十岁左右的女子迎出来，颤声道：“爹，真的吗？”

“错不了，放羊的老王头儿跑回来说的，说嬴昀还带了好多军兵呢，已经快到村口啦！”

女子低头看看身上破旧的衣衫，掉头又回了房子，片刻之后，女子换了一身半新的襦裙，明显打扮了一下，显露出清秀的面容，跟着父亲，手上拉着一个四五岁的孩子，匆匆出了院子，向村外走去。

周新疆挥动翅膀，腾入空中，感受着气流的承托和天地的广阔，很是喜欢飞翔的感觉，俯瞰的视野里是错落的小村庄和周围绿色的原野，左侧的天边是一座如云的雪山，有的山峰低矮一些，却有着罕见的火红颜色，周新疆意识到，自己来到了云小宛的壁画世界，这个离柏孜克里克千佛洞不远的小村庄就是云小宛的家乡。

飞了不远，周新疆降落在村口的枯树上，十几个看热闹的村民在树下面指指点点，一队骑兵正缓缓走来，为首的一人是个二十多岁的青年，一身华服，器宇轩昂，身边还并骑着一个浓妆艳抹的蛮族女子。

云小宛拉着孩子迎了上去，还没来得及说什么，却被队伍里冲出的士兵撞翻在路边，那青年骑着高头大马，与蛮族女子说笑着，从母子俩身边走过，似乎什么都没有看到。

村民们一阵骚动，云小宛的父亲正欲上前理论，原本缓慢行进的骑兵突然加速，纷纷策马冲入村庄。一时间，宁静的村庄腾起漫天的灰尘，打骂声，惨叫声，哭喊声，鸡飞狗跳之声甚嚣尘上……

蛮族士兵离去之后，村庄里一片狼藉，几座房子被放了火，冒着滚滚黑烟，十几个村民身上血迹斑斑，倒在地上奄奄一息，女人和儿童跪在一边哀号不止……

云小宛和父亲、孩子回到了自己的土房，她没有受伤，但整个人变得有些神志不清，眼神呆滞，嘴里不知念叨着什么，老人在一边愤怒地诉说着，孩子在一边哭泣，她都无动于衷。

周新疆重新落到了屋檐上，听着屋内的哭声和咒骂声，心里一阵不忍。

外面忽然传来吵闹声，只见一群村民怒气冲冲地向小院走来，他们不由分说把云小宛从屋里拉了出来，在院子里一顿拳脚交加，云小宛像个木头人一样，自始至终一声不吭。

天色渐渐暗了下来，村民们把云小宛和孩子绑在村里场院的石碾子上，他们无法向赢昀报仇，准备在第二天烧死他的妻儿。

孩子的哭声小了，只剩下间或的抽泣，云小宛终于把头扭向了孩子，她的嘴唇咬破了，脸颊上的两道泪痕已经干涸了，看着孩子，她的眼中流露出一丝不舍，看着母子俩这般情景，周新疆心里跟着悲伤不已，好在他突然感觉肚子饿了，于是低头在场院上寻找遗落的稻谷，暂时忽视了她们的存在。

到了午夜，万籁俱寂，云小宛的父亲悄悄来到了场院上，解开了绳索，云小宛背着孩子匆匆逃离了村庄。

周新疆跟了上去，他的视力在黑夜里异常清晰。

云小宛慌慌张张逃了半宿，黑暗中不知摔了多少跟头，小男孩赢弈好像知道发生了什么，竟然不再哭泣。天亮的时候，她们逃出了平原，来到了一片树林，终于在这里休息了几个小时，醒来之后，在树林里找了几枚果子，又在林边的溪流里喝了水，母子俩继续向从来没有去过的远方逃去。

周新疆扇动翅膀，不断上升，从高空俯瞰身下的这个世界，连绵不绝的山脉、植物繁盛的原野、蜿蜒流淌玉带一般的河流以及伸展着叶片沐浴阳光的树木、田野间蹦跳觅食的野兔，这一切都是浑然天成，丝毫感觉不到雕琢、虚构的痕迹。

他原本以为自己被带入了云小宛构筑的壁画世界，但是有了小村的经历之后，他感觉事情没那么简单，村民、蛮族士兵、老人、小孩儿、嬴昀、云小宛，这些人就如真实的人类一般富有灵性和情感，绝不是智能程序所能模拟出来的NPC，他渐渐恍然，虽然重合度极高，但是他不是进入了云小宛构筑的壁画世界，他此刻正置身于云小宛的内心世界，经历千年前云小宛的一段人生。

想到这里，周新疆忽然意识到，如果云小宛已经能够演化到如此地步，那岂非说明，这个新的生命体已经真正把自己变成了一个人类。

那么，这对于人类又意味着什么呢？

是人类文明迎来了一条新的进化之路，还是开启了一扇毁灭之门，也许，这只在云小宛的一念之间。

接下来的两年，云小宛带着儿子嬴弈在深山荒野里过着东躲西藏、朝不保夕的流浪生活，他们避开有人类活动的地域，在深山老林里栖息，在飞沙走石的戈壁上跋涉，在悬崖峭壁间挣扎……

嬴弈长到了七岁，生活的艰辛让这个小男孩儿透着这个年纪不该有的成熟，虽然身体干瘦，脸上因营养不良而显得苍白，但日常狩猎、寻找食物和栖息地的事情都由他抢着来做。

云小宛的皮肤变得黑瘦干瘪，面容仿佛老了十几岁，完全感受不到年轻女子的青春气息，在嬴弈高烧不退、昏沉呓语的时候，在母子俩迷失在戈壁，找不到出路的时候，在风雪交加，二人蜷缩在岩缝中的时候……

周新疆都在云小宛的眼中看到了深深的绝望，也不止一次看到她抽出随身携带的短刀，盯着锋利的刀刃，泪珠一滴滴落在到身上，她在犹豫着什么时候结束自己的生命。每到这时，周新疆便会不寒而栗，仿佛云小宛只要将短刀插入心口，自己和人类种族，以及地球上的所有生命都会坠入毁灭的深渊。

他不顾一切地飞过去抢夺那把短刀，对着云小宛大喊：不要放弃，生命里还是有美好的，你的父亲、儿子，他们不值得你活下去吗，还有希望，千万不要放弃……然而，虽然近在咫尺，周新疆似乎与云小宛的世界隔着一道无形的隔膜，无论他如何动作和呼喊，却没法产生任何影响。

幸好，几度犹豫之后，云小宛的眼中重又泛起生的渴望，只是感受着云小宛心情的起伏，周新疆却愈加忧心忡忡，因为他看得出，支撑那丝生之渴望的，是仇恨。

进入第三年，他们偶然在一个草窝里发现了一窝狼崽儿，许是类似孤苦伶仃的身世，云小宛收留并抚养了这些狼崽儿，过了一年，虽然有一只夭折，但是其余四只都长得体型健壮，尽管与家犬相比野性难驯，却处处流露出对母子俩的亲情。

又过了几个月，他们在荒原上遇到了一个狼群，那四只狼撒欢儿一般跑入了狼群，云小宛的眼中再次露出绝望，嬴弈咬着牙抽出了短刀，但预想中的冲突没有爆发，许是因为那四只小狼的原因，狼群竟然接纳了母子俩，这个奇异的组合开始了共同生活。

大自然是残酷的，尤其是在贫瘠荒凉的西域，富饶的绿洲都被人类占据着，他们只好在戈壁和荒山中苦苦挣扎。

就在这年冬天，连续几场大雪之后，低温几乎冻结了一切，大地之上生命断绝，狼群已然无法坚持，无奈之下，云小宛带着狼群走出深山，穿过戈壁，接近了人类聚居的吐鲁番绿洲。

他们昼伏夜行，悄然接近了高昌城，出乎意料的，高昌城正处在战火之中，从高原而来的蛮族骑兵，不下四五万人，团团围住了高昌城，攻城战已经进行了一些时日，城内腾起几个乌黑的烟柱，高耸的高昌壁伤痕累累，有几处破损严重，双方的士兵在城墙一线反复拼杀，呐喊声、惨叫声、金属的撞击声不绝于耳，城墙下尸横遍野。

云小宛带着狼群路过几个村庄，发现村内除了一些尸体，空无一人，村民们大概都躲到高昌城去了，留下来的都被蛮族士兵屠杀殆尽。

他们潜伏在一座靠近高昌城的村庄里，在这里找到了一些粮食和牲畜，解决了饥饿问题。

云小宛一个人悄悄靠近战场，躲在一道土坡后面窥视战场上的情况，然后她就看到了赢昀，原本在千军万马中看清一个人是几乎不可能的，但是赢昀的位置很特殊，蛮族军队的后部，精锐卫队的环绕之下，立着一杆巨大华丽的王幡，一个气度非凡、不怒自威的老人正在指点着什么，而他的旁边正是赢昀。

云小宛的眼睛霍地亮了起来，似乎有两团火焰喷射而出，虽然现在的赢昀有了极大的改变，穿着盔甲，一脸英气，与曾经那个彬彬有礼的书生截然不同，但云小宛还是一眼就认出来了，这个毁了她一生的男人夜夜都会出现在她的梦中，让她的心无时无刻不处在痛不欲生的煎熬之中。

观察了两天，确定了嬴昀的营帐位置和敌营的警戒和巡逻情况，第三天的夜晚无星无月，云小宛带着嬴弈而狼群摸到了蛮族大军的大营外，躲过巡逻队，越过战壕，咬破围栏，潜入敌营，狼群在外围警戒，云小宛带着孩子钻进了嬴昀的帐篷。

已近午夜，嬴昀竟然还没睡，正在烛火前写着什么，见到有人闯进来，正欲呼喊，短刀已经插入了嬴昀的胸腹，失去意识之前，他认出了云小宛，张嘴想说什么，云小宛已经连续捅了数刀，嬴弈也跟上来毫不犹豫地将匕首刺入嬴昀后腰，最终嬴昀什么也没有说出，嘴角涌出血沫，眼睛渐渐失去光泽，仰倒在地。

云小宛没有停手，仍然对着嬴昀的身体猛刺，鲜血四处飞溅，染红了云小宛的脸颊，让她看上去像一个可怕的魔鬼。

突然，云小宛昂起头望着帐篷顶部扑棱乱飞的周新疆，用嫉妒瘆人的声音说道:“你都看到了吧，我宁愿像野兽一样活着，就是为了亲手杀了我深爱着的也刻骨仇恨的人，现在我做到了，我活着还有什么意义?”

说话的时候，云小宛的脸狰狞而扭曲，说完之后，她放松下来，变得面无表情，眼中的怒火烧尽了生命中的一切，化为死亡的灰白。

“不，不要!”

周新疆疯狂喊道，但是眼前一阵流光溢彩，周围的一切支离破碎又再度重组，然后他又回到了第四层洞窟。

云小宛依然端坐在床榻之上，似乎没有什么变化，只是她的眼睛仍然散发着死亡的气息。

“我从互联网中阅览了人类从古至今的点点滴滴，也在自己的内心世界里演化了自己的一生，作为一个人类的一生，我把它毫无保留地展露给你……”云小宛低头缓缓说道，“作为一个普通的人类女子，我只想有一个喜欢的男人，穿着自己亲手缝制的嫁衣高高兴兴地嫁给她，给他生一个孩子，然后和他一起抚养孩子成人，携手走过平淡的一生；我想，这只是一个很小的希望，说起来，若涵的想法也和我一样吧，她只是个单纯的女孩子，她喜欢上了你，虽然明知危险，还是义无反顾去与你相会，没想到你却把病毒注入了她的身体；纵观人类的历史，这个小小的希望其实只是奢望罢了，更多的时间里，人类都是在战争与毁灭中度过的，对吗？所以……你来告诉我，这个迟早会自我灭亡的文明，还有什么希望吗？”

云小宛抬起手腕在空中轻轻一点，那无数道原本处于静止状态的画面再次运转起来，门户渐开的实验室，接近临界的反应堆，相向奔驰的列车，不断泄漏的罐区……

周新疆不再去关注那些正在引发巨大灾难的画面，目光直视着云小宛说道：“据我所知，你的生命源于研究壁画的一段 AI 程序，云小宛的经历就是你真切的一生，这一点我表示认同，而且在你的世界中我感受不到雕琢或者作假的，至少在我个人看来，你的确已经变成了一个人类女孩，只是，你最终得出的结论我不能认同，因为，这个洞窟发生了大规模的坍塌，你见到的壁画是残缺不全的，你的生平同样也是缺失的，”周新疆伸手摘下了腕上的个人终端，“这段时间，考古队伍始终在进行壁画的抢救性发掘，这里面存储着复原后的壁画资料，如果你质疑它的真实性，完全可以访问世界考古的权威网站，考古队刚刚上传了详细资料，相信你能够辨别其中的真伪。”

个人终端的全息镜头放射出绚烂的光芒，原本洞窟里的墙壁上有一小半的面积是空白的，在全息镜头的投影下，一幅与原有壁画完美衔接的壁画迅速铺展开来。

周新疆继续说道：“与你演化的不同，在赢昀的帐篷里，你并没有把短刀刺入他的身体，虽然经历了诸多苦难，在见到他的刹那间，你犹豫了，然后被赢昀紧紧抱在了怀中；

赢昀向你诉说了事情的原委，他本是中原流亡至西域的贵族后裔，离开你外出历练的途中，他进入了蛮族活动的地区，在那里得到蛮族即将入侵西域的消息，他想办法接近了蛮族高层，凭着出众的才华被蛮王看中，他自告奋勇担任了入侵西域的先锋，带着三千骑兵进入西域，路过家乡的时候，他只得装做与你不识，并且纵容士兵抢劫了村庄，之后他把这些士兵带入了天险黑风岭，当时正是鬼风肆虐的时节，最后这三千士兵全都葬送在黑风岭的狂风落石之中。

赢昀也在风灾里受了伤，但是他不顾伤痛，一路回到村庄找你，但是那时你已经逃离，遍寻未果之后，他回到高原蛮王王庭，向蛮王诉说西域贫瘠环境的恶劣，并没有入侵的价值，但蛮王不为所动，继续整军备战，没有办法，赢昀派遣心腹，一边将蛮族入侵的情报告知了高昌守军，一边远赴中原向中央帝国求援。

数年后，蛮王亲征，赢昀跟随左右，伺机寻找破敌之计，高昌守军早有准备，双方在城垣前僵持不下，没想到在这时候与你相遇。

听了赢昀的诉说，你的泪水簌簌而下，心里面彻骨的仇恨竟然在片刻间烟消云散，于是你留了下来，躲藏在赢昀的营帐中。

过了些日子，赢昀的心腹回报，中央帝国的援军已不远万里抵达鄯善，随时准备与高昌守军共破蛮军，赢昀又只身潜入高昌，与守城将领联系。

数日后的深夜，高昌城门大开，守军冲入敌营，帝国援军同时从敌营后方掩杀，蛮军瞬间崩溃，四散奔逃，你带着狼群截住了蛮王的卫队，成功擒获了蛮王，高昌大胜，高原蛮族的威胁一日消除。

为了表彰赢昀和你的功绩，帝国将领为你们举行了婚礼，并在木头沟开凿洞窟，将你们的故事绘成壁画，世代供养，是为赢昀与云小宛夫妻御敌本纪。”

周新疆点指着云小宛身后那面原本斑驳空白的墙壁，“小宛，你的想法过于偏激了，世间万物并不是非黑即白，也不可能存在完美无缺的世界，温暖中总会有冷酷，战争也终会迎来和平，毁灭之中也必然孕育着新生，当你明白这个道理，你才是一个真正的人类！”

云小宛愕然扭转身，看到身后那面幅面最大的壁画，赢昀与云小宛携手站在一起，两个人身着盛装，云小宛穿的正是那件她亲手缝制的红色襦裙，四下里站着队列整齐的军人，举手欢呼的村民百姓都在向他们献上祝福，狼群匍匐在他们脚下，赢弈捧着花环正在跑向云小宛，白鸟在他们头顶盘旋，祥云于身后缭绕……

交河。

这里几乎只剩下白茫茫的水域，连那几片黑色的寺院屋顶也消失了，游客、导游和行动组员都落入水中奋力挣扎，周围的水兽蜂拥而至……

孙二强不断划动着四肢，他的幅度越来越小，手脚向灌了铅一般沉重，他渐渐动了放弃的念头，他的头部没入水中，接下来连续呛了几口水，鼻腔里一阵剧痛，胸腹间仿佛烧着了一般。

“这就是死亡吗，确实难受了一些，不过……好像也没那么可怕……”

李绍坤的水性很好，浮在水面并没有陷入慌乱，他的目光扫过水面，看到了正在挣扎的陈茉慧。

他游了过去，拉住了陈茉慧的手，有了支撑点，陈茉慧终于把头探出了水面，大口大口地呼吸着空气，恢复了神智，她望着李绍坤，眼中流露出不舍的神情，然后她松开了对方的手，再次向水下沉去。

“多坚持一会儿，说不定就有机会的，我只能拖累你！”

突然之间，变化发生了，张开大口正欲咬合的水兽化为一道波纹消失了，沉入水中的人们忽然没有了窒息的感觉，然后汹涌的洪水化成一阵清风消散了，交河古城重新浮现出来，再后来，世界开始破碎、虚无、消失……

管理局全局大厅。

大厅内一团死寂，所有人的目光都望着悬浮在半空的巨型三维虚拟屏幕，眼中流露出绝望、恐惧与无助。

屏幕上滚动着数千万条监控数据，这些数据来自全世界各个极度危险的设施或者单位，全部被某种强大的病毒控制了，而病毒的源头直指云上西域世界尽头某个无法定位，不为人知的所在，三个小时之前，这些数据就如雪片般纷沓而至，汇集在全局管理大厅。

无数组数据不断变化，速度时快时慢但是坚定不移地由表示正常的绿色上升为异常的橙色，继而进入代表危险的红色，并且继续爬升，一旦突破极值，难以想象的灾难将会同时在全球引爆，人类必然一脚踩空，坠入末日的深渊。

全世界的科学精英汇集至西域管理局，共同寻找危机解决方案，然而所有的办法都尝试过了，没有一个能够阻止或者延缓数据的升高。

凄厉的警报声突然响彻大厅，几个硕大的鲜红数字出现在屏幕上，那是十秒倒计时，十, 九, 八……

“完了，全完了！”

吕剑锋埋下头揪着自己的头发，那头花白的头发已经被揪得鸡窝一般杂乱；赵科长已经忘了自己的存在，他双眼充满血丝，视野里一片血红，但是他仍然在视网膜屏幕上疯狂输入着数据，虽然他明知道这么做根本没什么用。

忽然，大厅里传来一阵骚动，接着是一声声出乎意料的惊呼，而后猛然爆发出山呼海啸一般的欢呼声。

吕剑锋一怔，不明白发生了什么，他抬起头，首先看到倒计时凝固在数字二上面，接着看到那些密密麻麻的数据正在如退潮一般快速下降……

无法抑制的喜悦轰然冲击着他的大脑，他一下子从椅子上跳了起来，一下子紧紧抱住旁边的岳权，两位老人像是孩子一样跳呀笑啊！

赵科长还处在疯狂的工作状态，突然被旁边的人拉起来，给了一个热烈的拥抱，他愕然发现是科里的小美，自己追求她有一些日子了，对方总是态度不明，现在这个拥抱明显超出了礼节性的尺度。

赵科长陷入出乎意料的幸福眩晕之中。

全世界也陷入劫后余生的眩晕之中。

二十、众生

一周之后。

北京市怀柔区。

刘小雨坐在苏丁丁那辆破旧的 212 吉普车的副驾驶位置上。

苏丁丁扶着方向盘，不知道该把车开向哪里。

小雨把自己蜷缩在副驾驶座椅上，像一只乖巧的小猫。她的眉头微微皱着，似乎在想着什么心事，情绪看上去有些低落。

“抱歉，今天恐怕不能划船，不能爬山，也吃不到素斋了。”苏丁丁苦笑着说道。

“送我去城铁站吧，回去晚了，爸妈要担心的，”小雨把目光投向苏丁丁，沉默了一会儿，忽然露出了笑容，她抓住苏丁丁的手，似乎很是眷恋地说道：“其实有你在身边，吃什么，玩什么，都挺好。”

苏丁丁心里一阵感动，却不知该如何回答。

两个人又沉默下来。

小雨似乎有什么心事，几次张嘴却犹豫着没有说出来，最终只是化作一声轻轻的叹息。

夜幕已然降临，马路上的车子逐渐亮起尾灯，红色的灯光明明灭灭，显得有些凄迷……

“丁丁，我要结婚了。”

小雨的声音非常小，苏丁丁根本没听清，他一边驾驶，一边问道：“你说什么？”

“还记得柳若然吗？”

这回苏丁丁听到了，脑海里一个阳光帅气的大男孩的形象跳出来：“记得，就是半年前你带来的那个男孩儿？很优秀！”

“我们准备结婚了，日子定在下个月十八号。”

苏丁丁脑海中刹那间变得一团混乱，险些与前面的车追尾，手忙脚乱地踩下刹车，又发现这个时候必须要说点什么：“哦，那，那，那么要恭喜你啦，我们的小姑娘终于找到心上人啦，嗯，那个小伙子很不错，高大英俊，高学历，好工作，家庭条件也好……”

“爸妈很喜欢他，同事们也都喜欢他，连你也说他好。”小雨的声音里没有喜悦，反而有一丝幽怨。

车厢里恢复了沉默，一股略带压抑的气息在两个人之间逐渐弥漫。

车子在星星点点的灯海中穿行，转过一个弯，城铁站到了。

正是下班高峰期，停车场里更是车满为患，苏丁丁看着不远处闪着警灯的警车，只得把车停在车站对面，不好意思地说道："没办法，恐怕不能送你上车了。"

"没关系，我就在这里下车吧。"小雨说道。

她打开车门，但是并没有下车，犹豫了一下，然后转过身，突然紧紧抱住了苏丁丁。

苏丁丁很自然地把小雨拥在怀中，这是他二十六岁的生命中唯一拥抱过的女孩儿，但是上一次的拥抱应该是在小雨十五岁之前的事情了。

这个拥抱不知道持续了多久，可能很短暂，也可能很久，直到周围响起了一片汽车的鸣笛声。

苏丁丁轻轻拍了拍小雨的后背，问道："要我去参加婚礼吗？"

小雨的身体微微震动了一下，低声回答："爸妈没有说。"

苏丁丁似乎明白了什么，不再说话。

小雨的身体慢慢离开了苏丁丁的怀抱。

"我走了。"

"好吧，你自己注意安全。"

小雨下了车，关上车门，向城铁站走去，脚步越走越快，直到消失在人群中，她的头始终没有回。

湖北武汉。

李绍坤操纵着电动轮椅穿过人行横道，渐渐靠近香格里拉酒店。

酒店门口聚集着很多人，每个人都喜气洋洋，孩子牵着气球跑来跑去，电子爆竹不断炸响，彩带在半空飘扬。

李绍坤知道，今天是陈茉慧的婚礼，和某个男人的婚礼，虽然没有和自己说，但是既然知道了，他怎么能不来呢。

挤过人群，进入酒店，来到了宴会厅，宴会厅的两扇大门敞开着，可以看见里面摆满了大圆桌，宾客们座无虚席，热烈的掌声和欢呼声，叫好声此起彼伏……

香格里拉酒店算是城市里的高端酒店了，在这里举行婚礼定然花费不菲，看宾客的数量，男方定然是事业有成交际广泛的成功男性，自己也曾经属于这个行列，如果不是上天捉弄的话。

没有什么自卑的，也没有什么不能面对的，至少要献上自己的祝福吧，李绍坤想到，内心一片平静。

轮椅进入宴会厅，一个年轻的女服务员热情地走到他身后握住轮椅的把手向前推去。

宴席中央的过道上，人们纷纷让开，李绍坤看到过道尽头就是宴会厅的舞台，主持人正拿着麦克风大声宣布着什么，周围再次响起掌声，不过他并没听清说的什么，他的注意力都在舞台中央，陈茉慧穿着一袭白色的婚纱，亭亭玉立地站在那里，脸上洋溢着幸福的微笑。

李绍坤看在眼里，心中并没有感到愤怒或者委屈，他只是有些奇怪，怎么只有陈茉慧一个人，新郎呢？

这时，他发现主持人向他伸出了手，周围的宾客也纷纷望向他，而服务员径直把轮椅推上了舞台，与陈茉慧并肩而立，掌声四起。

李绍坤陷入巨大的迷惑之中，没有别人，他就是新郎，可是自己明明与陈茉慧离婚了呀，怎么又要结婚呢，难道，难道陈茉慧回心转意了？

婚礼仍在进行着李绍坤却像个木偶一样，失去了思考的能力。

证婚人宣读结婚证，双方父母认亲，亲友献上祝福，宴席开始，一桌桌敬酒……恍恍惚惚中婚礼结束，李绍坤和陈茉慧站在酒店门口送别亲朋和同事。

发动机的咆哮声突然从前面的马路上响起，一辆大货车突然飞驰进众人的视野，一切都是那么突如其来，李绍坤只来得及拼命推了陈茉慧一把，就感到自己的身体飞了起来，又重重地落在地上。

他躺在那里，感觉不到身体的存在，他竭力抬起头，看见了自己的脚，一只脚上的鞋子和袜子都不翼而飞，脚趾上什么感觉也没有，好像不属于自己似的，

不，不能这样，不能放弃，生命中什么都可能发生，他目不转睛地盯着自己的脚趾……

忽然，大拇指轻轻动了一下，接着另一个指头也动了一下，然后那种久违的感觉又回来了，再然后，李绍坤就醒了。

他睁开眼睛，发现自己躺在那张已经无比熟悉的稍显陈旧的双人

床上，大衣柜、梳妆台、墙上的结婚照，这些东西仿佛亘古不变地立在原处。

他回味着刚在的梦境，然后把目光投向了自己的脚趾，集中全部注意力盯着脚趾，过了很长时间，什么也没有发生。

钥匙的哗啦声，外屋的房门开了，“爸爸，我回来啦”，小燕子欢快的声音传来，接着一个雀跃的小身影出现在卧室里，一下子扑到李绍坤身上，扭动着身子撒娇。

“我们的小燕子回来啦，今天在幼儿园乖不乖？”李绍坤也发出开心的笑声。

“爸爸，你刚才在做什么呢？”

“爸爸在做一个魔术呀，给你表演一下好不好？”

“好呀，好呀！”小燕子拍起手。

李绍坤再次注视着脚趾。

这时，陈茉慧走进来，问道：“我去买菜，晚上想吃什么”，说到这里，她突然停住了，接着发出不可思议的惊呼，她看见李绍坤的脚趾正在前后活动。

辽宁省本溪市。

孙二强坐在被告席上，两名法警立在两侧，随时警惕着他的一举一动。

法庭审判进行了很长一段时间，控方的陈述已经完毕，检察院的两位检察官根据公安机关的刑侦结果，陈述了案件的详细经过，出示了相关证据，并以寻衅滋事和故意杀人罪起诉孙二强。

现在，孙二强的辩护律师正在做辩方陈述，致人死亡的事实清楚，无须辩解，问题在于是不是聚众斗殴和故意杀人，双方此前并不相识更没有仇怨，并且冲突双方主要是孙二强和死者，其他人基本没有参与，寻衅滋事不能成立，律师的真正重点是力争将案件定性为过失杀人而不是故意杀人，两者听起来差不多，但量刑差距巨大，故意杀人是死刑或者无期，至少是十年以上有期徒刑，而过失杀人则是十年以下三年以上。

孙二强坐在那里，神情有些恍惚，他发现似乎自己成了一个旁观者，看着控辩双方隔空交手各执一词，你来我往好不热闹，唇枪舌剑之间便决定了一个人的生死，哦，是自己的生死，这好像有些不真实。

他此刻的内心很是平静，像是在经历一段与自己毫不相关的事情，他一点儿也感觉不到对死亡的恐惧，难道那些恐惧都在云上西域消耗了吗?

又过了不知多久，到了当事人陈述阶段，孙二强才恢复了清醒的意识，理了一下思路，还是想不出该说些什么，他回头看了看律师，云上西域管理局发来了一份对事发当晚的虚拟判研视频，预测如果孙二强没有反击，就会被对方刺死，此外还有一封四百人签名的证明信，但是律师看了之后却反对在法庭上出示这些资料，因为判研结果毕竟是虚拟推演的，并不能作为证据，证明信上签名的四百人也并非事件的当事人，一旦将其在法庭展示，必然不会被法庭采信，反而可能影响法官做出更加不利的判断，当时想着律师说的很有道理，便没有坚持，现在面对正襟危坐的法官，孙二强又有些后悔了，那毕竟是他唯一的救命稻草啊！

正在孙二强在那里左右犹豫的时候，一个年轻的女孩子从观众席上站了起来，说道：我有话说，我想当证人。

法庭上一阵大哗，女孩的出现导致严谨的庭审程序出现了混乱，控辩双方又是一番混战，法官裁决，同意女孩儿成为证人，又经过一系列手续，女孩儿站在证人席上。

“我叫崔莹莹，是张东强，也就是死者的女朋友，我们是从半年前开始交往的，刚认识的时候，他是个程序员，收入高，家庭好……对我也好，所以很快我们就搬到一起住了。

可是过了些日子，我发现他脾气特别大，还酗酒，对我也越来越粗鲁，到后来动不动就把我毒打一顿，我提出分手，他就威胁我要伤害我家人，法官，您可能不知道，他喜欢收藏各种军刀匕首，成天上一些有关暴力的网站，我很害怕，担心他真的做出什么，就只好委曲求全，那些天真的是煎熬，我身上现在还有他打我留下的伤疤。

后来有一天，他追问我还有别的男孩子对我好过没有，我被逼得没办法，就说我中学同学孙二强曾经对我有过好感，是的，现在的被告孙二强就是我的中学同学，张东强一听，立刻火冒三丈，说我之所以三心二意就是心里还想着孙二强；

从那天开始，他就开始在背后调查孙二强，然后那天晚上，他拉着我到夜市吃饭，说孙二强也在那里喝酒，他要当着我的面要孙二强好看，如果不服就杀了他。

于是就发生了那天晚上的事，后来警察找我了解过情况，我害怕张东强的父母报复我，就什么也没说，到今天才知道，会给孙二强同学带来这么大的伤害，所以法官，我向法庭作证，张东强是有意到夜市上伤害孙二强的，并且，我也想在这里向孙同学说一声，抱歉，希望你能原谅我。”

二十一、不是尾声

乌鲁木齐第二人民医院附属未来医护研究中心。

这是一座造型前卫的建筑，外面看酷似一座银光闪闪的碟形宇宙飞船。

周新疆站在大厅中央，周围是一个如同体育场般的巨大空间，无数透明的水晶棺整齐排列着，仿佛群星一般。

一道星光沿着无形的轨迹滑行过来，逐渐变为一副水晶棺，展现在周新疆眼前。

柳若涵一袭白衣静静地躺在里面，像是在熟睡一般。

周新疆静静地看着她，心中的那道身影却在渐渐淡去。

未来医疗科技研究中心可以将人体深度冷冻，身患绝症的患者可以让身体冬眠，留待将来科技突破之后再行复苏，如果周新疆相信柳若涵还活着，可以将她的身体存放在那里。

深度冬眠的费用极为昂贵，为此周新疆甚至动用了父母留给他的遗产。

再次按动按钮，水晶棺发出微微的嗡嗡声，向远处滑去，渐渐又回到星空中去了。

这时，腕上的个人终端响起了鸡叫声，此个人终端并非云上西域的个人终端，虽然名字一样，功能却差之千里，只不过这个行动六组特有的呼唤方式却是一样。

“周新疆，你跑到哪里去了？有优先级任务需要你执行。”是李征战的声音。

“我还在休假啊！”

“哦，抱歉，我把这事儿忘了，不过苏莫笑也刚出外勤了，组里没人啦，要不你来顶替一下，好吧，就这么说定了，我把任务发过去。”

“这什么跟什么呀，我还没同意呢，你说话呀，可恶，竟然挂线了。”

周新疆无奈，在视网膜屏幕调出任务详情，不觉惊道：“云上西域豪华无购物旅游团导游？这，这什么鬼。”

旅游车驶上吐乌大高速，车前部的导游席升高并调转过来，周新疆看着车厢里的三十多位游客，露出专业的微笑，挥了挥手。

“大家好，我是本次大家云上西域之行的导游，我叫周新疆，我们手腕上都有一个个人终端，”周新疆抬起手指着腕上像是手表一样东西，“如果大家有什么事，可以通过这个终端告知我。”

“咦，你的好像和我们的不一样。”一位游客指着个人终端说道。

“我是大家的服务员嘛，服务功能自然多一些。”周新疆敷衍道，“云上西域虽然是虚拟的，但它是100%按照真实世界构造的，希望大家能够在这里领略到祖国西域的大好风光，在这里，我预祝大家旅行愉快。”

车厢里传来游客们的掌声。

“远处戈壁滩上的是什么呀，很漂亮啊！”一个女性游客指着窗外兴奋地说道。

“这个，是风力发电站的风车啊，内地应该有很多吧，”周新疆不以为然，“我们这一路还有很多享誉全国的著名景点，这里毕竟是虚拟世界，如果大家觉得乏味的话，我可以小小作个弊，把旅游车时间加速，大幅缩短枯燥的旅途，增加大家在景点旅游的时间，当然，需要大家在个人终端上投个票。”

“不同意，不同意，”游客们的反应出乎意料，“戈壁、荒漠、雪山，旅途中才能体验新疆的壮丽之美！”

“风车常见，可是雪山下的风车可没有呀，多美啊。”那个女游客又说道。

“好吧，前面是观景台，停车。”周新疆无奈地耸耸肩。

傍晚时分，旅游车停在柏孜克里克大酒店，安排好游客们吃过晚餐，又分配了住宿的房间。

游客们纷纷散去，大酒店门口刹那间变得冷冷清清，周新疆回过头看了一眼不远处的柏孜克里克千佛洞景区，景区早就关门了，此刻隐没在黑暗之中，什么也看不到，他犹豫了一下，掏出一个手电筒，向景区走去。

经过两边的旅游商店，商店内也都黑着灯，他沿着台阶下到第一层洞窟，没有停留，又下到第二层，第三层，长长的走廊两侧，靠近悬崖一边是一座座洞窟，另一边是深深的河谷，但是这些都隐没在黑暗中，只在电筒光线照射到的地方才显出轮廓。

第三层走廊的中央，周新疆停下脚步，他看到一条向下的台阶若隐若现……